国际儒学联合会教育系列丛书

千家诗

中华典藏

全注全译本

丛书指导委员会主任
——滕文生 牟钟鉴 董金裕

总主编
——钱 逊 郭齐家

汉唐书局专家委员会审定

耿建华 译注

济南出版社 汉唐书局

图书在版编目（CIP）数据

千家诗 / 耿建华译注. — 济南：济南出版社，2023.4
（中华典藏）
ISBN 978-7-5488-5584-2

Ⅰ.①千… Ⅱ.①耿… Ⅲ.①古典诗歌—诗集—中
国 Ⅳ.①I222.72

中国国家版本馆CIP数据核字（2023）第054430号

出 版 人	田俊林	
丛书策划	付晓丽　冀春雨	
责任编辑	孙育臣　殷　剑　张子涵	
图书审读	张圣洁	
装帧设计	王铭基　潭　正	

出版发行	济南出版社
地　　址	济南市二环南路1号
编辑热线	0531—86131747　82926535（编辑室）
发行热线	82709072　86131701　86131729　82924885（发行部）
印　　刷	山东潍坊新华印务有限责任公司
版　　次	2023 年 6 月第 1 版
印　　次	2023 年 6 月第 1 次印刷
开　　本	170 mm×240 mm　16开
印　　张	16.5
字　　数	230千
印　　数	1—4000册
定　　价	68.00元

（济南版图书，如有印装错误，请与出版社联系调换。联系电话：0531-86131736）

总　序

中国共产党的二十大报告指出：我们必须坚定历史自信、文化自信，坚持古为今用、推陈出新，把马克思主义思想精髓同中华优秀传统文化精华贯通起来。2023年2月7日，习近平总书记在学习贯彻党的二十大精神研讨班开班式上发表重要讲话，指出：中国式现代化，深深植根于中华优秀传统文化。

中华优秀传统文化的显著特点是启发人的内心自觉，追求的是人的身与心、人与人、人与社会、人与宇宙自然的统一与和谐，表现出人的崇高的精神境界，其思想背后是中国人对天道、天命和道德人格典范的敬畏。中华经典记录了中华优秀传统文化的本和源、根和魂，是构成我们民族文化、民族智慧、民族心灵的庞大载体，是支撑我们民族生存、发展、创新的活水源头，是几千年来维护我中华民族屡经重大灾难而始终不解体的坚强纽带。中华经典是人生教育学典籍，或者说是人生的课本、教材，靠一代代中国人的诵读、解释，并在传承中发展、创造，在极深刻意义上参与塑成了中华民族的历史和生活世界。其中蕴含的天下为公、民为邦本、为政以德、革故鼎新、任人唯贤、天人合一、自强不息、厚德载物、讲信修睦、亲仁善邻等精神，是中国人民在长期生产生活中积累的宇宙观、天下观、社会观、道德观的重要体现，是地地道道的"中国式"。

济南出版社·汉唐书局以习近平新时代中国特色社会主义思想为指导，高度落实习近平总书记关于中华优秀传统文化的一系列重要论述，深度理解中华经典的根源与发展，联合国际儒学联合会组织全国中华优秀传统文化相关领域的专家学者，通过深耕细作，潜心编写，精心注译，严谨校对，专业编排，集结成册，向广大读者隆重推出"中华典藏"系列丛书。本丛书包括20种典籍，即《论语》《孟子》《大学》《中庸》《近思录》《周易》《道德经》《诗经》《史记》《孙子兵法》《孔子家语》《三字经》《百家姓》《千字文》《千家诗》《弟子规》《龙文鞭影》《声律启蒙》《笠翁对韵》《蒙求》，除经典原文、注释、大意（译文）外，还根据每部典籍的特点，设置了知识拓展、释疑解惑等。

终身学习、终身教育已经成了这个时代的常态。中华经典是"母乳"，是最具纯正、最富营养、最有价值的终身学习资源。中华经典是整体之学，是身心之学，是素养之学，是每一个中国人在这个动荡变革时代中培养定力、安身立命的大宝典。因此，中华经典的受益者不仅仅是在校的老师和学生，还包括各级各类领导干部、工农兵学商等各行各业人员（如企业家、工厂工人、手工业者、新农村建设者、解放军官兵、科研工作者、医务工作者、企业家等），以及海外侨胞、留学生。

中华民族的祖先曾追求这样一种境界：为天地立心，为生民立命，为往圣继绝学，为万世开太平。我郑重将"中华典藏"这套普及性丛书推荐给读者，希望我们这个团队经过近十年共同奋斗所凝结的智慧，走向大众，让诵读中华经典的琅琅之声传遍祖国的大江南北，让我们每个人心中有山河，心中有宇宙，心中有父母，心中有圣贤，心中有家国天下，心中有我们中华民族的精神，心中有我们中国人的本心、本性。让我们全民为实现中华民族的伟大复兴与构建人类命运共同体凝聚智慧、贡献力量。

是为序！

郭齐家

2023年2月于北京回龙观寓所

目　录

篇章体例
◎ 原文
◎ 作者简介
◎ 注释
◎ 译文
◎ 赏析

导　读

康熙四十五年（1706），曹寅（曹雪芹祖父）刊行的《楝（liàn）亭十二种》中收有《分门纂类唐宋时贤千家诗选》，署作"后村先生编集"。"后村先生"，即南宋刘克庄，字潜夫，自称后村居士。不过也有人认为诗集为坊间选家假其名而作。此后坊间又出现了两种《千家诗》：一种是署名宋谢枋得选、清王相注的《重定千家诗》（皆七言律诗），其真正的编选者学界尚无定论；另一种是王相选注的《新镌五言千家诗》。后来书坊将两者合刊，即通行版本的《千家诗》了。

《千家诗》是我国古代带有启蒙性质的诗歌选本。因为它所选的诗歌大多是唐宋时期的名家名篇，易学好懂，题材涉及山水田园、赠友送别、思乡怀人、吊古伤今、咏物题画、侍宴应制等，较为广泛地反映了唐宋时代的社会现实，所以在民间流传非常广泛，影响也非常深远。《千家诗》虽然号称"千家"，实际只录有一百二十二家。按朝代分：唐代六十五家，宋代五十二家，五代一家，明代二家，无从查考年代的无名氏作者二家。其中选诗最多的是杜甫，共二十五首，其次是李白，共八首；女诗人只选了宋代朱淑真的两首七绝。

《千家诗》中所选的都是律诗和绝句，大部分通俗易懂，诗意天然，语言流畅，便于背诵，是学习近体诗的启蒙作品。此书在编排上很有特色。全书共分为五绝、五律、七绝、七律四大部分，每一部分除了侍宴应制诗以外，大都按春夏秋冬四季排序。这有利于读者根据季节变化去更好地领悟自然物境与诗境的统一。古代社会是农耕社会，人与自然的联系比现代社会更紧密。诗人对春去秋来、花开花落更加敏感，他们对大自然的感受都意象化地呈现在自己的诗作里。

这些直接表现自然万物的诗作对我们认识自然、热爱自然、保护自然无疑会有潜移默化的作用。其中赠友送别、思乡怀人、吊古伤今的诗作也大都包含着美好的情感和向上的志趣，这对陶冶我们的情操也是十分有益的。其中的侍宴应制诗，反映了当时的宫廷和官场生活，虽然有陈腐的颂圣的弊病，但也有一定的认识价值。

绝句和律诗是近体诗，是古代的格律诗。通过读《千家诗》，我们可以对近体诗的格律有直观的体验和了解，这对我们继承中国诗歌的优良传统，进而去学习和进行格律诗的创作也有积极的推动作用。中华诗词是我国传统文化的瑰宝，绝句和律诗更是光照千古的宝石。今天我们学习诗词，对于继承和发扬中华民族的优秀文化传统，增强文化自信，也有重要意义。

卷一

五绝

五言绝句是绝句的一种，属于近体诗范畴，指五言四句而又合乎律诗规范的小诗，简称五绝。较之其他体制的诗歌，五言绝句在创作时，要求语言和表现手法更加简练、概括，因而其创作难度就更大，有"短而味长，入妙尤难"之说。五言绝句因凝练的语言和优美的意境而成为盛唐诗歌中璀璨的明珠，是唐诗中的精华。

春 晓

孟浩然

春眠不觉晓，处处闻啼鸟。

夜来风雨声，花落知多少。

◎**作者简介** 孟浩然（689—740），本名浩，字浩然。襄州襄阳（今湖北襄阳）人，世称孟襄阳。唐代著名的田园隐逸派和山水行旅派诗人。有《孟浩然集》三卷，今编诗二卷。代表作有《春晓》《过故人庄》《早寒江上有怀》《望洞庭湖赠张丞相》《晚泊浔阳望庐山》《送王昌龄之岭南》等。诗风清淡自然，以五言古诗见长。

◎**注释** ①〔不觉晓〕不知不觉天就亮了。②〔处处〕时时。（在古诗文中，"处"常作"时，时候"讲。如岳飞《满江红》中"怒发冲冠，凭栏处、潇潇雨歇"的"处"，李白《秋浦歌》中"不知明镜里，何处得秋霜"的"处"，均作"时"讲。）③〔啼鸟〕啼叫的鸟儿，犹言鸟啼。

◎**译文** 诗人在春夜睡着了，天亮了也不知道，醒来只听到时不时地有鸟儿鸣叫。想起昨天夜里风雨声不停，花儿不知道被打落了多少。

◎**赏析** 这首诗是诗人隐居鹿门山时所作，是平起、首句入韵的仄韵五绝。仄起平起以第一句第二字的平仄为准。本诗的韵字属仄声，归上声十七筱。五绝大多用平声韵，仄韵的较少。

诗人在春天的一个早晨醒来，时不时地听到鸟的叫声，想起昨夜里风雨声不停，花儿不知道被打落了多少。由此表达出作者爱春、惜春的感情。鸟儿的欢鸣声把春睡中的诗人唤醒，可以想见此时屋外已是一片烂漫的春光。接下来自然地转入诗的第三、四句：昨夜我曾听到一阵风雨声，花儿不知道被打落了多少。夜里这一阵风雨应该不是狂风暴雨，而是和风细雨，但是它却会摇落春花。"花落知多少"句中隐含着诗人对春花被摧落的惋惜之情。诗人通过听觉和想象创造意象，抒发情感，表达委婉含蓄。爱春、惜春的情感不是直接说出，而是让读者通过诗的意象和意境自己去体味。再加上语言明白晓畅、音调朗朗上口，自然会打动读者的心灵。

访袁拾遗不遇

孟浩然

洛阳访才子，江岭作流人。

闻说梅花早，何如此地春。

◎**注释**　①〔袁拾遗〕洛阳人，诗人的友人，姓袁。拾遗，官名，掌供奉讽谏的职务。②〔才子〕才德兼备的人。此处指袁拾遗。③〔江岭〕指大庾岭，位于今江西大余县和广东南雄市的交界处，是唐代流放罪人的地方。④〔流人〕获罪被贬官流放的人。⑤〔梅花早〕大庾岭又名梅岭，因其地处南方，气候温暖，梅花开放得很早。⑥〔何如〕怎么比得上。⑦〔此地〕指洛阳。

◎**译文**　我到洛阳拜访才子袁拾遗，他却被流放到了大庾岭。听说那里梅花开得很早，可怎么能比得上洛阳的春景！

◎**赏析**　这是一首平起、首句不入韵的平韵五绝诗。孟浩然是襄阳人，到洛阳后就去拜访袁拾遗。"才子"暗用潘岳《西征赋》中"贾谊洛阳之才子"的典故，把袁拾遗与贾谊相比，说明作者对袁拾遗景仰之深。但不巧的是，袁拾遗此时却做了"流人"，被流放到江岭去了。江岭，指大庾岭，又名梅岭，因其地处南方，气候温暖，梅花开放得很早，所以有三、四句："闻说梅花早，何如此地春。"尽管大庾岭梅花开得早，还是比不上洛阳的春天哪！全诗运用对比的手法，一是"才子"与"流人"对比。明明是栋梁之材，却不被重用，反而被当成罪人流放，多么令人惋惜呀！二是"江岭"与"此地"对比。江岭虽然梅花早开，但毕竟是偏远的流放之地，不能与洛阳相比，何况洛阳还有他的不少朋友。在这首因访友不遇引发的诗中，包含着惋惜、同情、愤怒的感情，但诗人却把这些感情隐藏在诗的意象中。这也许就是所谓的"不着一字，尽得风流"（司空图《诗品》）吧。

送郭司仓

王昌龄

映门淮水绿，留骑主人心。
明月随良掾，春潮夜夜深。

◎**作者简介**　王昌龄（698—757），字少伯，河东晋阳（今山西太原）人，又一说京兆长安（今陕西西安）人。盛唐著名边塞诗人，被后人誉为"七绝圣手"。王昌龄早年贫苦，主要依靠农耕维持生活，三十岁左右进士及第。初任秘书省校书郎，后以博学宏词登科，再迁汜水尉，因事被贬岭南。王昌龄与李白、高适、王维、王之涣、岑参等人交往深厚。开元末返长安，改授江宁丞，后因故遭贬，任龙标尉。安史乱起，为刺史闾丘晓所杀。其诗以七绝见长，尤以登第之前赴西北边塞所作边塞诗最著名，有"诗家夫子王江宁"之誉。王昌龄的诗绪密而思清，与高适、王之涣齐名。有文集六卷，今编诗四卷。代表作有《从军行七首》《出塞》《闺怨》等。

◎**注释**　①〔郭司仓〕诗人的朋友，姓郭。司仓是官名，为管理仓库的小官。②〔淮水〕即淮河。③〔留骑〕留客的意思。④〔骑〕坐骑。⑤〔良掾〕好官，此指郭司仓。掾，古代府、州、县属官的通称。

◎**译文**　月光下淮水翠绿的颜色映上大门，不希望你离去是我的真心。明月会追随你这个好官，我思念你的心绪会像夜夜春潮一样深。

◎**赏析**　这是一首平起、首句不入韵的平韵五绝。诗人在一个春夜送朋友乘船远行，表现出依依不舍的深情。第一句说出门就是淮河，此时正是春天，淮河水映出两岸的树木，泛起绿色的春波。主人依依不舍地送朋友郭司仓离去，"留骑"就是留客，挽留他再住几天。郭司仓负责管理仓库，虽然是不入流的小官，却是个好官。客人执意要走，主人挽留不住，只好让自己的心与明月一起，随客人而去。最后一句说自己的思念就像春潮一样会夜夜加深。这首诗表达了诗人对朋友的深厚情感，意寓好人一路平安。诗人把自己的心意托付给明月和春潮，一路追随朋友而去，让读者为之动容。

洛阳道

储光羲

大道直如发，春日佳气多。

五陵贵公子，双双鸣玉珂。

◎ **作者简介** 储光羲（约706—763），唐代官员，山水田园诗派代表人物之一。开元十四年（726）举进士，授冯翊县尉，转汜水、安宣、下邽等地县尉。因仕途失意，遂隐居终南山。后复出，任太祝，世称储太祝，官至监察御史。"安史之乱"中，叛军攻陷长安，被俘，迫受伪职。乱平，自归朝廷请罪，被系下狱，有《狱中贻姚张薛李郑柳诸公》诗，后贬谪岭南。

◎ **注释** ①〔佳气〕指阳气，春天气温回升，生气蓬勃。②〔玉珂〕马勒上的玉器饰物。两勒相击而发声，故又叫"鸣珂"。

◎ **译文** 洛阳城里的大道平直如伸展的头发，洛阳的春天有很多阳光明媚的日子。五处皇家陵园常有富家子弟去踏青，马匹上的玉饰双双发出叮当的声音。

◎ **赏析** 这是一首仄起、首句不入韵的平韵五绝。诗歌描绘出洛阳大道的春天景象。洛阳城的大道平坦笔直，就像长长的头发。又赶上是春光明媚的好日子，富家子弟都成群结队出门去五陵胜地踏青。马儿奔驰，玉饰发出清脆的声音。诗人写京城春日景色，不写花园，也不写宫阙，而写大道，这个角度很有意味。大道上应该有各色人等，但诗人只写"贵公子"。而写贵公子，又不描写他们的穿着打扮，只突出他们的马。这不能不佩服诗人的巧思。马的佩饰都是贵重的玉器，那么贵公子的穿戴佩饰自然更加贵重，贵公子得意扬扬骑马的神态也就可以想见了。这真是高明的侧写，而讽喻的意味也就蕴含在诗句里了。

独坐敬亭山

李白

众鸟高飞尽，孤云独去闲。

相看两不厌，只有敬亭山。

◎**作者简介** 李白（701—762），字太白，号青莲居士，人称"谪仙人"。唐代伟大的浪漫主义诗人，被后人誉为"诗仙"。与杜甫并称为"李杜"。有《李太白集》传世，代表作有《望庐山瀑布》《行路难》《蜀道难》《将进酒》《越女词》《早发白帝城》等。

◎**注释** ①〔敬亭山〕在今安徽宣城市区北郊，原名昭亭山。山上旧有敬亭，为南齐谢朓吟咏处。②〔孤云〕片云。③〔两不厌〕指诗人和敬亭山两不相厌。④〔厌〕厌烦。

◎**译文** 群鸟高飞，无影无踪，一片云独自飘浮，自在悠闲。你看我，我看你，彼此之间两不相厌的，只有我和眼前的这座敬亭山。

◎**赏析** 这是一首仄起、首句不入韵的平韵五绝。诗开头两句出现了"众鸟"和"孤云"两个意象。鸟虽多，却都高飞尽了；云也只有一片。这两句看似写景，实则写心。在历经磨难之后，李白的心境已发生很大变化。很多人像高飞的鸟一样升官离去了，自己却像一片孤云仍在飘浮不定。众鸟和孤云构成了鲜明的对比，诗人孤独寂寞的情怀也就显现出来了。在这种寂寞的情绪之下，后两句说"相看两不厌"的"只有敬亭山"了。敬亭山位于安徽宣城市区北郊，原名昭亭山，晋初为避武帝之父、文帝司马昭讳，改名敬亭山，属黄山支脉，东西绵亘十余里。有大小山峰六十座，主峰名"一峰"。南齐诗人谢朓《游敬亭山》称赞说："绿水丰涟漪，青山多绣绮。"但此时的李白却避开了绿水青山，只写自己与敬亭山的"一峰"默默相对，互不相厌。言外之意，是说自己已摆脱了令人生厌的人和事，只与这自然的山情投意合。这种孤寂凄凉的心境不是很清楚了吗？"一切景语皆情语"（王国维《人间词话》），此诗正当这样解。

登鹳鹊楼

王之涣

白日依山尽，黄河入海流。
欲穷千里目，更上一层楼。

◎**作者简介**　王之涣（688—742），盛唐时期著名诗人，字季凌，绛州（今山西新绛）人。早年由并州迁居绛州，曾任冀州衡水主簿。其诗以善于描写边塞风光著称，名动一时。但他的作品现存仅有六首绝句，其中三首边塞诗。其代表作有《登鹳雀楼》《凉州词》等。章太炎推《凉州词》为"绝句之最"。

◎**注释**　①〔鹳鹊楼〕也叫鹳雀楼。原址在蒲州（今山西永济）西南。其楼三层，前瞻中条山，下临黄河，常有鹳雀栖息其上，故名。②〔白日〕太阳。③〔依〕依傍。④〔尽〕沉，落。⑤〔穷〕穷尽。⑥〔千里目〕极言其视野开阔。

◎**译文**　夕阳依傍着西山慢慢地沉落，滔滔黄河朝着东海汹涌奔流。要想把目光伸展到千里之外，那就要登上更高的一层城楼。

◎**赏析**　这是一首仄起、首句不入韵的平韵五绝，是唐代诗人王之涣仅存的六首绝句之一，是唐代五言诗的压卷之作。王之涣因这首诗而名垂千古，鹳雀楼也因此诗而名扬中华。这首诗写诗人在登高望远中表现出来的不凡的胸襟抱负，反映了盛唐时期人们积极向上的进取精神。据说王之涣作此诗时正值三十五岁壮年。诗的前两句写景，有咫尺万里的气势。诗人用对偶句写太阳依山落下，黄河入海奔流。楼前的落日依着远处连绵起伏的群山西沉，悠悠没尽；楼下的黄河波涛滚滚向东流去，终入大海。"白日依山尽，黄河入海流。"用短短十个字高度形象地概括了视野中的万里河山，境界极为高远。后两句写意，表现出诗人无止境探求的愿望，要想看得更远，就要"更上一层楼"。这与前两句写景诗承接得十分自然、紧密，从而把人们引入更高的境界。诗的后两句包含着朴素哲理的诗句，成为千古传诵的名句。

观永乐公主入蕃

孙逖

边地莺花少，年来未觉新。
美人天上落，龙塞始应春。

◎**作者简介** 孙逖（tì）（696—761），唐代大臣、史学家，唐朝博州武水（今山东聊城）人。自幼能文，才思敏捷。曾任刑部侍郎、太子左庶子、少詹事等职。有作品《宿云门寺阁》《赠尚书右仆射》《晦日湖塘》等传世。

◎**注释** ①〔永乐公主〕开元五年（717），唐玄宗封东平王外孙女杨氏为永乐公主，嫁于契丹首领李失活。②〔入蕃〕指嫁到少数民族地区。③〔莺花〕黄莺和春花。④〔龙塞〕边塞龙廷，指契丹首领居住之地。

◎**译文** 边塞之地鲜花、莺鸟都很少，新年到来也不觉得景色更新。永乐公主嫁到塞外像美人从天上落下，这苦寒之地才开始有美丽的春天。

◎**赏析** 这是一首仄起、首句不入韵的平韵五绝。这首诗赞扬了和亲的永乐公主。和亲是指两个不同民族或同一种族的两个不同政权的首领之间，出于"为我所用"的政治目的所进行的联姻。尽管双方和亲的最初动机不全一致，但总的来看，都是为了避战言和，保持长久的和平。和亲的女子为了国家而做出了巨大牺牲。如汉代王昭君奉命出塞和亲，在匈奴生活了十多年，为国家安宁做出了贡献。唐代文成公主、金城公主曾先后入藏和亲，加强了唐朝与吐蕃（今西藏地区）之间的联系。这首诗中的永乐公主，也是和亲政策的执行者。她离开京城，远嫁苦寒边地，为大唐边疆的安定做出了贡献。前两句描写契丹王生活的边远地区的荒寒。这里没有花香，也不闻莺啼，却常年有风沙和冰雪。即使是新年来到，也没有一点儿春天的影子。一位尊贵的大唐女子为了国家安宁，不得不远嫁到这荒僻之地。后两句赞扬永乐公主是天上落下的美人，将会给边塞带来春天。诗人称赞永乐公主的美，并不仅仅指她的外貌，还指她为国家利益甘愿牺牲的美好内心，并期待、祝愿她给边地带来春天。全诗以"春"贯串全篇：前两句说边地无春，鲜花和莺鸟都很少；后两句说因为永乐公主的远嫁，"始应春"。这就避免了抽象的议论，使全诗有了生动的意象。说"美人天上落"，既指公主从繁荣的大唐宫廷来到偏远的契丹，也夸赞了永乐公主像一位给边地带来春天的仙女，和亲这一政治事件也就被赋予了浓浓的诗意。

伊州歌

盖嘉运

打起黄莺儿，莫教枝上啼。
啼时惊妾梦，不得到辽西。

◎ **作者简介**　盖（gě）嘉运，盛唐开元时人。既是边将，也是诗人，深通音律，所制乐府曲调除《伊州歌》外，还有《胡渭州》《双带子》等，内容上多抒发征人久戍与行旅之情怀。本诗题目一作《春怨》，作者题为金昌绪。

◎ **注释**　①〔伊州歌〕唐代乐府曲调名，西京节度使盖嘉运所进。②〔儿〕普通话读ér，和啼（tí）、西（xī）不押韵；"如果按照上海的白话音念'儿'字，念如ní音（这个音正是接近古音的），那就谐和了"（见王力《诗词格律》，中华书局2000年版，第4页）。③〔妾〕古代妇女对自己的谦称。④〔辽西〕指辽河以西地区，唐时为征东军队驻扎之地。

◎ **译文**　赶走树上的黄莺鸟，不许它在枝子上乱啼。啼叫时惊醒了我的梦，不能在梦里到辽西见亲人。

◎ **赏析**　这应是一首使用乐府旧题的仄起、首句入韵的平韵五绝，是一首闺怨诗。古时男儿守边，女子待在家中，思夫就成为闺怨的主题。这首诗用女子口吻写出。第一句突兀而起，"打起"树上的黄莺鸟。接下去层层递进展开诗意：为什么"打起"它？是为了不让它在枝子上乱啼。为什么不让它啼？是因为啼叫惊了她的梦，使她不能在梦中见到在辽西守边的丈夫。写女子思念丈夫，却不直说，先从赶走莺儿说起，使诗意增加了曲折，最后揭出缘由，是因为怕黄莺惊醒了她思夫的好梦。丈夫远在边地守卫，妻子日夜思念，好不容易梦中相见，却被莺啼唤醒，岂不恼煞人也！所以才去打莺。一个"打"字，道尽了思妇的念想和苦恼。全诗用平白之语，从动作到心理，生动地揭示出思妇的内心世界。

左掖梨花

丘为

冷艳全欺雪，余香乍入衣。

春风且莫定，吹向玉阶飞。

◎ **作者简介**　丘为（694？—789？），唐代诗人，苏州嘉兴（今浙江嘉兴）人。累官太子右庶子。致仕，给俸禄之半以终身。事继母孝，曾有灵芝生堂下。年八十余，母尚无恙。据史料载，卒年九十六。与刘长卿友善，其赴上都，长卿有诗送之，亦与王维为友。《全唐诗》收诗十三首。

◎ **注释**　①〔左掖〕唐时指门下省。门下省位于大明宫宣政殿的左侧，相对于中书省位置而言，门下省被称为左省，亦称左掖。掖，指旁边。②〔冷艳〕形容梨花洁白如雪，冰冷艳丽。③〔欺〕胜过。④〔乍〕恰好，正好，刚刚。⑤〔玉阶〕玉石砌的精美台阶。此处借指皇宫。

◎ **译文**　梨花的艳丽清冷赛过雪花，它散发出的香气恰好侵入衣服中。春风请继续吹动它的花瓣，吹它们落入有玉阶的皇宫。

◎ **赏析**　这是一首仄起、首句不入韵的平韵五绝。诗人以左掖梨花喻己。首句写梨花洁白冷艳，赛过雪花。第二句说梨花散发出的香气恰好侵入衣服中。这两句看似说梨花，其实是在用梨花比喻自己有高洁的情怀和芬芳的德行。第三句说春风要不停地吹，意为让梨花的香气（喻指诗人自己的德行）传扬出去。最后一句说要传扬到皇宫的玉阶去，也就是说传扬到皇帝那里去，期望自己能得到提拔和重用。丘为德行的确不错，对继母很孝顺，他八十多岁时，继母还很健康。而他自己退休后仍享有俸禄之半以终身的待遇，一直活到九十六岁。丘为托物言志，用意象表达自己心中的愿望。清代唐汝询《汇编唐诗十集》中称赞此诗："调响语秀，咏物之神品。"

思君恩

令狐楚

小苑莺歌歇，长门蝶舞多。

眼看春又去，翠辇不曾过。

◎**作者简介**　令狐楚（766—837），唐代文学家。字壳士，自号白云孺子，宜州华原（今陕西耀州区）人，祖籍敦煌。贞元进士，与刘禹锡、白居易等有诗文来往，著名诗人李商隐出其门下。令狐楚擅长笺奏制令，每一篇成，人皆传诵。又工诗，长于乐府。《全唐文》录存其文六卷，《全唐诗》录存其诗五十九首。

◎**注释**　①〔小苑〕即小园，指宫中的小园林。②〔歇〕停止。③〔长门〕汉宫殿名。汉武帝时陈皇后失宠，被贬至长门宫居住，后遂用此来代指失宠宫妃所居住的内宫。④〔翠辇〕帝王坐的上有羽饰的车子。⑤〔过〕造访，经过。

◎**译文**　皇宫林苑中的黄莺歌唱之声歇止，长门宫前到处是飞舞的蝴蝶。眼看着大好的春光就要逝去，而皇帝的车驾却从不曾来过。

◎**赏析**　这是一首仄起、首句不入韵的平韵五绝诗。从题材上说，这是一首宫怨作品，诗中描写一个被皇帝遗弃，整日处于深帷中的宫人的寂寞心理。此诗成功地运用了反衬、比兴等手法，风格明丽而不繁杂，清俏而不浮艳，浅显而不直露。这位被打入冷宫的宫女，在宫苑里寂寞度日。虽然外面春光明媚，但是她却听不见黄莺的欢鸣。一个"歇"字，点出春光即逝，宫人心里却依然是寒冬。"长门蝶舞多"言长门冷宫里茂盛的草花只迎来许多蝴蝶，却迎不来君王。蝶舞的热闹却更反衬出她内心的孤寂和悲凉。第三、四句说：眼看着大好的春光就要逝去，而皇帝的车驾却不曾来过。这两句诗表现了流年无情以及美人迟暮之感，也包含着她热切的希望与痛苦的失望。思君恩，君却不至，空怀希望，而终失望，内心的苦痛可想而知。

题袁氏别业

贺知章

主人不相识，偶坐为林泉。
莫谩愁沽酒，囊中自有钱。

◎**作者简介** 贺知章（约659—约744），字季真，唐代诗人、书法家，越州永兴（今浙江萧山）人。其诗文以绝句见长，除祭神乐章、应制诗外，其写景、抒怀之作风格独特，清新潇洒。他的《咏柳》《回乡偶书》两首诗脍炙人口，千古传诵。但作品大多散佚，今尚存诗歌十九首，录入《全唐诗》中。

◎**注释** ①〔别业〕即别墅，指住宅以外另置的园林休息处及其建筑物。②〔主人〕即指别墅的主人。③〔林泉〕山林泉溪。④〔谩〕通"慢"。怠慢，轻视。⑤〔沽〕买。⑥〔囊〕衣袋。

◎**译文** 我和别墅主人没有见过面，偶然来坐坐欣赏林木和石泉。主人不要为买酒发愁，我口袋鼓鼓不缺打酒钱。

◎**赏析** 这是一首平起、首句不入韵的平韵五绝诗。此诗语言质朴、自然，风格散淡、潇洒，不拘形迹又十分风趣，诗人的形象栩栩如生，如在眼前。诗人偶然来到袁氏别墅中闲游，他和主人并没有见过面，因此怕主人轻慢责怪，就说：主人你不要为买酒发愁，我口袋鼓鼓不缺打酒钱。贺知章为人旷达不羁，自称"四明狂客"。他与人不识，就闯进人家别墅，不但要讨酒喝，还调侃主人不要为买酒发愁，其放达不羁的性格可见一斑。

夜送赵纵

杨炯

赵氏连城璧，由来天下传。
送君还旧府，明月满前川。

◎ **作者简介** 杨炯（650—692），华州华阴（今陕西华阴市）人，唐代诗人。与王勃、卢照邻、骆宾王并称"初唐四杰"。他自幼聪明好学，博涉经传，尤爱学诗文。唐高宗显庆四年（659），10岁的杨炯应神童试登第，待制弘文馆。上元三年（676），再应制举试及第，补授校书郎。永淳元年（682），中书侍郎薛元超推荐他为弘文馆学士，后迁太子詹事司直。后调盈川，卒于任所，因此后人称他为"杨盈川"。

◎ **注释** ①〔赵纵〕作者的朋友，郭子仪之婿，曾任太仆卿、户部侍郎等职。②〔连城璧〕价值连城的美玉。据《史记·廉颇蔺相如列传》记载，战国时期，赵惠文王得到了楚国的和氏璧，秦昭王知道后，想用十五座城池来交换这块美玉，所以称之为连城璧。后来以"连城璧"代指十分珍贵之物，这里用来比喻赵纵。③〔旧府〕赵纵的故乡在山西，是古代赵国所属的地方，即连城璧的故土，所以称为"旧府"。

◎ **译文** 赵国的和氏璧价值连城，自古以来人人称赞。今晚送你回赵州故乡，月光如水，洒满了前川。

◎ **赏析** 这首仄起、首句不入韵的平韵五绝，是一首送别诗。赵纵居赵地，诗人为他送别，很自然地联想到战国时赵惠文王那块和氏璧的故事，所以开头两句即写到名闻天下的连城璧。这两句明写连城璧，实则暗喻赵纵是像连城璧一样名传天下的珍贵人才。第三句写赵纵此行是回归故里，点明了本诗主题。第四句点出送行的时间是在夜里，地点是在水边。"明月满前川"，暗示这是一次光明的回归。一个"满"字还包含着满满的情意。"满前川"，这是诗人预祝赵纵前程光明。诗人以物喻人，把情意寄托于明月之上，含蓄委婉地表达了对朋友的称赞。全诗熔叙事、写景于一炉，巧妙运用典故，把物与人叠合起来，比兴得体，语言明白晓畅，形象鲜明可感。

竹里馆

王维

独坐幽篁里，弹琴复长啸。
深林人不知，明月来相照。

◎**作者简介** 王维（701—761），字摩诘，世称王右丞。盛唐时期著名诗人、画家。精通音律，崇信佛教，晚年居于蓝田辋川别墅，长斋禅诵，有"天下文宗""诗佛"的美称。其诗大多为歌咏山水田园、隐居生活之作，继承和发扬了谢灵运开创的山水诗而独树一帜，使山水田园诗的成就达到了一个新的高峰，成为盛唐山水田园诗派的代表人物。

◎**注释** ①〔竹里馆〕辋川别墅胜景之一，房屋周围有竹林，故名。②〔幽篁〕幽深的竹林。篁，竹林。③〔长啸〕撮口发出长而清越的声音。古代一些超逸之士常用这种方式来抒发感情。

◎**译文** 独自闲坐在幽静的竹林里，弹琴并且发出长啸。密林中无人知晓我在这里，只有一轮明月静静与我相照。

◎**赏析** 这是一首仄起、首句不入韵的仄韵五绝。此诗描绘了诗人月下独坐、弹琴长啸的情形，创造出清幽宁静、高雅绝俗的禅学境界。首句说他独自坐在幽深的竹林里。竹子是"岁寒三友"之一，幽雅的竹子是清雅文人的最爱，王维把别墅建在竹林里，可见他对竹子的喜爱。他在深夜坐在竹林里弹琴并用口哨发出长长的清越之音，琴声和长啸声在幽静的竹林里传送得格外清晰悠远，与周围的环境融合在一起。幽深的竹林里无人前来，只有天上的明月才是他的知音，用明亮的光辉照着他孤独的身影。这是一种什么境界呢？寂静而有声，幽暗而光明。但二者是有主次之分的。琴声和啸声是幽寂的反衬，月光越明也就反衬得竹林越幽深。幽和寂正是这首诗的主调。修禅的人心境也必是如此。排除凡间俗念，心静如水，独自倾听自己内心的声音。他为什么不在白天弹琴长啸，而是在夜里独坐竹林中边弹边啸呢？因为他所追求的就是空寂，也许只有在深夜幽深的竹林中，他才能更清晰地感知自己的内心，从而更接近禅思吧。月夜幽林之景空明澄净，在其间弹琴长啸之人也万虑皆空，外景与内情无间地融为一体。此诗从自然中见至味、从平淡中见高韵，它自然、平淡的语言恰到好处地创造出诗歌幽寂的美学意境。

送朱大入秦

孟浩然

游人五陵去，宝剑直千金。
分手脱相赠，平生一片心。

◎ **注释** ①〔朱大〕作者的朋友，姓朱，排行第一，故称朱大。②〔入秦〕进入秦地，这里代指进入长安。③〔游人〕离家远游的人。此处指朱大。④〔脱〕解下来。⑤〔平生〕平素。

◎ **译文** 朱大你要到长安去，我有宝剑价值千金。临别时把宝剑解下来送给你，以表示我平生对你的一片诚心。

◎ **赏析** 这首平起、首句不入韵的平韵五绝是一首送别诗。朱大是孟浩然的朋友，孟浩然送他到长安去，临别时写下这首诗。首句"游人五陵去"紧扣题目：游人指游侠之人、漫游之人，表明朱大是一个富有侠气的义士。与孟浩然同时代的诗人陶翰在《送朱大出关》中说："楚客西上书，十年不得意。平生相知者，晚节心各异。长揖五侯门，拂衣谢中贵……拔剑因高歌，萧萧北风至……努力强加餐，当年莫相弃。"正是朱大形象的写照。接下去写诗人在朱大临行时，将一把价值千金的宝剑赠给了朱大。宝剑价值千金，可见其珍贵，但却"分手脱相赠"，毫不犹豫地赠送出去，这正应了"宝剑赠壮士"的古语。一个"脱"字，写出了二人之间惺惺相惜的深厚友谊。孟浩然不以千金宝剑为贵，他送出的是"平生一片心"。肝胆相照的友谊不是比价值千金的宝剑更为珍贵吗？可见，诗人孟浩然也具有豪侠之气。《新唐书·文艺传》说他"少好节义，喜振人患难"，这首诗正是一个明证。

长干行

崔颢

君家何处住？妾住在横塘。
停船暂借问，或恐是同乡。

◎**作者简介** 崔颢（704？—754），汴州（今河南开封）人。唐代诗人。唐开元年间进士，官至太仆寺丞，天宝中为司勋员外郎。最为人称道的作品是《黄鹤楼》，据说李白为之搁笔，曾有"眼前有景道不得，崔颢题诗在上头"的赞叹。他秉性耿直，才思敏捷。其作品激昂豪放，气势宏伟，被编为《崔颢集》。《全唐诗》收录其诗四十二首。

◎**注释** ①〔长干行〕属乐府《杂曲歌辞》调名。长干，即长干里，地名，在今江苏南京，是当年船民集居之所。崔颢有《长干曲》四首，记述了长干里船家的生活。②〔横塘〕在今江苏南京江宁区。

◎**译文** 请问你的家在何方？我家住在建康横塘。停下船暂且借问一声，听口音恐怕咱们是同乡。

◎**赏析** 这首五绝袭用乐府《杂曲歌辞》中的旧题《长干行》，属平起、首句不入韵的平韵诗。这首诗以一个女子的问话展开全篇：这位女子乘船来到这里，听见一个男子的说话声，好像是乡音，就急忙发问："君家何处住？"不待对方回答，便接着说："妾住在横塘。"这两句诗生动地展现出一个在旅途中幸遇同乡而迫切打听消息的女子形象。画外之音则折射出女子旅途的寂寞和对家乡的思念。他乡听得故乡音，女子不由得喜出望外。她唯恐失去这个和同乡交流的机会。正因为如此，她才"停船暂借问，或恐是同乡"。诗人不仅在诗中重现了女子的声音、笑貌，而且由此表现出她的个性和内心。这是由四首诗组成的组诗之一，这首诗后面还有男子的回答。民歌中本有男女对唱的传统，在《乐府诗集》中称为"相和歌辞"。这首诗继承了前代民歌的遗风，以素朴真率见长，写得清新自然。

咏 史

高适

尚有绨袍赠，应怜范叔寒。

不知天下士，犹作布衣看。

◎**作者简介** 高适（约700—765），字达夫、仲武，唐朝渤海郡（今河北景县）人，后迁居宋州宋城（今河南商丘睢阳）。唐代边塞诗人，曾任刑部侍郎、散骑常侍、渤海县侯，世称高常侍。高适与岑参并称"高岑"，有《高常侍集》等传世。其诗笔力雄健，气势奔放，洋溢着盛唐时期所特有的奋发进取、蓬勃向上的时代精神。开封禹王台五贤祠即专为高适、李白、杜甫、何景明、李梦阳而立。后人又把高适、岑参、王昌龄、王之涣合称"边塞四诗人"。

◎**注释** ①〔绨袍〕用粗布做成的长袍。②〔范叔〕范雎（？—前255），字叔，战国时期魏国人。著名政治家、军事谋略家，因封地在应城，所以又称为"应侯"。他上承孝公、商鞅变法图强之志，下开秦皇、李斯统一帝业，是秦国历史上继往开来的一代名相，也是我国古代在政治、外交等方面极有建树的政治家、谋略家。

◎**译文** 像须贾这样的奸人尚有赠绨袍举动，但只是同情范雎的贫寒。须贾不知道范雎是豪杰之士，而只把范雎当成普通百姓看待。

◎**赏析** 这是一首仄起、首句不入韵的平韵五绝。在题材上，这是一首咏史诗。高适通过写须贾赠送范雎绨袍的故事来反映现实，表达了对有才华的贫寒人士得不到同情、重视的悲愤情绪。开头两句说历史上范雎的一段故事。诗中的"寒"，不能简单地理解为寒冷，而应有贫寒、穷困潦倒的意思。"尚有"与"应怜"相连接："尚有"，写出须贾赠袍时的那种怜悯心态，他并不以为范雎能够飞黄腾达，更没有看出范雎已经贵为秦相，由此可见须贾只是一个凡夫俗子，没有识别人才的眼光。"不知天下士，犹作布衣看。"这两句写须贾并不知道范雎是已贵为秦相的"天下士"，还把他当成平民看待。诗人在这里借题发挥，意在讽刺世上尚有须贾那样徒有怜寒之意而无识才之眼的人，实在可悲可叹。诗中的"天下士"，就是国士，即杰出的治国之士。诗人少年落魄，虽然没有遭受范雎那样的奇耻大辱，但也没少遭受达官贵人的白眼和冷嘲热讽，没有人在他尚未发迹的时候把他当作人才来看。因此诗人借范雎之事批判了这种糟蹋人才、埋没人才的社会现象，同时，也间接地表明自己要做"天下士"的抱负和志向。这首诗夹叙夹议，鞭挞了须贾之辈的平庸，表达了怀才不遇的苦闷之情。诗人借"绨袍"之典，写出自己的真实感受，有一字千钧之力。

罢相作

李适之

避贤初罢相，乐圣且衔杯。
为问门前客，今朝几个来？

◎**作者简介**　李适之（694—747），原名昌，祖籍陇西成纪（今甘肃秦安）。唐代宗室、宰相，恒山王李承乾之孙。早年历任左卫郎将、通州刺史、秦州都督、陕州刺史、河南尹、御史大夫、幽州节度使、刑部尚书。天宝元年（742），担任左相，封清和县公。他与李林甫争权，不敌落败，被罢为太子少保，后贬宜春太守。性嗜酒，与李白、张旭、贺知章等合称为"饮中八仙"。

◎**注释**　①〔避贤〕让位于贤能的人。此处是作者罢相后自嘲之语。②〔乐圣〕一语双关，一指喜欢酒。典出《三国志·魏书·徐邈传》：当时魏国禁酒，徐邈私饮，以至于沉醉，不理政事。他称酒醉为"中圣人"，又称清酒为"圣人"，浊酒为"贤人"。作者喜欢饮酒，故称"乐圣"。圣，代指美酒。一指让皇帝高兴。"圣"指皇帝。③〔衔杯〕饮酒。④〔为问〕试问。

◎**译文**　我辞去相位而让给贤者，天天举着酒杯开怀畅饮。请问过去常来我家做客的人，今天还有几个前来？

◎**赏析**　这是一首平起、首句不入韵的平韵五绝，也是一首充满反语、俚语和双关语的讽刺诗。诗的前两句的意思是，自己的相职一罢免，就可以给贤者让路，自己就可以尽情饮酒了。"避贤"，意思是给贤者让路。"乐圣"是双关语，这里有两个意思，一是称皇帝为圣上，二是用三国时徐邈话语，称清酒为"圣人"。所以"乐圣"的意思是说，既让皇帝高兴，也满足自己爱喝酒的愿望。诗中把惧奸说成"避贤"，罢相说成"乐圣"，有说反话的意味，曲折双关。但终究是弱者的讥刺，有难言的苦衷。前两句说明设宴庆贺罢相的理由，后两句是关心亲故来赴宴的情况。

这在结构上顺理成章，而用口语写问话，也生动有趣。但宴庆罢相，事已异常，所设理由，又属遁词。因此，尽管李适之平素"夜则宴赏"，天天请宾客喝酒，但"今朝几个来"，确乎成了问题。宴请的是亲故宾客，大多是知情者，懂得这次赴宴可能得罪李林甫，惹来祸害。敢来赴宴，便见出胆识与情义。这对亲故是考验，于作者为慰勉，对权奸则为示威，甚至还意味着嘲弄至尊。这一问暗示了宴庆罢相的真实原因和性质，使前两句闪烁不定的反语变得倾向明显，令有心人一读便知。杜甫《饮中八仙歌》写到李适之时特地称引此诗，有"衔杯乐圣称避贤"句，可算知音。

逢侠者

钱起

燕赵悲歌士，相逢剧孟家。
寸心言不尽，前路日将斜。

◎**作者简介**　钱起（722？—780），字仲文，吴兴（今浙江湖州）人。唐代诗人。早年数次赴试落第，唐天宝十载（751）进士。他是"大历十才子"之一，也是其中最杰出者，被誉为"大历十才子之冠"。又与郎士元齐名，称"钱郎"，当时有"前有沈宋，后有钱郎"之说。

◎**注释**　①〔侠者〕即剑客，又叫游侠。古时指重信誉、轻死生，勇于帮助别人的豪侠之士。②〔燕赵〕燕赵两国均为周代诸侯国，列于战国七雄之中。③〔悲歌士〕即慷慨悲歌的豪侠之士。④〔剧孟〕据《史记》记载，剧孟是雒阳（在今河南洛阳东）一带有名的豪侠。⑤〔斜〕古音读xiá，和现代上海话"斜"字的读音一样。所以，虽然"家"和"斜"在现代不是同韵字，但在唐代则是同韵字。

◎**译文**　燕赵两地多慷慨悲歌的侠士，今天我们相逢于侠士剧孟的故乡。心中不平之事向你诉说不完，前面路上只有将要西斜的太阳。

◎**赏析**　这首仄起、首句不入韵的平韵五绝，是一首因路遇侠者而写的赠别诗。开头两句，用"燕赵悲歌士"，借以比拟所遇见的侠者。战国时期，燕、赵两个诸侯国出了许多勇士，因此后人就用燕赵人士指代侠士。高适诗句"拂衣去燕赵，驱马怅不乐"，就是对燕赵刺客的悲壮大义表示同情与敬佩。著名的荆轲刺秦王应该是家喻户晓的故事了，而荆轲就是燕国太子派出的刺客。"剧孟"本人是雒阳（在今河南洛阳东）人，素有豪侠的名声。杜甫诗句"剧孟七国畏，马卿四赋良"（《入衡州》），说的就是剧孟武艺的高强。这里"剧孟家"也用来指代洛阳。"相逢剧孟家"，则是说他们两人相逢于洛阳道中。后面两句是说相逢时彼此倾心交谈，天下该有多少不平的事说不完哪，可是太阳又快要落山了。前路漫漫，只好恋恋不舍地分手而别了。这样写既抒发了作者心中的不平，也表露了对侠士的倾慕之情。

江行望匡庐

钱起

咫尺愁风雨，匡庐不可登。

只疑云雾窟，犹有六朝僧。

◎**注释**　①〔咫尺〕极言距离之近。咫，古代的长度单位，周制一咫为八寸。②〔匡庐〕即庐山。位于今江西九江境内。相传殷、周时，此处是匡氏七兄弟的隐居之所，当主人羽化成仙后，唯庐犹存，故名庐山。③〔云雾窟〕云雾笼罩的寺庙或洞窟。④〔六朝〕指三国时的吴国和随后的东晋、宋、齐、梁、陈，因先后定都于建康（今江苏南京），历史上合称六朝。当时佛教盛行，名山胜水广布寺庙。

◎**译文**　风雨中的庐山使我发愁，近在咫尺却不能攀登。怀疑云雾缭绕的洞穴之中，还居住着六朝时期的高僧。

◎**赏析**　这是一首仄起、首句不入韵的五绝。开头两句说庐山近在咫尺，却无法攀登。近在咫尺，本是极易登临，说"不可登"，为什么呢？这是因为船至庐山脚下，却为风雨所阻，不能登山。"不可登"三字写出"风雨"逼人的气势，"愁"字则透出了诗人因风雨之阻不能领略名山风光的愁情。一般说来，描写名山大川的诗歌，作者多从写形或绘色方面去命笔；此诗却另辟蹊径，以新奇的想象开拓了诗的意境："只疑云雾窟，犹有六朝僧。"庐山为南朝佛教圣地，当时很多高僧寄居其间。仰望庐山高峰，云雾缭绕，不禁使诗人浮想联翩：那匡庐深处，烟霞洞窟，也许仍有六朝高僧在隐身栖息吧。此种亦真亦妄的浪漫情趣，更增添了匡庐的神奇色彩。第三句中的"疑"字用得极好，写出了山色因云雨笼罩而给人的似真似幻的感觉，从而使读者随诗句展开浪漫想象。"只疑"和"犹有"，在虚幻的想象中又加入似乎真实的判断。本诗以诗人江上船中所见的庐山意象，表现了其内心的高远情致。写法上，虚实交织，把庐山写得迷离奇幻，是一首别开生面的山水诗佳作。

答李浣

韦应物

林中观《易》罢，溪上对鸥闲。
楚俗饶词客，何人最往还？

◎**作者简介** 韦应物（737—792），长安（今陕西西安）人。唐代山水田园诗派诗人，后人每以"王孟韦柳"并称。因出任过苏州刺史，世称"韦苏州"。其山水诗景致优美，感受细腻，清新自然而饶有生意。传有十卷本《韦江州集》、两卷本《韦苏州诗集》、十卷本《韦苏州集》，散文仅存一篇。诗风恬淡高远，以善于写景和描写隐逸生活著称。

◎**注释** ①〔李浣〕作者的朋友，当时在楚地（今湖北、湖南一带）为官，与作者有诗相赠。②〔观《易》〕详看《易经》。《易》，指《易经》。秦始皇"焚书坑儒"时，《易经》被丞相李斯说是卜筮之书而幸免于难，是一本被儒家尊为群经之首的经书，用阴阳互动的现象来说明"常"与"变"的道理。③〔饶〕多。④〔词客〕词人墨客，指擅长写文章的人。

◎**译文** 在林子里看过一段《易经》之后，悠闲地来到溪边与鸥鸟相对。自古以来楚地词人墨客最多，有谁最能和你默契地交往聚会？

◎**赏析** 这首平起、首句不入韵的平韵五绝，是诗人回答朋友问询的三首诗中的最后一首。诗人用平铺直叙的方式，告诉好友生活作息的情形。用林中观《易》，溪上对鸥，巧妙地暗示他的生活平静而又闲适，否则不可能有心情观《易》对鸥。叙述完自己的近况后，诗人笔锋一转，开始关心好友的境遇。首先他以"楚俗饶词客"来安慰好友来到楚地的乡愁，虽然离乡背井，但是却能遇到一群志趣相投的朋友，也就无憾了。最后用"何人最往还？"来表达他的关怀，并引导话题，让诗人与李浣之间话题不断，友谊也就不断。白居易曾赞赏韦应物的五言诗"高雅闲淡"（《与元九书》）。作答诗本身是一件雅事；诗中问到楚地文士的情况，在趣致上也是雅趣。这首诗看似用了平淡的口吻，但是诗人心中对朋友的牵挂与关心还是很深的。诗的开头告诉李浣自己的现状，意思应该是不让朋友牵挂；随后也表达了希望李浣慎重交友，多多向楚地的文士学习之意。这是善意的忠告，由此表达出对朋友的关切之情。

秋风引

刘禹锡

何处秋风至，萧萧送雁群。
朝来入庭树，孤客最先闻。

◎**作者简介** 刘禹锡（772—842），字梦得，河南洛阳人。诗文俱佳，涉猎题材广泛，与柳宗元并称"刘柳"，与白居易合称"刘白"，又与韦应物、白居易合称"三杰"，有《陋室铭》《竹枝词》《杨柳枝词》《乌衣巷》等名篇。其哲学著作《天论》三篇，论述天的物质性，分析"天命论"产生的根源，具有唯物主义思想。有《刘梦得文集》，存世有《刘宾客集》。

◎**注释** ①〔引〕文学或乐曲体裁之一，有序奏之意，即引子、开头。②〔萧萧〕拟声词，指风声。③〔孤客〕被贬而客居他乡的人。此处为作者自指。④〔闻〕听到。

◎**译文** 秋风不知从哪里吹来，萧萧风声送走了南飞的大雁。清早秋风吹到庭中的树木上，孤独的旅人最先听到它的声音。

◎**赏析** 这是一首仄起、首句不入韵的平韵五绝。此诗表面写秋风，实际却是在感叹自己的际遇，抒发了诗人孤独、思乡的感情。其妙处在于不从正面着笔，始终只就秋风做文章，而结句曲折见意，含蓄不尽。首句"何处秋风至"，就题发问，而通过这一起势突兀、下笔飘忽的问句，也显示了秋风"不知其来、忽然而至"的特征。如果进一步推寻它的弦外之音，这一问，可能还暗含怨秋的意思。秋风之来，既无影无迹，又无所不在，它从何处来、去到何处，本是无可究诘的。这里虽以问语出之，而诗人的真意原不在追根究底，接下来就宕开诗笔，以"萧萧送雁群"一句写所闻的萧萧风声和所见的随风而来的雁群。这样，就化无形之风为可闻可见的意象，从而把不知何处至的秋风绘声绘影地呈现在读者面前。"萧萧"的悲凉之声和雁群的缥缈之影也衬托出诗人的心境。后两句"朝来入庭树，孤客最先闻"，把笔触从秋空中的"雁群"移向地面上的"庭树"，再集中到独在异乡的"孤客"，由远而近，推至诗人自己。"朝来"句既承接首句的"秋风至"，又承接次句的"萧萧"之声，似回答了篇端的发问。此句说明秋风本身虽无影无形，但它附着他物而随处留下踪迹，此刻风动庭树，木叶萧萧，则无形的秋风分明已经来到庭院、近在耳边了。诗写到这里，写足了作为诗题的"秋风"。最后一句才画龙点睛，说秋风已为"孤客"所闻，写出了心中的羁旅之情和思归之心。

秋夜寄丘员外

韦应物

怀君属秋夜，散步咏凉天。

空山松子落，幽人应未眠。

◎ **注释** ①〔丘员外〕名丹，苏州人。曾拜尚书郎，后隐居临平山上。员外，官名。②〔怀君〕怀念你。君，指丘丹。③〔属〕适值，正好。④〔幽人〕即隐士，高旷幽隐之人。此处指丘丹，当时他正入山修道。

◎ **译文** 在这深秋的夜晚将你怀念，边散步边咏叹寒凉的霜天。想此刻空山中正有松子落下，隐居的友人一定还未安眠。

◎ **赏析** 这首平起、首句不入韵的平韵五绝是一首怀人诗。前两句写诗人自己，后两句写正在临平山修道的丘丹，即诗人所怀念之人。首句"怀君属秋夜"，点明是秋天夜晚，而这"秋夜"之景与"怀君"之思，正是彼此衬映的。次句"散步咏凉天"，承接自然，而紧扣上句。"散步"与"怀君"相照应，"凉天"与"秋夜"相吻合。这两句写出了作者因怀人而在凉秋之夜徘徊沉吟的情景。接下来，作者的诗思飞驰到了远方。第三句"空山松子落"，遥承"秋夜""凉天"，是从眼前的凉秋之夜，推想临平山中今夜的秋色。第四句"幽人应未眠"，则遥承"怀君""散步"，是从自己正在怀念远人、徘徊不寐，推想对方应也未眠。"空山"

既写出山居的空寂，又写出友人的孤独。这两句出于想象，既是从前两句生发，又是对前两句诗情的深化。从整首诗看，作者运用写实与虚构相结合的手法，使眼前景与意中景同时并列，使怀人之人与所怀之人两地相连，进而表达了异地相思的深情。刘勰在《文心雕龙·神思篇》中曾说："文之思也，其神远矣。故寂然凝虑，思接千载；悄焉动容，视通万里。"这说明文思是最活跃的，是不受时空限制的。在本诗中，作者将同一时间点的两个不同的空间呈现在读者面前，使读者既看到怀人之人，也看到被怀之人，既看到作者身边之景，也看到作者遥想之景，从而把异地相隔的人和景紧密地连在一起，表现出故人虽远在天涯，而相思却近在咫尺的寓意。

秋 日

耿沣

返照入闾巷，忧来谁共语？

古道少人行，秋风动禾黍。

◎**作者简介** 耿沣（wéi），字洪源，河东（今山西永济）人。唐代诗人。生卒年及生平均不详，"大历十才子"之一。登宝应元年（762）进士第，官右拾遗。工诗，与钱起、卢纶、司空曙诸人齐名。其诗不事雕琢，而风格自胜。今存诗二卷。

◎**注释** ①〔返照〕即落日的余晖。②〔闾巷〕古时以二十五家为一闾。后来称居民所住的区域为闾里或闾巷。③〔黍〕高粱和稻谷，泛指庄稼。

◎**译文** 夕阳返照在街巷中，我的忧愁能向谁去倾诉？古道上少有行走的人，只有秋风吹动着田里的禾黍。

◎**赏析** 这首仄起、首句不入韵的仄韵五绝，是一首抒发感伤情绪的咏史怀古诗。这首诗以朴素自然的语言，从静态的景物开始，又以动态的景物结束。其间由景而情，又由情而景，以景结情。这种写法使诗意余象外，蕴藉隽永。诗一开始从写静态的景入笔：一抹夕阳的余晖斜照在残破的街巷上。凄凉的秋暮景色，不禁使诗人触景伤情。诗人希望有人能来听他诉说心中的忧伤，可是环顾四周，竟空无一人，没有谁能来听自己倾诉。这两句诗，景中有情，情随景生。诗人以朴素简练的语言，点染出自己面对残垣断壁的空城时的悲哀，而"返照入闾巷"的空城，就更浓重地渲染出作者悲凉的心情。诗的后两句从近景引向远景：古道上少有行走的人，只有秋风吹动着田里的禾黍，发出凄凉的声音，愈发使人愁绪纷乱，心情悲伤。这里"秋风动禾黍"一句还暗含深沉的黍离之悲。《诗经·王风·黍离》诗序说："周大夫行役至于宗周，过故宗庙宫室，尽为禾黍。闵周室之颠覆，彷徨不忍去而作是诗也。"作者借禾黍意象抒发了昔盛今衰的无限惆怅之感。诗人在后两句诗中虽无一字言"忧"，而"忧"意早已溢出言外。

秋日湖上

薛莹

落日五湖游，烟波处处愁。
浮沉千古事，谁与问东流？

◎ **作者简介**　薛莹，晚唐诗人，生平事迹不详。有诗集《洞庭集》传世。

◎ **注释**　①〔五湖〕这里指太湖。②〔烟波〕水波浩渺，远远望去好像笼罩着一层烟雾一般。③〔浮沉〕指国家的兴亡治乱。④〔千古事〕指春秋吴越争霸，以及六朝兴替之事。

◎ **译文**　黄昏时我乘船在太湖上漫游，烟波迷茫处处惹人忧愁。千古兴亡治乱浮浮沉沉，谁还问湖水为什么向东流？

◎ **赏析**　这是一首仄起、首句入韵的平韵五绝，描写了诗人秋日泛舟游览太湖的情形，流露出诗人对现实无可奈何的心情。这首诗开头一句写出了诗人秋日泛舟闲游的时间、地点，言简意赅；紧接着第二句道出了太湖上的景致，同时也烘托出诗人的心境。这两句既写景，又抒情，情由景生，景带情思，情景交融。尤其一个"愁"字，直抒胸臆，点出了诗人的情怀。"烟波"意象既写出日暮时湖上的景色，也点出心中浮沉的苍凉。后两句，"浮沉千古事，谁与问东流？""浮沉"紧承"烟波"意象，意指千古兴亡治乱浮浮沉沉，谁还问湖水为何向东流？太湖古来就是征战之地，春秋时吴国和越国，是相邻的两个诸侯国，都在今江苏、浙江一带，同太湖有着密切的联系。因此，诗人泛舟湖上，秋风萧瑟，落日烟波，触目所见，处处皆可生愁。身临此境，最易令人发生感慨的，自然是历史上"吴越争霸"的故事了。经过多年的较量，吴国灭亡而越国称霸，都已成为往事陈迹，所以说是"浮沉千古事"，早已付诸东流，没有谁来问了。全诗流露出诗人对现实无可奈何的心情。然而，现在湖波依旧，往日的是是非非、恩恩怨怨却已灰飞烟灭。"尔曹身与名俱灭，不废江河万古流""是非成败转头空"，奸雄和豪杰俱随湖水东流而去了。诗中既含有道家的出世思想，又展示出作者清风明月般的胸怀。此诗的妙处在于虚与实、景与情相互融合，密不可分。

宫中题

李昂

辇路生秋草，上林花满枝。

凭高何限意，无复侍臣知。

◎**作者简介** 李昂（809—840），即唐文宗，初名李涵，唐穆宗次子。唐敬宗宝历二年（826）即位，在位十四年。文宗当政之时，宦官专权。大（太）和九年（835），文宗发动"甘露之变"，事败，被宦官仇士良等软禁，后抑郁而死。

◎**注释** ①〔辇路〕皇宫中供皇帝车驾行驶的车道。②〔凭高〕登高。③〔何限意〕无限的心思。④〔无复〕不再让。⑤〔侍臣〕近侍之臣。

◎**译文** 宫中的车道边长起秋草，御花园里仍然花开满枝。登上高山心中有无穷的心思，而不用再让侍臣得知。

◎**赏析** 这是一首仄起、首句不入韵的平韵五绝。从诗的内容上看，这首作品大概写于"甘露之变"以后。前两句说：宫中的车道边长起秋草，御花园里仍然花开满枝。路边的秋草意象和上林苑里的繁花意象成为鲜明对比。秋草既不美丽，又不茂盛，只是平平凡凡的野草，而且还生长在不起眼儿的道路边。秋风一过，它只能随风而倒，全没有自主的能力，而上林苑里的繁花则仍得意地开满枝头。这两句看似在写宫中的景色，其实是暗指自己虽是皇帝，但也不过是个傀儡而已。后面两句诗显示出唐文宗的骨气：登上高山心中有无穷的心思，却不再让侍臣得知自己想什么。唐文宗要隐藏自己的心思，不让宦官知道。他心中的理想是按照自己的意愿掌握实权，而不是做一棵依附于宦官的墙头草。这首诗的意象营造很有特点，作者选择了富有宫廷特点的意象，如辇道、上林苑、侍臣等，这些意象正是宫中人生活的写照。

寻隐者不遇

贾岛

松下问童子，言师采药去。
只在此山中，云深不知处。

◎ **作者简介**　贾岛（779—843），字阆仙，人称"诗奴"，又名"瘦岛"，自号"碣石山人"。唐代诗人。河北道幽州范阳县（今河北涿州）人。有《长江集》十卷，录诗三百七十余首，另有小集三卷、《诗格》一卷传世。

◎ **注释**　①〔隐者〕隐居的人，即隐士。②〔童子〕指隐者的侍童。③〔言〕（童子）说。④〔不知处〕不知道到哪里去了。

◎ **译文**　在松树下问隐士的童子，童子说师傅在深山采药。他就在这座大山中，云雾深深不知去了哪里。

◎ **赏析**　这是一首仄起、首句不入韵的仄韵五绝。此诗首句写寻者问童子，后三句都是童子的答话，诗人采用了寓问于答的手法，表现出寻者对隐者的钦慕和敬仰之情。诗中以白云比隐者的高洁，以苍松喻隐者的风骨。遣词通俗清丽，白描无华，是一篇难得的佳作。首句"松下问童子"，从字面上说作者寻访隐者未得，于是向童子询问，但实际上却暗示隐者傍松结茅，以松为友，展示了隐者高逸的生活情致。后面三句都是童子的回答，包含着诗人的层层追问，意思层层递进，言简意赅，令人回味无穷。第二句童子回答"言师采药去"，说明这个隐者是在隐逸生活中悟道、养生与采药的高士，采药是他隐逸生活的一部分。采药要去深山，自然就不遇了。第三句童子进一步回答"去哪里采药"，说"他就在这座大山中"。这好像给了寻找者希望。但第四句回答"云雾深深不知去了哪里"，就让寻者又陷入了迷雾中。此时，大山之高峻，云雾之深杳，隐者之神逸，蓦然呈现出来。隐者虚虚实实，宛若云中游龙，若隐若现，给人一种扑朔迷离之感，充分呈现了隐者的风神。寻者由惆怅而期冀（从不遇到知在此山中），由期冀转而进入更深一层的惆怅，流露出终不可及的慨喟。此诗以问答成诗，语言通晓简洁，但境界却很高远，其中也隐含着诗人隐遁出世的意愿。

汾上惊秋

苏颋

北风吹白云，万里渡河汾。
心绪逢摇落，秋声不可闻。

◎**作者简介** 苏颋（tǐng）（670—727），字廷硕，京兆武功（今陕西武功）人，袭封许国公。唐代政治家、文学家。苏颋是初盛唐之交时著名文士，与燕国公张说（yuè）齐名，并称"燕许大手笔"。他任相四年，以礼部尚书罢相，后出任益州长史。开元十五年（727），苏颋病逝，追赠尚书右丞相，赐谥文宪。

◎**注释** ①〔汾〕即汾水，是黄河的第二大支流，发源于山西宁武。②〔心绪〕心情，心境。③〔摇落〕草木凋零，树叶纷纷飘落的样子。此处借以指秋天。④〔秋声〕秋风吹过，发出萧瑟之声。⑤〔不可闻〕不愿意听，不忍心听。

◎**译文** 北风吹卷着涌动的白云，我在汾水渡船中去往万里之外。心绪伤感惆怅，又逢草木摇落，我再也不忍听这萧瑟的秋风。

◎**赏析** 这首平起、首句入韵的平韵五绝，在题材上是一首颇具特色的即兴咏史诗。此诗前两句化用了汉武帝《秋风辞》的诗意。相传汉武帝在汾上获黄帝所铸宝鼎，因祀后土，并渡汾水饮宴赋诗，作《秋风辞》。诗云："秋风起兮白云飞，泛楼船兮济河汾。"开元十年（722），唐玄宗听张说之言，谓汾阳有汉后土祠，其礼久废，应修复祭祀。开元十一年（723）二月，唐玄宗在汾阴祀后土，诗人从行并写了《汾上惊秋》。他当时正处于一生最失意的时候，出京外任，恰如一阵北风把他这朵白云吹到万里外的汾水之上，诗人在内心深处感到惊恐。但诗人又何尝不是被唐玄宗修祠并亲往祭祀的行为所惊呢？帝王劳民伤财的荒唐之举，与国何益？但他又不能公开批评皇帝。这两句诗在关切国家的隐忧中交织着个人失意的哀愁。诗的后两句明确地表达了诗人复杂纷乱的心情。"摇落"用《秋风辞》中"草木黄落"句意，又同出宋玉《九辩》："悲哉秋之为气也，萧瑟兮草木摇落而变衰"。此即以草木凋零喻指萧瑟天气，也喻指自己暮年失意的境遇。"秋声"指北风，其声肃杀，所以"不可闻"。听了这肃杀之声，只会使愁绪更纷乱，心情更悲伤。诗人受到历史启示，隐约感到某种忧虑，然而他不敢明说，也无可奈何，因此只能用朦胧笔法表达。

蜀道后期

张说

客心争日月，来往预期程。
秋风不相待，先至洛阳城。

◎**作者简介** 张说（yuè）（667—730），字道济，一字说（yuè）之。盛唐诗人。洛阳（今属河南）人。累官至凤阁舍人、中书令、尚书左丞相等，封燕国公。工文，与苏颋（封许国公）齐名，掌朝廷制诰著作，人称"燕许大手笔"。其诗质朴凄婉。著有《张燕公集》二十五卷。

◎**注释** ①〔后期〕犹言延期，迟于预定的日期。②〔争日月〕与日月相争，有抓紧时间、争分夺秒之意。说明客人的急迫心情。③〔预期程〕预先算定旅程的期限。犹言客人珍惜时间。④〔不相待〕不肯等待。

◎**译文** 我客游在外同时间竞争，来往都预先规划好行程。可秋风却不肯等待我，自个儿先到了洛阳城。

◎**赏析** 这首平起、首句不入韵的平韵五绝，是张说在校书郎任内出使西川时写的。首句言客游在外，分秒必争地工作。一个"争"字既说任务紧迫，又说出想早日回家的心情。第二句说来往都预先规划好了行程。后两句却突然一转，说秋风比我还急，不肯等我就早早回到了洛阳城，实际上是说自己不能按时返回。这首诗用秋风意象代替了诗人的回家之思，用具象化的手法表现出内心情感。"秋风不相待"看起来是在埋怨秋风，其实是在埋怨使他脱期的事和人。但这种埋怨的情绪，表现得委婉而含蓄，怨而不怒，正是诗歌的境界。诗人将内心的焦急、担忧、埋怨都隐藏在诗歌意象之中，确是高手。

静夜思

李白

床前明月光，疑是地上霜。
举头望明月，低头思故乡。

◎**注释**　①〔静夜思〕在静静的夜晚所引起的思念。②〔床〕井上木栏。③〔举头〕抬头。

◎**译文**　井栏前洒落皎洁的月光，好像是地上铺满银霜。抬头望着天上的明月，低头思念久别的故乡。

◎**赏析**　这是一首平起、首句入韵的平韵五绝。此诗描写了秋日夜晚，诗人于庭院抬头望月的所感。首句写夜晚井栏边洒满银色月光，诗人踏着月光就像踏着地上的白霜。这两句写出了月光的皎洁，也暗示这天正是月圆时分。接下去说诗人抬头看见天上的圆月，不禁低头思念故乡。月圆的时节，最容易引起与家人团聚的乡思。水井也是容易引发乡思的意象。诗中用"床"即井栏代指水井，由水井前的月光引出抬头望月和低头思乡的举动也就顺理成章，十分自然。"举头望"是因为地上月光明亮而引发，"低头思"则是因为明月引起了乡思。四句诗起承转合非常自然流畅，因此诗歌的节奏和韵律也十分舒缓流畅。这首诗平白如话，朗朗上口，语言清新朴素而意味无穷，传达出人们月下思乡的普遍情感。

秋浦歌

李白

白发三千丈，缘愁似个长。
不知明镜里，何处得秋霜？

◎**注释** ①〔秋浦歌〕秋浦，唐代银和铜的产地之一，在今安徽贵池西。②〔缘〕因为。③〔似个〕似这般。④〔处〕时，时候。

◎**译文** 白发飘起有三千丈，因为我的愁思和它一样长。不知道明镜里的头发，从什么时候染上了厚厚的白霜？

◎**赏析** 这首仄起、首句不入韵的平韵五绝，是唐代诗人李白的组诗《秋浦歌十七首》中的第十五首。《秋浦歌十七首》创作于唐玄宗天宝年间作者再游秋浦时，本诗是组诗中流传最广的一首。"白发三千丈，缘愁似个长"，突兀而来。"三千丈"的白发是因愁而生，因愁而长。愁生白发，人所共晓，而夸张为长三千丈，则是为了形容愁思极为深长。李白是浪漫主义诗人，他常用夸张的比喻，营造动人的意象，如"燕山雪花大如席"（《北风行》）。这些夸张的意象，既符合喻体的本质特点，又展现出李白的大胆狂想，不能不使人惊叹诗人的气魄和笔力。古典诗词里写愁的取譬很多，如唐代李群玉云"请量东海水，看取浅深愁"（《雨夜呈长官》），宋代李清照说"只恐双溪舴艋舟，载不动许多愁"（《武陵春》）。李白独辟蹊径，以"白发三千丈"喻愁之深长。三、四句以秋霜代指白发，白霜还有寒凉肃杀的感情色彩。第三句的"不知"，不是真不知。这两句问语愤激痛切，重心落在"得"字上。如此深愁，从何而"得"？诗人半生壮志难申，因此而愁生白发，鬓染秋霜。写这首诗时，李白已经五十多岁了，壮志未酬人已老，岂能不愁苦？所以揽镜自照，触目惊心，于是才有"白发三千丈"的愁吟，从而引起千百年来人们的共鸣和感叹。

赠乔侍郎

陈子昂

汉廷荣巧宦，云阁薄边功。
可怜骢马使，白首为谁雄？

◎**作者简介**　陈子昂（约659—700），字伯玉，梓州射洪（今四川射洪）人。初唐著名诗人，文学家。唐睿宗文明元年（684）进士，官至右拾遗，后世称为陈拾遗。他论诗标榜汉魏风骨，反对齐梁绮靡文风，所作诗歌以三十八首《感遇诗》最为出名，诗风质朴浑厚，风骨峥嵘，寓意深远，苍劲有力，受到杜甫、韩愈、元好问等后代诗人的高度评价。有《陈伯玉集》传世。

◎**注释**　①〔乔侍郎〕作者的友人。侍郎，官名。②〔汉廷〕汉朝廷。这里暗指唐朝廷。③〔巧宦〕指那些玩弄权术、善于钻营的官员。④〔云〕指云台。东汉永平年间，汉明帝为追念汉室中兴时期的功臣，绘二十八位名将于南宫之云台，以示表彰，此即历史上著名的"云台二十八将"。⑤〔阁〕指麒麟阁，为汉初萧何所造的楼阁。汉宣帝时绘霍光等十一人之像于阁上。后泛指画有功臣画像的楼阁。⑥〔薄〕轻视。⑦〔骢马使〕指汉代的桓典。桓典为御史时，执法严正不阿，因他常骑骢马（毛色青白相杂的马），人称骢马御史。此处指代戍守边地、劳苦功高的将领。

◎**译文**　汉代朝廷给了玩弄权术的奸狡之辈很多荣耀，却不重视边境将领的赫赫战功。可怜那位耿直廉明的骢马使桓典，满头的白发又是为了谁而生？

◎**赏析**　这是一首平起、首句不入韵的平韵五绝。诗人借汉代事对唐代玩弄权术的官员及漠视功臣的君王进行了批判，使用典故表达自己的政治见解是这首诗的突出特点。这首诗是赠给朋友乔侍郎的，真实地表达了诗人对权奸和君王的不满。首句说"汉廷荣巧宦"，汉廷暗指唐廷，一个"荣"字，描绘出权奸的得意和荣耀，"巧"字则表现出"巧言令色，鲜矣仁"（《论语·学而》）的权奸嘴脸。这些权奸能获得荣耀，也说明君王很宠幸他们。第二句则用了汉代云台和麒麟阁典故。汉代皇帝不忘中兴的功臣和开边的名将，可是现在呢？君主却不重视边境将领的赫赫战功。一个"薄"字勾画出当朝君王的荒诞。阿谀奉迎的权奸享受尊荣，奋战边关的将士却被漠视，一"荣"一"薄"，对比何其鲜明！三、四两句用汉代桓典典故。汉代桓典耿直廉明，得到重用，而当朝那些像桓典一样劳苦功高的将领却得不到重视，这难道不是朝廷的弊病吗？用汉代典故，指斥当朝，表现了诗人的铮铮风骨。这些典故，有代表意义，有说服力，在诗里起到画龙点睛的作用，也有力地表达了诗人的观点和情感。

答武陵太守

王昌龄

仗剑行千里，微躯敢一言。
曾为大梁客，不负信陵恩。

◎ **注释**　①〔答武陵太守〕作者离开武陵（今湖南常德）时，武陵太守设筵相送，作者以诗答谢。②〔微躯〕微贱的躯体，作者自谦之词。③〔大梁〕战国时魏国都城（今河南开封）。④〔信陵〕指战国时期魏国的信陵君，曾养食客三千人，以礼贤下士闻名于世。

◎ **译文**　我即将带剑去千里之外，微贱的我冒昧地向您进一言：战国时曾在大梁做过门客的人，都没有辜负信陵君。（我在武陵受到您的提携，也决不忘记您对我的恩情。）

◎ **赏析**　这是一首仄起、首句不入韵的平韵五绝。王昌龄离开武陵将返金陵，武陵太守设筵相送，诗人以诗答谢。答是古时的敬称。第一句"仗剑行千里"是告别辞，说明诗人即将远行；第二句"微躯敢一言"，用谦辞表达对太守的谢意和尊敬；三、四两句用典故表露自己的心意。大梁是战国时魏国的都城。魏国的信陵君曾养食客三千人，以礼贤下士闻名于世，因此，门客们都很愿意为信陵君效力。诗中的"大梁客"是诗人用来比喻自己的，后面的"信陵恩"指的是太守对他的恩德。用贤德先人的典故写诗，最能发挥五言诗简洁的长处。这首诗用典故表明诗人自己的心意，将忠心委婉地表达出来，既准确又简洁，还能引起人们的历史联想，丰富了诗歌内容。这就是诗歌用典的作用。同时，由于运用了信陵君的典故，诗人一腔侠义之情与那时信陵君门客的豪杰侠士重叠，表现得淋漓尽致，展现了一个颇有英雄豪气的诗人形象。

行军九日思长安故园

岑参

强欲登高去，无人送酒来。
遥怜故园菊，应傍战场开。

◎**作者简介** 岑参（约715—770），唐代边塞诗人，南阳人。唐太宗时功臣岑文本重孙，后徙居江陵。岑参早岁孤贫，从兄就读，遍览史籍。天宝三载（744）进士。岑参工诗，长于七言歌行，代表作是《白雪歌送武判官归京》。岑参对边塞风光、军旅生活，以及少数民族地区的文化风俗有亲切的感受，故其边塞诗尤多佳作。风格与高适相近，后人多并称"高岑"。有《岑参集》十卷，已佚。今有《岑嘉州集》七卷（或为八卷）行世。现存诗三百六十首，《全唐诗》编为四卷。

◎**注释** ①〔行军〕行营。②〔九日〕即阴历九月九日重阳节。③〔故园〕故乡。岑参曾居长安八九年，因此称长安为故乡。④〔登高〕古代习俗，重阳之日，人们携亲友登高、饮酒、赏菊。⑤〔送酒〕此处用东晋陶渊明的典故。有一年重阳节，陶渊明无酒可饮，只好闷坐在宅边菊丛之中。幸而江州刺史王弘送酒来，这才尽醉而归。⑥〔怜〕怜惜，悯惜。⑦〔应傍〕应该挨着。⑧〔战场〕当时长安仍在叛军手中，沦为战场。

◎**译文** 九月九日重阳佳节，我勉强登上高台，在这战时的行营中，没有谁能送酒来。我沉重地遥望故乡长安，那里的菊花应在战场边寂寞地绽开。

◎**赏析** 这首仄起、首句不入韵的平韵五绝，是一首非同寻常的怀乡诗。古人常在九月九重阳之日，携亲友登高、饮酒、赏菊，但这个九月九日却是在边塞军营中到来的。首句"强欲登高去"，一个"强"字表现出不愿为之而又不得不为之的心情。平时登高饮酒怀乡是雅事，但在战场上、在边疆却有了不一样的意义。长安不仅是故园，还是国都，而诗人在军中担负的是守边卫国的使命，因此，这次登高就不仅是平常意义的想念家乡了。第二句用"无人送酒来"承接，暗用了陶渊明的典故。诗人在这里感叹自己身在军营，无人来给送酒。接下来笔锋一转，说遥远故园的菊花开得正盛，而自己却看不到。其实看不到的并不仅仅是故园的菊花，亲人、朋友还有和平安宁的生活都很遥远。最后一句说故园的菊花却在战场边寂寞地开放。至此，此次登高已经突破了单纯的惜花和思乡，而寄托着诗人对千万饱经战争忧患的人民的同情、对国事的忧虑，也寄托着为国而战的决心。

婕妤怨

皇甫冉

花枝出建章，凤管发昭阳。
借问承恩者，双蛾几许长？

◎**作者简介** 皇甫冉（约718—约771），字茂政，润州丹阳（今江苏镇江）人。唐代诗人。先世居甘肃泾州。天宝十五载（756年）进士。曾官无锡尉，大历初入河南节度使王缙幕，终左拾遗、右补阙。其诗清新飘逸，多漂泊之感。

◎**注释** ①〔婕妤（jié yú）〕这里指汉代的班婕妤，班固的祖姑。她曾得到汉成帝的宠幸。赵飞燕姐妹入宫后，她失宠，自请到长信宫侍奉太后。②〔建章〕宫名。③〔昭阳〕汉代宫殿名。④〔花枝〕喻美丽的嫔妃宫女。⑤〔凤管〕乐器名。⑥〔承恩〕受皇上宠爱。⑦〔双蛾〕女子修长的双眉。借指美人。

◎**译文** 花枝招展的宫女走出建章宫，昭阳宫传来阵阵箫管声。请问你们这些得到皇帝恩宠的人，美貌能够保存多少年？

◎**赏析** 这是一首平起、首句入韵的平韵五绝。此诗借用了《婕妤怨》旧题。《婕妤怨》指《乐府诗集·相和歌辞十八·班婕妤》。《乐府解题》曰："《婕妤怨》者，为汉成帝班婕妤作也。婕妤，徐令彪之姑，况之女。美而能文，初为帝所宠爱。后幸赵飞燕姊弟，冠于后宫，婕妤自知见薄，乃退居东宫，作赋及《纨扇诗》以自伤悼。后人伤之而为《婕妤怨》也。"又因班婕妤失宠后，奉养太后于长信宫，故唐人乐府又名《长信怨》。这首诗以一个失宠宫妃的眼光和口吻，写她见到一个新得宠的宫妃的得意场面后所产生的心理活动，借此抒发自己郁郁不得志的情怀。前两句描绘出一个得宠的宫女形象：她花枝招展地走出建章宫，昭阳宫传来阵阵箫管声。这个宫女正在得到皇帝的宠幸。"花枝"既写其美，又写其招摇和得意。"凤管"用乐器代指歌舞，指受宠的宫女在皇帝面前欢乐地歌舞。后两句是失宠官女的发问，也是诗人的发问：请问你们这些得到皇帝恩宠的人，美貌能够保存多少年？"双蛾"是用蛾眉代指美貌。更深一层的意思则是质问那些靠谄媚皇上而得到宠爱的佞臣，你们所得到的宠信能保持多久呢？本诗表面写官女的怨恨，实际上是在浇自己的块垒，堪称"言近旨远"的佳作。

题竹林寺

朱放

岁月人间促，烟霞此地多。
殷勤竹林寺，更得几回过。

◎**作者简介** 朱放，生卒年不详，主要活动于唐代宗、德宗（762—805）时期。初居汉水滨，后以避岁馑迁隐剡溪、镜湖间。与女诗人李冶、上人皎然皆有交情。唐代宗大历中，辟为江西节度参谋。唐德宗贞元二年（786）诏举"韬晦奇才"，下聘礼，拜左拾遗，辞不就。《新唐书·艺文志》录有"朱放诗一卷"。

◎**注释** ①〔竹林寺〕在今江西庐山仙人洞旁。②〔促〕短促，短暂。③〔烟霞〕指山水胜景。④〔殷勤〕情意深厚。⑤〔过〕访问。

◎**译文** 岁月匆匆走过了人间，烟霞美景多多停留在竹林寺附近。我和竹林寺结下了深情厚谊，不知道今后还能有几次登临。

◎**赏析** 这首仄起、首句不入韵的平韵五绝，表达了诗人对竹林寺和隐居生活的喜爱。前两句说：岁月匆促走过了人间，烟霞美景多多停留在竹林寺附近。虽然岁月消磨，但竹林寺美丽的景观不会改变。"人间"指俗世，"烟霞"指隐居禅修的好地方。后两句说：和竹林寺结下了深情厚谊，不知道今后还能来访问几次。因为岁月的催促，诗人难以预料自己还有多少机会能来欣赏美丽的风景。一个"更"字表达出诗人对竹林寺的喜爱和眷恋之情。

过三闾庙

戴叔伦

沅湘流不尽，屈子怨何深。
日暮秋风起，萧萧枫树林。

◎ **作者简介** 戴叔伦（约732—约789），字幼公（一作次公），润州金坛（今属江苏）人。唐代诗人。年轻时师事萧颖士。其诗多表现隐逸生活和闲适情调，但《女耕田行》《屯田词》等篇也反映了人民生活的艰苦。论诗主张"诗家之景，如蓝田日暖，良玉生烟，可望而不可置于眉睫之前"（司空图《与极浦书》引）。今存诗二卷。

◎ **注释** ①〔三闾（lú）庙〕始建于汉代，是祭祀战国时楚国三闾大夫屈原的庙宇，在今湖南汨罗玉笥山上。②〔沅湘〕即沅江和湘江，均在湖南省。屈原曾在这一带生活过。③〔屈子〕即屈原。④〔萧萧〕风吹动树木发出来的声音。

◎ **译文** 沅水、湘水滚滚向前流不尽，屈原遭到奸佞打击哀怨多么深。黄昏时候一阵阵秋风吹起，三闾庙边的枫林发出萧萧的声音。

◎ **赏析** 这首平起、首句不入韵的平韵五绝，是为凭吊屈原而作。首句"沅湘流不尽"，以沅湘开篇，既是即景起兴，也是比喻。那流不尽的沅水、湘江就像屈子千年不尽的怨恨。继而直言"屈子怨何深"，前句写怨的绵长，后句写怨的深重。两句紧扣"怨"字，表达出诗人对屈原的深深同情。接下去两句一转，不写屈原为何而怨，而写三闾庙边的景色：日暮黄昏，一阵阵秋风吹起，三闾庙边的枫林发出萧萧声音。屈原《九歌·湘夫人》云"袅袅兮秋风，洞庭波兮木叶下"，《招魂》云"湛湛江水兮上有枫，目极千里兮伤春心。魂兮归来哀江南"。这些诗句中的景色，与这首《过三闾庙》所写略同。一切景语皆情语，诗人的情感就隐藏在这景语中。时历千载而三闾庙旁的秋色依然如昔，可是哪里能找到屈原的冤魂？日暮、秋风、枫林，再加上悲凉的萧萧之声，更令人感到凄凉和感伤。诗人的同情和哀怨都在这景语中了。施补华《岘佣说诗》说："并不用意，而言外自有一种悲凉感慨之气，五绝中此格最高。"这就是用景语抒情的妙处。

易水送别

骆宾王

此地别燕丹，壮士发冲冠。

昔时人已没，今日水犹寒。

◎**作者简介** 骆宾王（约638—684），字观光，婺州义乌（今浙江义乌）人。唐代诗人，与王勃、杨炯、卢照邻合称"初唐四杰"。又与富嘉谟并称"富骆"。曾作《为徐敬业讨武曌檄》。其诗辞采华丽，格律谨严。长篇如《帝京篇》，五、七言参差转换，讽时与自伤兼而有之；短制如本诗，二十字中，悲凉慷慨，余情不绝。

◎**注释** ①〔易水〕水名，在今河北易县。②〔燕丹〕指战国时燕国的太子丹。③〔壮士〕对荆轲的尊称。④〔冲冠〕发怒时头发竖起，把帽子都顶起来了。形容非常愤怒。⑤〔没〕通"殁"，死亡。

◎**译文** 荆轲就是在这个地方告别燕太子丹，壮士慷慨激昂怒发冲冠。壮士荆轲已经不在了，今天只有易水仍旧让人生寒。

◎**赏析** 这是一首仄起、首句入韵的平韵五绝，诗题一作《于易水送人》。诗人在送别友人之际，发思古之幽情，表达了对古代英雄的无限仰慕，从而寄托他对现实的深刻感慨，倾吐了自己满腔热血无处可洒的怨愤。前两句由在易水送别而想起荆轲告别燕丹时也曾在此慷慨激昂怒发冲冠。这位轻生重义、不畏强暴的社会下层英雄人物，诗人牢记心中。此地此景，怎不引发诗人心中激昂慷慨的豪情？接下去两句怀古伤今，抒发感慨。荆轲刺秦已成往事，英雄也早已逝去，但是易水却依旧那么寒凉。一个"寒"字岂止是写水之寒，更是写心之寒！这是在以象写意。古人云："象者，出意者也。"诗人用具象来表达心中之意，使心中之意借具象外现出来。诗歌构思的过程，也就是寻找到能准确表达内心之意的象的过程。以象传意，也许就是诗歌艺术的魅力吧！诗人把古今两次送别在易水边联系起来，唱出一曲慷慨悲壮的别离之歌，展现出一颗与荆轲同样的侠义之心。二十字中，悲凉慷慨，余情不绝。

别卢秦卿

司空曙

知有前期在，难分此夜中。

无将故人酒，不及石尤风。

◎ **作者简介** 司空曙，生卒年不详，字文明，或作文初，洛州（今河北永年）人。唐代诗人，"大历十才子"之一。约唐代宗大历年间在世。大历年间进士，磊落有奇才。其诗多为行旅赠别之作，长于抒情，多有名句。《唐音癸签》（卷七）有《司空文明诗集》。其诗朴素真挚，情感细腻，多写自然景色和乡情旅思。长于五律，诗风闲雅疏淡。

◎ **注释** ①〔卢秦卿〕作者的朋友，其生平不详。②〔无将〕不要把。③〔石尤风〕指能阻止船只航行的打头逆风。元代伊世珍《琅嬛记》引《江湖纪闻》载，商人尤某之妻石氏，思夫成疾，死前说要变为逆风，阻止天下商人远行。另南朝宋孝武帝《丁都护歌》其一云："愿作石尤风，四面断行旅。"可见这一传说在南北朝时已经流行。

◎ **译文** 虽然我们早约定了再次相会的日期，可是今天晚上还是难舍难离。请不要拒绝老友敬酒挽留，这挽留比不上阻止你船行的打头风起。

◎ **赏析** 这首仄起、首句不入韵的平韵五绝，是一首送别诗。卢秦卿是作者的朋友，作者在夜里送他上船登程。前两句写到虽然已知后会有期，却依然难舍难分，那份浓情，可想而知。"前期"指分别前先定下的再会日期。"此夜"指当下。二人相聚多日，今夜虽要离别，却早定下再会之期，可见二人友情至深，难舍难分。后两句写出诗人置酒送友，殷勤挽留的情形，还有意无意地祝愿天公刮大风，让友人不能成行，那友人便不得不停留了。诗人用"石尤风"这个典故，表达出不忍分别之情，真切而别出机杼。一般人送友多祝朋友一路顺风，而诗人却和石氏一样，盼朋友因乘的船遇上逆风，不能出行而留下来。这正是这首诗构思的匠心所在。同样的送行，同样的惜别，诗人却有自己独特的表达方式，用反语表达真情。

答 人

太上隐者

偶来松树下，高枕石头眠。
山中无历日，寒尽不知年。

◎**作者简介** 太上隐者，唐代的一位隐者，隐居在终南山，人不知其姓名。

◎**注释** ①〔答人〕此诗是太上隐者回答别人的问话。②〔无历日〕没有推算岁时节气的历法。③〔寒尽〕寒冷过去，即言春来。④〔不知年〕不知道是哪年哪月。

◎**译文** 我偶然来到这深山的松树下游玩，累了就用石头当枕头，无忧无虑地睡上一天。山中没有记载年月时令的历书，冬去春来也不知道是哪月哪年。

◎**赏析** 这是一首平起、首句不入韵的平韵五绝。据《古今诗话》记载："太上隐者，人莫知其本末。好事者问其姓名，不答，留诗一绝云。"这位隐者的来历人所不知，曾有好事者当面打听他的姓名，他也不答，却写下这首诗。诗人以自己的隐居生活和山中的节气变化，向人们展示了一位不食人间烟火的高人形象。前两句"偶来松树下，高枕石头眠"，简直是传神的自画像。"偶来"言其行踪不定，自由无羁。"高枕"则见其安卧无忧，随心任性。"松树""石头"是山间常见之物，也是隐者随处安居的居所。后两句则有"虽无纪历志，四时自成岁"（陶渊明《桃花源诗》）的意思。"寒尽"二字更有意味，寒尽而春来，四季轮回中，不知过了几多岁月，隐者却依然自由自在地来去在深山中，大有不知今是何世何年的意味，像《桃花源记》的人"不知有汉，无论魏晋"。通过四句答诗呈现出一个出世的高人形象。刘熙载《艺概》中说："五绝无闲字易，有余味难。"这首五绝，无一字多余，也没有用典故，平白如话，读起来却意味无穷。答俗人问，抒高逸情，堪称五绝中的妙品。

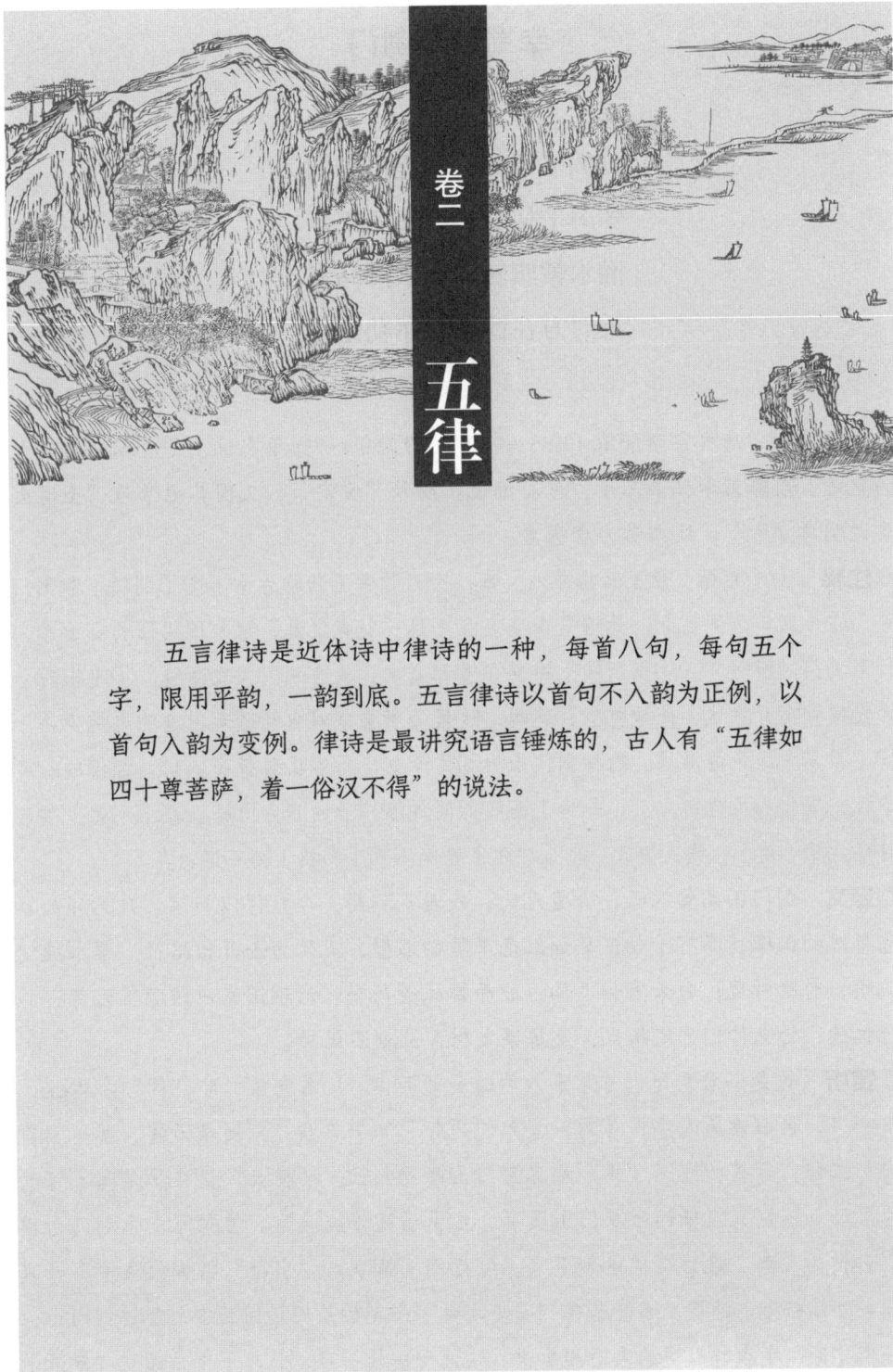

五律

五言律诗是近体诗中律诗的一种，每首八句，每句五个字，限用平韵，一韵到底。五言律诗以首句不入韵为正例，以首句入韵为变例。律诗是最讲究语言锤炼的，古人有"五律如四十尊菩萨，着一俗汉不得"的说法。

幸蜀回至剑门

唐玄宗

剑阁横云峻，銮舆出狩回。

翠屏千仞合，丹嶂五丁开。

灌木萦旗转，仙云拂马来。

乘时方在德，嗟尔勒铭才。

◎**作者简介** 唐玄宗李隆基（685—762），712年—756年在位，是唐朝在位最久的皇帝。唐睿宗李旦第三子，母窦德妃。庙号"玄宗"，又因其谥号为"至道大圣大明孝皇帝"，故亦称为唐明皇。

◎**注释** ①〔幸蜀〕帝王驾临蜀地。幸，古时称帝王驾临为幸。②〔剑门〕即剑门关，在今四川剑阁县北。此诗是李隆基在平息"安史之乱"后从四川回长安途中，行至剑门时所写。③〔横云峻〕峻立在横云之中，极言剑门关之高峻。④〔出狩〕古代皇帝离开京城去外地打猎、巡视。这里是唐玄宗对自己避乱出逃的委婉说法。⑤〔翠屏〕绿色的屏风。喻指剑门山。⑥〔千仞〕形容山势极高。仞，古代的长度单位，周代八尺为仞。⑦〔丹嶂〕高峻如同屏障一般的赤色山峰。⑧〔乘时〕顺应时势。⑨〔德〕仁德，德政。⑩〔嗟尔〕赞叹。⑪〔勒铭〕刻石记功。

◎**译文** 剑门山高耸入云，险峻无比；我避乱到蜀，今日得以回京。只见那如翠色屏风的山峰，高有千仞；那如红色屏障的石壁，五位力士开出路径。灌木缠绕旌旗，时隐时现；白云有如飞仙，迎面拂拭着马鬃。治理国家应该顺应时势，施行仁德；赞叹你们平定叛乱，是栋梁之材，应刻石记功。

◎**赏析** 这是一首仄起、首句不入韵的平韵五律。（首句第二字"阁"今读gé，阳平声，但旧读属入声，药韵，故为"仄起"。）首联"剑阁横云峻，銮舆出狩回"二句，开篇扣题。"峻"形容剑门山高耸入云。"横云"说在平地高不可及的层云，此刻只能低回于剑门山腰际，足见山高岭峻路险。首句写出了剑门山横空出世的气势。然后交代皇舆返京，经行剑阁情事。"出狩"指古代皇帝离开京城去外地打猎、巡视。李隆基在"安史之乱"平定后从四川回长安，经过剑门山，一个"回"字含有心境的爽朗和愉悦。这两句一景一事，领起下文。颔联"翠屏千仞合，丹嶂五丁开"对仗工整。枫叶流丹、青松积翠。抬头看去，剑门七十二峰堆叠，壁立千仞，仿佛扇扇闭合的大门。山势最险处，峭壁中断，两岩相对，形似剑门，是"一夫当关，万夫莫开"的险峻关隘。颈联"灌木萦旗转，仙云拂马来"也是对仗句。"灌木"句写道路曲折，仪仗左转右转，旌旗摇动，好像树木在转动。"仙云"句指山中之云拂马而来，丝丝缕缕，轻灵洁白，使人如入仙境。这两句暗写玄宗在叛乱平定后返回长安时轻松的心情。尾联"乘时方在德，嗟尔勒铭才"，是就剑阁石壁所勒张载铭文发出议论。张载《剑阁铭》中有"兴实在德，险亦难恃"的句子，在文尾说："勒铭山阿，敢告梁益。"玄宗表示：要趁着平叛的大好时机，消除隐患，重整河山，暗含要为平叛功臣刻石纪功之意。此诗格调谨严，笔力扛鼎，虽作于乱中，却不失盛唐君主气象。

和晋陵陆丞早春游望

杜审言

独有宦游人，偏惊物候新。
云霞出海曙，梅柳渡江春。
淑气催黄鸟，晴光转绿蘋。
忽闻歌古调，归思欲沾巾。

◎**作者简介**　杜审言（约645—约708），字必简，襄州襄阳（今湖北襄阳）人，后迁河南巩县（今河南巩义）。唐高宗咸亨进士，与李峤、崔融、苏味道合称"文章四友"，是唐代近体诗的奠基人之一。作品多朴素自然。其五言律诗，格律谨严。原有集，已散佚，后人辑有《杜审言诗集》。

◎**注释**　①〔和〕应和。②〔晋陵〕唐时郡名，在今江苏常州。③〔陆丞〕陆县丞，作者的友人。④〔宦游〕在外地做官。⑤〔物候〕自然界生物随季节的转换而变化的现象。⑥〔淑气〕温暖的气候。⑦〔黄鸟〕黄莺。⑧〔晴光〕即春光。⑨〔绿蘋〕蕨类植物，生在浅水中。⑩〔古调〕指陆丞古朴的《早春游望》诗。⑪〔思〕按律此处读sì。

◎**译文**　只有远离故里外出做官的人，才对自然物候的变化特别敏感。云霞灿烂，旭日即将从海上升起，红梅绿柳也渡江北迎春。和暖的春气催起黄莺歌唱，晴朗的阳光下绿蘋颜色渐深。忽然听到你吟诗古朴的曲调，勾起我的思乡之情，禁不住落泪湿巾。

◎**赏析** 这首仄起、首句入韵的平韵五律是一首唱和诗。杜审言在江阴县任职时，与陆某是同郡邻县的僚友。他们同游唱和，陆某原唱应为《早春游望》，内容已不可知。此诗是杜审言为唱和而作。诗首句就发感慨，说只有离别家乡、奔走仕途的人，才会对异乡的节物气候感到惊奇。言外之意即说，如果诗人在家乡，就不会对物候变化如此敏感惊奇了。接下去写"惊新"，写江南新春伊始至仲春二月的物候变化。颔联说：云霞灿烂，旭日即将从海上升起，红梅绿柳也渡江北迎春。这两句把江南春色描绘得十分烂漫，言春早、春暖，并且把梅和柳人格化，说它们也要渡江送春去。颈联写黄鸟和绿蘋。"黄鸟"，即黄莺，又名仓庚。《礼记·月令》载：仲春二月"仓庚鸣"。"绿蘋"指生长在浅水中的蕨类植物。江南春来早，水草也生得早。惊新由于怀旧，思乡情切，更觉异乡新奇。这两句写所见江南物候，也寓含着怀念中原故乡之情。尾联点明思归，道出自己伤春的本意。"古调"是对陆丞原作的敬称。"忽闻"是指突然听到陆丞诗句，无意中触到诗人思乡之痛，因而感伤流泪。这首诗韵脚分明，平仄和谐，对仗工整，已是成熟的律诗作品，是初唐时期近体诗体式定格的奠基之作，具有开源辟流的意义。

蓬莱三殿侍宴奉敕咏终南山

杜审言

北斗挂城边，南山倚殿前。

云标金阙迥，树杪玉堂悬。

半岭通佳气，中峰绕瑞烟。

小臣持献寿，长此戴尧天。

◎**注释** ①〔蓬莱三殿〕指唐代大明宫中的麟德殿。故址在今陕西西安市北。②〔奉敕〕奉皇帝命令。③〔云标〕云端。④〔金阙〕指富丽堂皇的皇宫建筑。⑤〔迥〕高远貌。⑥〔树杪〕树梢。⑦〔玉堂〕本为汉代建章宫殿名。这里泛指终南山上精美的建筑。⑧〔半岭〕半山腰。⑨〔中峰〕终南山主峰。⑩〔绕〕环绕。⑪〔尧天〕尧舜时代那样的太平盛世。

◎**译文** 北斗星高挂在长安城边，终南山好像偎依在蓬莱三殿前。山上华丽的宫殿耸入云端，树梢边精美的楼阁高悬。半山飘动着美好的云气，主峰上环绕着祥瑞的青烟。小臣我持酒向皇帝祝寿，愿长久生活在太平盛世中间。

◎**赏析** 这首仄起、首句入韵的平韵五律，是一首对皇帝歌功颂德的应制诗。应制诗是封建时代臣僚奉皇帝之命所作、所和的诗，唐以后大都为五言六韵或八韵的排律。唐中宗诞辰，于内殿宴请群臣，命以终南山为题，咏诗助兴。这首诗首联以北斗星高挂宫城边，巍峨的终南山倚立在蓬莱三殿之前来映衬皇宫的宏伟高峻。北斗、南山还常作为祝寿用语，如北斗第四星就叫"天心，字延寿"。再如"寿比南山"，出自《诗经·小雅·天保》，其文如下："如月之恒，如日之升，如南山之寿，不骞不崩。如松柏之茂，无不尔或承。""南山"指秦岭终南山。这里虽说是借北斗、南山来歌颂皇宫高大，但也包含着祝寿之意。颔联正面写终南山的宫观殿宇高入云表的壮观。颈联写终南山瑞云缭绕，和朝廷的兴旺之气相通，进一步以终南山景物来赞颂皇帝。尾联直接颂扬皇帝寿比南山，治国有如尧舜。诗人用北斗、南山、金阙、玉堂形容宫殿的高峻雄伟、金玉满堂，以终南山的瑞气、祥云，形容皇宫有如天上宫阙；最后祝圣上寿比南山，愿永受圣王统治，长久生活在太平盛世中间。全诗写得庄重典雅，是典型的歌功颂德的作品。

春夜别友人

陈子昂

银烛吐清烟，金尊对绮筵。

离堂思琴瑟，别路绕山川。

明月隐高树，长河没晓天。

悠悠洛阳道，此会在何年？

◎**注释**　①〔银烛〕明亮的蜡烛。②〔金尊〕指精美的酒杯。③〔绮筵〕华丽的酒宴。④〔琴瑟〕本为两种乐器，同时演奏，其音谐和。⑤〔此会〕这样的聚会。犹言再次相聚。

◎**译文**　明烛吐出缕缕青烟，金杯对着华美的盛宴。分别的堂上思念琴瑟友好，离别后路远绕过山川。明月隐蔽在高树之后，银河消失在晓晖中间。前往洛阳路途遥远，不知何年才能重见？

◎**赏析**　这是一首仄起、首句入韵的平韵五律。（首句第二字"烛"今读zhú，阳平声，但旧读属入声屋韵，故为"仄起"。）《春夜别友人》共有两首，这里所选的是第一首。诗约作于武则天光宅元年（684）春。这时年方二十六岁的陈子昂告别家乡四川射洪，奔赴东都洛阳，准备向朝廷上书，求取功名。临行前，友人摆夜宴为他送行。席间，面对金樽美酒，他写下了这首诗。诗从眼前酒宴将尽写起：别筵将尽，分手在即。"银烛吐清烟"中的"吐"字，使人想象到离人相对无言，只是凝视着银烛的青烟出神的神情。"金尊对绮筵"，其意是面对华筵，除却"劝君更尽一杯酒"外，再也没有什么可以勉强相慰的话了。这两句诗勾画出一种于沉静之中更见别意的情境。领联"离堂思琴瑟，别路绕山川"着意写离情。"琴瑟"代指宴会之乐，出自《诗经·小雅·鹿鸣》"我有嘉宾，鼓瑟鼓琴"，是借用丝弦乐音比拟情谊的深厚，说分别后会想念今天的欢聚。"山川"句表示道路遥远曲折，更让人生出路途迢遥、恨山川之缭绕的别情。颈联"明月隐高树，长河没晓天"，从室内宴会转到户外环境：明月隐蔽在高树之后，银河消失在晓晖中间。表明团聚宴会已罢，长天将晓，分手的时刻终于来到。尾联两句写日送友人沿着这条悠悠无尽的洛阳古道而去，不由得兴起不知何年才能重见之感。这首诗不写热闹的欢宴场面，只写宴会结束的那一刻,在沉静之中见深情。此诗写离情别绪却不消沉,已达蕴藉含蓄之境了。

长宁公主东庄侍宴

李峤

别业临青甸,鸣銮降紫霄。

长筵鹓鹭集,仙管凤凰调。

树接南山近,烟含北渚遥。

承恩咸已醉,恋赏未还镳。

◎**作者简介** 李峤(644—713),字巨山,赵州赞皇(今属河北)人。唐代诗人。二十岁举进士,历事高宗、武后、中宗、睿宗四朝。高宗时奉命宣谕岭南邕、严二州,叛者尽降,高宗甚嘉之。酷吏来俊臣构陷同平章事狄仁杰、右御史中丞李嗣真等,李峤挺身指其枉状,忤旨出为润州(今江苏镇江)司马。后以文章受知武后,三度拜相,并领修《三教珠英》。中宗复位,李峤因附会张易之兄弟,出为豫州刺史。景龙三年(709)以特进守兵部尚书,同中书门下三品。睿宗即位(710),出为怀州刺史,寻以年老致仕。生平见新、旧《唐书》本传。

◎**注释** ①〔长宁公主〕唐中宗李显之女。②〔东庄〕长宁公主在长安的别墅。③〔青甸〕绿色的郊野。甸,草甸。④〔鸣銮〕皇帝的车驾。⑤〔鹓鹭〕两种鸟的名字,因它们群飞而有序,故以喻朝官齐集,列队班行。⑥〔仙管〕对侍宴管乐的美称。⑦〔凤凰调〕凤凰和鸣,调和声调。⑧〔北渚〕北边的水中陆地。此指渭水。⑨〔未还镳〕犹言未回马,没有返回。镳,马嚼子的两端露出嘴外的部分,是连接缰绳之处。

◎**译文** 长宁公主的别墅靠近青青的城郊,皇上的御驾好像降自空中。朝官齐集列队班行参加盛宴,吹奏箫管像凤凰和鸣那样优美动听。树木高耸接近终南山高峰,云烟缭绕一直延伸到远处的渭水岸边。得到皇上的恩泽,群臣都已醉倒,皇上留恋东庄美景,久久没有回宫。

◎**赏析** 这首仄起、首句不入韵的五律是典型的侍筵诗。唐中宗李显领着大臣们到女儿长宁公主的东庄别墅去吃饭，李峤写这样一首诗以侍筵。首联说长宁公主的别墅靠近青青的城郊，皇上的御驾好像降自空中。"青甸""紫霄"用鲜明的色彩夸赞皇家生活的排场，把皇帝阿谀成自天而降的神仙。颔联写宴会的盛大：朝官齐集，列队班行参加盛宴，吹奏箫管像凤凰和鸣那样优美动听。用"鹓鹭"比喻百官，用"凤凰"明写音乐，暗喻公主，描绘出一幅百鸟朝凤的画面。颈联写东庄别墅的环境，东庄别墅是一块风水宝地：树木高耸接近终南山高峰，云烟缭绕与远处渭水相映。尾联对赐筵的皇帝表示感恩和谢意。全诗用比喻、对比、夸张等多种修辞手法来介绍长宁公主的别墅，以及皇家宴会的盛况，使人对皇家那种威严奢华的生活有了一定的了解。李峤作为宰相，对皇帝感恩戴德是必然的，他既将政治目的融到了诗里，又严格按照五言律诗格律遣词。大多数应制诗、侍筵诗都是如此。

恩赐丽正殿书院宴应制得林字

张说

东壁图书府，西园翰墨林。

诵《诗》闻国政，讲《易》见天心。

位窃和羹重，恩叨醉酒深。

载歌春兴曲，情竭为知音。

◎**注释** ①〔丽正殿〕唐代官殿名。②〔应制得林字〕奉皇帝之命作诗，规定用"林"字韵。③〔东壁〕星名，是"壁宿（xiù）"的别称。壁宿，北方玄武之象的星宿名，为二十八宿之一。传说它掌管天上的文章、图书。④〔西园〕曹操建立西园，集文人于此赋诗。这里的东壁与西园，皆代指丽正殿书院。⑤〔《诗》〕指《诗经》。⑥〔闻〕从中领悟。⑦〔国政〕国家政事。此处指治国的道理。⑧〔《易》〕指《易经》，又称《周易》。⑨〔见〕体察，发现。⑩〔天心〕天意。⑪〔位窃〕犹言窃位。此处是诗人自谦之词。⑫〔和羹〕本指为羹汤调味，此处用来比喻宰相辅佐帝王综理朝政。⑬〔恩叨〕叨恩，指得到恩惠。

◎**译文** 丽正殿设立书院，文人学士在这里雅集。诵读《诗经》了解国事，讲解《易经》知道天意。我身为宰相责任重大，承蒙皇恩赐宴，痛饮大醉。乘兴诵唱春天的歌曲，竭尽才力作诗酬知音。

◎**赏析** 这首仄起、首句不入韵的五律，是一首应制诗，即由皇帝命题并指定韵字。本诗按皇帝规定用"林"字韵。作者当时身为丞相，又逢皇帝赐宴，自然会歌功颂德。首联意为：丽正殿设立书院，成了文人学士聚会赋诗的地方。颔联意思是：诵读《诗经》了解国事，讲解《易经》知道天意。颈联意思是说：我身为宰相责任重大，承蒙皇恩赐宴，痛饮大醉。尾联意思是：乘兴诵唱春天歌曲，竭尽才智来依韵赋诗，以报答皇帝的知遇之恩。诗中大量用典，如"壁宿""西园""和羹"等，表达了对皇帝的感恩戴德。

送友人

李白

青山横北郭，白水绕东城。

此地一为别，孤蓬万里征。

浮云游子意，落日故人情。

挥手自兹去，萧萧班马鸣。

◎**注释** ①〔北郭〕即外城的北面。郭，在城外围加筑的一道城墙。②〔白水〕清澈的水。③〔孤蓬〕蓬草。干枯后根株断开，遇风飞旋，也称"飞蓬"。诗人用"孤蓬"喻指远行的朋友。④〔自兹去〕从此分手。兹，此。⑤〔萧萧〕马的嘶叫声。⑥〔班马鸣〕马相别的嘶叫声。班马，离群的马，这里指载人远离的马。班，分别，离别。

◎**译文** 青翠的山峦横卧在城北，清澈的流水围绕着东城。在此地我们相互道别，你就像孤蓬一样万里飘零。游子像浮云一样行踪不定，夕阳徐徐落下，难舍我们的友情。挥挥手从此分别，载你远行的马也萧萧长鸣。

◎**赏析** 这首平起、首句不入韵的五律，表达了作者送别友人时的依依不舍之情。此诗写得情深意切，境界开阔，对仗工整，自然流畅。首联交代了告别的地点：青翠的山峦横卧在城北，清清的流水围绕着东城。这两句中"青山"对"白水"，"北郭"对"东城"，首联即用了工丽的对偶，这在律诗中并不多见。

"青""白"色彩对比明丽；"横"字勾勒青山的静姿，"绕"字描绘白水的动态，用词准确而传神。诗笔挥洒自如，接下去两句写情。诗人借孤蓬来比喻友人的漂泊生涯：此地一别，离人就要像那随风飞舞的蓬草，飘到万里之外去了。此联系流水对，即两句语义相承，但不是工对，体现了李白"天然去雕饰"的诗风，也符合古人不以形式束缚内容的看法。古人常以飞蓬、转蓬、飘蓬比喻漂泊生涯。此句"孤蓬"意象传达出作者沉重的别情，寄托着对朋友的深切关怀，写得自然流畅，感情真挚。颈联用"浮云""落日"意象再写离别深情。浮云像游子一样行踪不定，夕阳徐徐落下不舍我们的友情。这两句对仗很工整，切景切题。朋友像孤蓬一样漂泊，牵住了诗人的心；诗人恋恋不舍的情意，就像不忍落山的夕阳。情以象传，景语即是情语。尾联两句，情意更切。挥挥手从此分别了，载他远行的马也萧萧长鸣。一个"挥"字，潇洒利索，带有豪侠气，绝无儿女态。"萧萧班马鸣"的场景，借马鸣之声为别离之声，衬托出依依惜别的深情，余音在耳，萧萧不绝。这首送别诗写得新颖别致，不落俗套。诗中青山、流水、红日、白云相互映衬，色彩鲜明，衬托出积极的情感；又有班马长鸣，余音不绝。这首诗描绘出一幅有声有色的送别画面。虽写离别，但又没有悲伤的意味，反而带有豪迈的气象，十分符合李白任侠的个性。

送友人入蜀

李白

见说蚕丛路，崎岖不易行。

山从人面起，云傍马头生。

芳树笼秦栈，春流绕蜀城。

升沉应已定，不必问君平。

◎**注释**　①〔见说〕听说。②〔蚕丛路〕代指进入蜀地的道路。蚕丛，传说中古代蜀王之名，此处代指蜀地。③〔笼〕笼罩。④〔秦栈〕从秦入蜀的栈道。栈道通于陕西，陕西古为秦地，故云秦栈。栈，在陡岩峭壁上凿岩架木修成的路。⑤〔春流〕即流经成都的河流。⑥〔蜀城〕成都。⑦〔升沉〕宦海浮沉，功名得失。⑧〔定〕定局。⑨〔君平〕即严君平，西汉人，名遵，隐居成都，以算命占卜为生。

◎**译文**　听说去蜀地的道路，崎岖艰险不易通行。山壁紧靠人的脸旁，云气依傍着马头上升。花树笼罩秦川栈道，春江绕流蜀地都城。进退升沉应已命中注定，不必去问善卜的君平。

◎**赏析**　这首平起、首句不入韵的五律是一首送行诗，为唐玄宗天宝二年（743）李白在长安送友人入蜀时所作。首联说：听说友人要去蜀地，就告诉他，那条蚕丛时开辟的入蜀的道路十分崎岖难行。这是对朋友的提醒。"蚕丛路"代指进入蜀地的道路，即剑门蜀道。其中有典故：据《华阳国志》《蜀王本纪》《水经注》等古书记载，战国中后期，秦惠文王见古蜀国第十二世开明王朝国力衰退，蜀王荒淫无道，便欲伐蜀，但苦于崇山阻隔，无路可通。秦惠文王深知蜀人有崇信巫术鬼神的迷信传统，于是心生一计，请人凿刻了五头巨大的石牛，以赠送蜀王。秦王派人在石牛屁股下放置黄金，还像模像样地为每头牛安排了专门的饲养人员。蜀人一见之下，以为是天上神牛，能屙黄金。蜀王大喜，便派出五个有移山倒海之力的著名大力士开山辟路，一直将石牛拖回成都。这就是"五丁开山"的传说。而这条拖送石牛的道路，就是古金牛道，亦称"剑门蜀道"。颔联就"崎岖不易行"的蜀道做了具体描写：山壁紧靠人的脸旁，云气依傍着马头上升。"起""生"两字生动地表现了栈道的狭窄、险峻。颈联"芳树笼秦栈，春流绕蜀城"描绘蜀道春天的美丽：上句是平视，往前看，弯弯曲曲的栈道被花树笼罩。下句是俯视，从山上往下看，曲曲弯弯的春江环绕着蜀城。这一联说蜀道不只是艰险，还有美丽的一面。诗人想借此告诉朋友不要有顾忌，要大胆前行。尾联"升沉应已定，不必问君平"点出诗的主旨：西汉严遵，字君平，隐居不仕，曾在成都卖卜为生。李白借用君平的典故，婉转地告诉他的朋友不要沉迷于追求功名利禄，其中也包含对自身身世的感慨。尾联写得含蓄蕴藉，语短情长。这首诗，风格清新俊逸。中间两联对仗非常工整。颔联极言蜀道之难，颈联又道风景可观，笔力雄健多变。最后，以议论作结，点明主旨，余味悠长。

次北固山下

王湾

客路青山外，行舟绿水前。

潮平两岸阔，风正一帆悬。

海日生残夜，江春入旧年。

乡书何处达？归雁洛阳边。

◎**作者简介** 王湾（693—751），字号不详，洛阳（今属河南）人。唐玄宗先天年间（712）进士及第，授荥阳县主簿。后受荐编书，参与集部的编撰辑集工作。书成之后，因功授任洛阳尉。王湾"词翰早著"，现存诗十首，其中流传最广的是《次北固山下》。其中"海日生残夜，江春入旧年"两句，得到当时宰相张说的极度赞赏，并亲自书写悬挂于宰相政事堂上，以作为文人学士学习的典范。直到唐末，诗人郑谷还说："何如海日生残夜，一句能令万古传。"（《卷末偶题三首》其一）

◎**注释** ①〔次〕停下。此处指船停泊。②〔北固山〕在今江苏镇江市北，三面临江。镇江三山名胜之一，远眺北固，横枕大江，石壁嵯峨，山势险固，因此得名北固山。东汉末年刘备甘露寺招亲的故事就发生在北固山。以险峻著称的北固山，因这个故事而名扬千古。③〔残夜〕夜未尽时，即天快亮的时候。④〔入旧年〕指旧年尚未逝去。⑤〔乡书〕家信。

◎**译文** 旅行的路从青山之外而来，行船顺着碧绿的江水向前。春潮正涨，两岸江面更宽阔；顺风行船，一面船帆高悬。红日冲破残夜，从海之外面升起；江上春早，去年末已春潮泛滥。寄去的家书何时才能到达，归雁何时能飞到洛阳边。

◎**赏析** 这是一首仄起、首句不入韵的五律。此诗以准确精练的语言描写了冬末春初诗人在北固山下停泊时所见到的青山绿水、潮平岸阔等壮丽之景，抒发了诗人深深的思乡之情。开头以对偶句发端，诗人乘舟，正朝着展现在眼前的"绿水"前进，驶向"青山"，驶向"青山"之外遥远的"客路"，描绘出江南冬末春初的景色。颔联写在"潮平""风正"的江上行船。"潮平"，指潮与岸齐，因而两岸显得宽阔，这是春潮初升时的景象。"风正"，指顺风，且风力不大，所以帆是悬挂之形。情景恢宏阔大。颈联写拂晓行船的情景，对仗隐含哲理。明代胡应麟在《诗薮·内编》里说："形容景物，妙绝千古。"当残夜还未消退之时，一轮红日已从海上升起；旧年尚未逝去，江上已呈露春意。"日生残夜""春入旧年"，都表示时序的交替，而且是那样匆匆不可待，这怎不叫身在"客路"的诗人顿生思乡之情呢？诗人无意说理，却在描写景物、节令之时，传达出一种自然的理趣。海日生于残夜，将驱尽黑暗；那江上景物所表现的"春意"，闯入了旧年，将赶走严冬。两句给人以乐观、积极、向上的艺术鼓舞力量。尾联说：不知寄去的家书何时到达，归雁何时能飞到洛阳边。见雁思亲，与首联呼应。全诗用笔自然，写景鲜明，对仗工巧，情感真切，情景交融，风格壮美，极富韵致，历来广为传诵。

苏氏别业

祖咏

别业居幽处，到来生隐心。

南山当户牖，沣水映园林。

竹覆经冬雪，庭昏未夕阴。

寥寥人境外，闲坐听春禽。

◎**作者简介**　祖咏（699—746？），字号均不详，洛阳（今河南洛阳）人。盛唐诗人。少有文名，擅长诗歌创作。与王维友善。王维在济州赠诗云："结交二十载，不得一日展。贫病子既深，契阔余不浅。"（《赠祖三咏》）其流落不遇的情况可知。开元十二年（724），进士及第，长期未授官。后入仕，又遭迁谪，仕途落拓。后归隐汝水一带。

◎**注释**　①〔隐心〕隐居之心。②〔南山〕终南山。③〔户牖〕门窗。④〔沣水〕水名，发源于秦岭，经户县、西安入渭水。⑤〔未夕〕还未到黄昏。

◎**译文**　别墅位于幽静的地方，到这儿顿生隐居之心。开窗能看到终南山的远影，沣水掩映着美丽的园林。竹梢上覆盖着经冬的残雪，太阳未落，庭院已昏沉。这里寂寥幽静，仿佛是世外桃源，闲坐可细听春禽悦耳的声音。

◎**赏析**　这首仄起、首句不入韵的五律，描写了诗人到深山中的苏氏别墅游览的情景。全篇语言洗练，造语新奇，格律严谨，意境清幽，是盛唐五言律诗中的一首佳作。首联两句概述苏氏别业的清幽宁静，先点明别墅坐落在深山幽僻之处，再写自己一到别墅就产生了隐逸之心。叙事干净利落，开篇即点明主旨。颔联写道：开窗能看到南山的远影，沣水掩映着美丽的园林。这两句描写别墅环境的幽美，依山傍水，境界开阔。巧妙之处是采用借景的手法，借窗户绘南山，借园林写沣水，在小景、近景中蕴藏着大景、远景，这就是王夫之在《姜斋诗话》中说的"以小景传大景之神"的写法。颈联说：竹梢上覆盖着经冬的残雪，太阳未落，庭院已昏沉。"经冬"，说现在已是春天；"未夕"，说此时正是白昼。"覆"字点出积雪很厚。在春天里，还有那么厚的积雪覆盖着竹林；在大白天里，庭院居然如此幽暗。可见别墅地势很高，周围有山崖和郁茂的林木遮挡了阳光，因此才会清冷和幽暗。

尾联总括全诗："寥寥人境外",写诗人的感受。置身在这清幽的深山别墅之中,他感到自己仿佛来到世外桃源。于是,他静静地坐下来,悠闲地聆听深山中春鸟的鸣叫。全诗前七句写景,是静;末句"闲坐听春禽",写声,是动。动静交织,赞美别业的幽静美好。

春宿左省

杜甫

花隐掖垣暮,啾啾栖鸟过。

星临万户动,月傍九霄多。

不寝听金钥,因风想玉珂。

明朝有封事,数问夜如何。

◎ **作者简介** 杜甫(712—770),字子美,自号少陵野老,祖籍湖北襄阳(今湖北襄阳),生于河南巩县(今河南巩义)。唐代伟大的现实主义诗人。曾任左拾遗、检校工部员外郎,后人因此称他为杜拾遗、杜工部。其诗风格"沉郁顿挫",内容多反映社会动荡、政治黑暗、人民疾苦等,被誉为"诗史"。其人忧国忧民,品行高尚,诗艺精湛,被奉为"诗圣"。

◎ **注释** ①〔宿〕值夜,即值夜班。②〔左省〕古时称门下省为左省。左拾遗属门下省,其办公地在皇宫东边,故称左省。③〔掖垣〕门下省和中书省位于宫墙的两边,像人的两腋,故名。④〔九霄〕此处指高耸入云的宫殿。⑤〔金钥〕此处指开宫门的钥匙声。⑥〔玉珂〕马的装饰物,即马铃。⑦〔封事〕即封章。臣子上书奏事,以袋封缄,防止泄露机密。⑧〔数〕屡次,多次。

◎ **译文** 左偏殿花丛隐没在暮色中,归巢鸟儿鸣叫着飞过皇宫。星光照临,千门万户都在闪烁,明亮的月光来自高高的空中。不敢睡觉,仿佛听到宫门关闭的锁钥声,晚风吹过想到上朝响起的马铃。明晨上朝还要上书奏事,心不安宁,多次询问夜已到几更。

◎ **赏析** 这首仄起、首句不入韵的五律,抒发作者上封事前在门下省值夜时的心情,表现了他居官勤勉、尽职尽忠、一心为国的精神。首联两句描绘开始值夜时

"左省"的景色：左偏殿花丛隐没在暮色中，归巢鸟儿鸣叫着飞过皇宫。写花、写鸟是点题，诗中之"春""花隐""栖鸟"是傍晚时的景致，和"宿"关联。这两句字字点题。颔联写夜中之景。星光照临，千门万户都在闪烁，明亮的月光来自高高的空中。这两句是精彩的警句，对仗工整妥帖，描绘生动传神，气象恢宏。诗人不仅把星月映照下的官殿巍峨清丽的夜景描绘出来，还寓含着帝居高远的颂圣味道。虚实结合，形神兼备，语意含蓄双关。颈联描写夜中值宿时的情况。这两句是说他值夜时睡不着觉，仿佛听到了有人开宫门的锁钥声;风吹檐间铃铎，好像听到了百官骑马上朝的马铃响。这些都是想象之辞，深切地表现了诗人勤于国事，唯恐次晨耽误上朝的心情。最后两句交代"不寝"的原因，继续写诗人宿省时的心思：第二天早朝要上封事，心绪不宁，所以好几次询问夜到了什么时辰。"数问"二字，则更表现了诗人寝卧不安的程度。前四句写宿省之景，后四句写宿省之情。自暮至夜，自夜至将晓，自将晓至明朝，叙述详明而富于变化，描写真切而生动传神，体现了杜甫律诗结构既严谨又灵动、诗意既明达又蕴藉的特点。

题玄武禅师屋壁

杜甫

何年顾虎头，满壁画沧洲。

赤日石林气，青天江海流。

锡飞常近鹤，杯渡不惊鸥。

似得庐山路，真随惠远游。

◎注释 ①〔玄武禅师〕玄武庙中的僧人。禅师是对和尚的尊称。②〔顾虎头〕即东晋著名画家顾恺之，字长康，小字虎头。相传他曾在建康（今南京）瓦官寺墙壁上题画维摩诘像，画讫，光耀月余。③〔沧洲〕滨水的地方。古时常用来称隐士的居处。此处是指壁画上高人隐士居住之地。④〔惠远〕东晋时高僧，曾在庐山结庐修行。一时名人如刘遗民、雷次宗辈，并弃世遗荣，依远游止。

◎译文 顾恺之什么时候留下了这精彩的壁画，使这壁上画满了玄武山中的妙境？只见赤日当空也破不了山林蓊郁之气，青天下江水东流入海。锡杖和白鹤离得不远，用木杯渡江的高僧连鸥鸟也没有惊动。上山的路好像是庐山的路，真想远游去追随惠远高僧。

◎ **赏析**　这首平起、首句入韵的五律是一首题画诗。诗人在观赏了玄武禅师寺中的壁画后写下此诗，一方面再现壁画的内容，另一方面抒发观画后的感想。此诗以发问开始，首联借用东晋大画家顾恺之来赞美壁画作者的大手笔：顾恺之什么时候留下了这精彩的壁画，使这壁上画满了玄武山中的妙境？这两句起得很不平常。颔联才以精练的语言具体地再现壁画的内容。只见赤日当空也破不了山林蓊郁之气，青天下江水东流大海，寥寥十字描绘了一幅雄浑图景，概括力和表现力都很强。颈联因为要切合寺院中的壁画这一特点，所以连用《高僧传》中两个典故。一是僧侣宝志与白鹤道人比斗：梁时，舒州潜山风光奇绝，僧侣宝志与白鹤道人都想到那里去住。梁武帝知道他们都有些神通，令他们各用物在想要住的地方做个标志。道人放出鹤，和尚则挥锡杖并飞入云中。结果，锡杖比鹤先到，白鹤道人只得另选地方居住。二是杯渡禅师事：传说古时有位高僧乘木杯渡海而来，人们称他为杯渡禅师。这也是壁画中的内容。最后两句是作者观看壁画时的联想，表现了一种消极出世的思想。这是因为当时发生兵乱，杜甫避居梓州，寄人篱下，生活窘困，前途渺茫，所以他产生了归隐山林的想法。这首诗用到了很多和宗教有关的传说典故，将玄武庙中的壁画描绘得精彩纷呈，如在目前。这处庙宇的特点一是年代久远，二是临水而建，三是幽深寂静，四是多有隐者高人居住。这些特点全凭一墙壁画为证。胡应麟《诗薮·内编》曰："'荒庭垂橘柚，古屋画龙蛇'，'锡飞常近鹤，杯渡不惊鸥'，杜用事入化处。然不作用事看，则古庙之荒凉，画壁之飞动，亦更无人可着语。此老杜千古绝技，未易追也。"

终南山

王维

太乙近天都，连山到海隅。

白云回望合，青霭入看无。

分野中峰变，阴晴众壑殊。

欲投人处宿，隔水问樵夫。

◎**注释** ①〔太乙〕终南山的别名。②〔天都〕天帝居处，借指天空。③〔海隅〕海边，海角。④〔青霭〕青色的烟雾。⑤〔分野〕古人将天上的二十八星宿和地上的各州对应，分为若干区域，叫分野。地上的每一个区域都对应星空的某一处分野。⑥〔人处〕有人居住的地方。

◎**译文** 高高的太乙山与天相接，山连着山一直延伸到海边。白云缭绕，回望中混成一片；青雾迷茫，进入山中都不见。中央主峰把终南山东西隔开，各山间山谷迥异，阴晴多变。想在山中找个人家去住宿，隔水询问樵夫是否方便。

◎**赏析** 这是一首仄起、首句入韵的五律。开元二十九年（741），王维回到京城后，曾隐居终南山。该诗当作于这一时期。本诗以诗人的游踪为主线，对终南山的美丽景象做了生动描绘。首联运用夸张的手法，给读者一个终南山山势高峻、延绵遥远的印象。"太乙"为终南山主峰，"近天都"将终南山的"高峻"勾勒出来；"海隅"表现了终南山延绵之广。这两句写远景，视野开阔，意境宏大。颔联通过"白云"作衬，虚实结合；"青霭入看无"带读者进入神秘的终南山的氤氲之中。其观景视点由远及近，随着游踪的变化，景色也迥异。原先白云缭绕的山峰，此时却没有一点儿雾霭的踪迹了。颈联着眼于终南山的各个子峰，中央主峰把终南山东西隔开，各山间山谷迥异，阴晴多变。"变"字道出了终南山的山峦起伏之大，子峰之多。"众壑"句间接地点出终南山群峰相隔的距离，"殊"字更意味深长地道出了"同山不同天"的奇异。尾联却抛开写景，转向记事。如此美好的终南山，景色悠然，令无数游客恋恋不舍，以至于诗人"欲投人处宿"，其心境由此看出。投宿山中一则可以舒缓游走之累，再则能饱览山色之美、山野之趣，品味其幽静，而自古终南山就是文人骚客隐逸休憩之地，王维自然不会错过这个机会。"隔水问樵夫"，把读者的注意力引向山中之水、山野之夫。整首诗情景交融，寓心于山水，诗人心绪的愉悦如山泉般喷涌而出，展现出一种恢宏壮大的气势，以及终南山之壮美景象。

寄左省杜拾遗

岑参

联步趋丹陛，分曹限紫微。

晓随天仗入，暮惹御香归。

白发悲花落，青云羡鸟飞。

圣朝无阙事，自觉谏书稀。

◎ **注释** ①〔联步〕左右并排上朝。②〔趋〕碎步快行，很恭敬的样子。③〔丹陛〕宫殿前的红色台阶。④〔分曹〕作者与杜甫分属不同官署。曹，官署。⑤〔限紫微〕作者隶属于紫微（中书）省。⑥〔天仗〕宫中的仪仗。⑦〔惹〕带着，沾染。⑧〔御香〕金殿上的香气。⑨〔阙事〕使人缺憾、不满的事。阙，通"缺"。⑩〔谏书〕规劝皇帝的上疏。

◎ **译文** 上朝时并排同登红色台阶，分署办公又和你相隔紫微。早晨跟着天子的仪仗入朝，晚上身染御炉的香气回归。满头增白发，悲叹春花凋落，遥望青云万里，羡慕群鸟高飞。圣明的朝廷大概没有憾事，我感觉规谏奏章日渐稀疏。

◎ **赏析** 这首仄起、首句不入韵的五律是一首委婉而含讽的诗。诗人采用曲折隐晦的手法，感慨身世遭遇和发泄对朝廷不满的愤懑之情，名为赞朝廷无讽谏之事，实含深隐的讽刺之意。此诗辞藻华丽，雍容华贵，寓贬于褒，有绵里藏针之妙。唐肃宗至德二载（757年）四月，杜甫从叛军围圈中脱身逃到凤翔，见了唐肃宗李亨，任左拾遗。而岑参则于至德元载东归。从至德二载至乾元元年（758）初，两人同仕于朝。岑任右补阙，属中书省，居右署；杜任左拾遗，属门下省。"拾遗"和"补阙"都是谏官。岑、杜二人，既是同僚，又是诗友，这是他们的唱和之作。首、颔两联是叙述与杜甫同朝为官的情景。表面看，好像是在炫耀朝官的荣华显贵，却从另外一方面看到朝官生活多么空虚、无聊、死板、老套。每天他们总是煞有介事、诚惶诚恐地"趋"（小跑）入朝廷，分列殿庑东西。但君臣们既没有办什么轰轰烈烈的大事，也没有定下什么兴利除弊、定国安邦之策。诗人特意强调，清早，他们随威严的仪仗入朝，而到晚上，唯一的收获就是沾染一点儿"御香"之气罢了。这种庸俗无聊的生活，日复一日，天天如此。这对于立志为国建功的诗人来说，不能不感到由衷的厌恶。颈联直抒胸臆，诗人向老朋友吐露内心的悲愤："白发悲花落，青云羡鸟飞。"一个"悲"字概括了诗人对朝官生活的感受。因此，低头见庭院落花而备感神伤，抬头睹高空飞鸟而顿生羡慕。如果联系当时"安史之乱"后国家疮痍满目、百废待兴的社会背景，对照上面四句所描写的死气沉沉、无所作为的朝廷现状，就会更加清楚地感受到"白发悲花落，青云羡鸟飞"两句包含的悲情，以及诗人对时事和身世的无限感慨。结尾两句，诗人愤慨至极，故作反语；与下句合看，既是讽刺，也是揭露。只有那昏庸的统治者才会自诩圣明，自以为"无阙事"，拒绝纳谏。正因为如此，身任"补阙"的诗人才"自觉谏书稀"。一个"稀"字，反映出诗人对唐王朝失望的心情。这和当时同为谏官的杜甫感慨"衮职曾无一字补"（《题省中壁》）、"何用虚名绊此身"（《曲江二首》），是语异而心同。所以杜甫读了岑参诗后，心领神会，奉答曰："故人得佳句，独赠白头翁。"（《奉答岑参补阙见赠》）他看出了岑诗中的"潜台词"。

登总持阁

岑参

高阁逼诸天，登临近日边。

晴开万井树，愁看五陵烟。

槛外低秦岭，窗中小渭川。

早知清净理，常愿奉金仙。

◎**注释** ①〔诸天〕佛教术语，泛指天空。②〔万井〕指长安城内。言其街道多，方整如"井"字。③〔槛外〕栏杆之外。④〔渭川〕即渭河，一称渭水。黄河的最大支流。⑤〔清净理〕佛教禅理，主张远离罪恶与烦恼。⑥〔金仙〕用金色涂抹的佛像。

◎**译文** 总持阁高峻直逼云天，登上楼阁就像靠近日边。晴天万街之树尽收眼底，惹人愁思的是五陵云烟。凭栏远望，秦岭变得低矮；窗边看去，那渭水细小蜿蜒。早知佛家清净的道理，侍奉真仙是我长久的心愿。

◎**赏析** 这首仄起、首句入韵的五律（首句第二字"阁"旧属入声，药韵，故为"仄起"），是一首登临诗。首联用夸张的手法表现总持阁高耸入云的势态：总持阁高峻直逼云天，登上楼阁就像靠近日边。颔、颈两联写在阁上远眺所见：晴天万街之树尽收眼底，惹人愁思的是五陵云烟。凭栏远望，秦岭变得低矮；窗边看去，那渭水细小蜿蜒。尾联写总持阁的作用并抒写心中意思：早知佛家清净的道理，侍奉真仙是我长久的心愿，表达出诗人对清净高远佛家生活的向往。诗人用了眺望的视角来写总持阁，主要用了夸张的修辞方法，还加入比喻、对比来增强艺术效果。"逼诸天""近日边"，这是夸张阁高。"晴开万井树，愁看五陵烟"，也是夸张，但是在意义上还有一种递进，使高阁的形象更具体。"低秦岭""小渭川"有夸张，但也有对比，用秦岭、渭河来突出总持阁之高。其实在诗的结尾，诗人的态度里也有夸张的意思，他当然不会真的为了一座高阁而出家，这里只不过是为了进一步说明这座佛寺古阁的环境清雅、视野开阔罢了。全诗其实很有李白式的浪漫，李白的诗句里就常用到夸张的手法。也正是因为岑参在诗里如此淋漓尽致地专写总持阁之高，所以使作品在整体上有了一种很强大的气势，这就是前人所说的岑参诗"语奇体峻，意亦造奇"（殷璠《河岳英灵集》）的特色。

登兖州城楼

杜甫

东郡趋庭日，南楼纵目初。
浮云连海岱，平野入青徐。
孤嶂秦碑在，荒城鲁殿余。
从来多古意，临眺独踌躇。

◎**注释** ①〔兖州〕唐代州名，在今山东省。杜甫的父亲杜闲时任兖州司马。②〔东郡趋庭〕到兖州看望父亲。③〔海岱〕东海、泰山。④〔平野〕空旷的原野。⑤〔入〕一直延伸。⑥〔青徐〕指青州（今山东青州）、徐州（今江苏徐州）。此两州与兖州相邻。⑦〔孤嶂〕独立的山峰，指泰山。⑧〔秦碑〕秦代碑刻。秦始皇命人在泰山所刻为自己歌功颂德的石碑。⑨〔鲁殿〕汉时鲁恭王在曲阜城修的灵光殿。⑩〔古意〕伤古的意绪。

◎**译文** 我来兖州看望父亲的时候，初次登上南城楼放眼远眺。飘浮的白云连接着东海和泰山，平坦的原野一直延伸到青、徐二州。秦始皇的石碑像一座高高的山峰屹立，鲁恭王修的灵光殿只剩下一片荒丘。我从来就有怀古伤感的意绪，在城楼上远眺，独自徘徊哀愁。

◎**赏析** 这首仄起、首句不入韵的五律是一首登临诗。首联点出登楼的缘由和时间。我来兖州看望父亲的时候，初次登上南城楼放眼远眺。"东郡"在汉代是兖州所辖九郡之一。"趋庭"用《论语·季氏》中孔子的儿子孔鲤"趋而过庭"事，指明是因探亲来到兖州，借此机会登城楼"纵目"观赏。"初"字指明是首次登楼。颔联写"纵目"所见：飘浮的白云连接着东海和泰山，平坦的原野一直延伸到青、徐二州。"海"指东海，"岱"指泰山。兖、青、徐等州在山东、江苏一带。"浮云""平野"四字，用烘托手法表现了兖州与邻州都位于辽阔平野之中，浮云笼罩，难以分辨。"连""入"二字从地理角度加以定向，兖州往东与海"连"接，往西伸"入"徐地。颈联写纵目所见胜迹，并引起怀古之情。秦始皇的石碑像一座高高的山峰屹立，鲁恭王修的灵光殿只剩下一片荒丘。"孤嶂"指泰山，"秦碑"指秦始皇登泰山时臣下颂德的石刻，"荒城"指曲阜，"鲁殿"指汉景帝子鲁恭王所建鲁灵光殿。秦碑、鲁殿一存一残，引人遐思。尾联是全诗的总结：我从来就有怀古伤感的意绪，在城楼上远眺，独自徘徊哀愁。"从来"意为向来如此，"古意"承颈联而来，"多"说明深广。它包含两层意思：其一是诗人自指，意为诗人向来怀古情深；其二指兖州，是说早在东汉开始建兖州前，它就以古迹众多闻名。这就是杜甫登楼远眺而生起怀古情思的原因。"临眺"与首联"纵目"相照应。"踌躇"即徘徊，表现了杜甫不忍离去之意。此诗是杜甫29岁时所作，是杜甫现存最早的一首五言律诗。此诗已初露他的艺术才华。诗人从纵横两方面，即地理和历史的角度，分别进行观览与思考，从而表达出登楼临眺时所触动的个人感受，是颇具艺术特色的。在艺术上，此诗首联、颔联、颈联均运用了工整的对句。通过对仗，将海岱连接、平野延伸，秦碑虽存、鲁殿已残等自然景观与历史遗迹，在动态中分别表现出来。尾联中"多""独"二字尤能传达作者深沉的历史反思与个人独特的感受。

送杜少府之任蜀州

王勃

城阙辅三秦，风烟望五津。
与君离别意，同是宦游人。
海内存知己，天涯若比邻。
无为在歧路，儿女共沾巾。

◎**作者简介** 王勃（650—676），字子安，古绛州龙门（今山西河津）人。唐代诗人。出身儒学世家，与杨炯、卢照邻、骆宾王并称为"初唐四杰"，王勃为四杰之首。据《旧唐书》记载，王勃自幼聪敏好学，六岁即能写文章，文笔流畅，被赞为"神童"。九岁时，读颜师古注《汉书》，作《汉书指瑕》十卷以纠正其错。十六岁时，应幽素科试及第，授职朝散郎。后在沛王李贤府中任王府修撰，因作《檄英王鸡》被赶出沛王府。之后，王勃历时三年游览巴蜀山川景物，创作了大量诗文。返回长安后，补虢州参军。在参军任上，因私杀官奴而再次被贬。唐高宗上元三年（676）八月，自交趾探望父亲返回时，不幸渡海溺水，惊悸而死。王勃的主要文学成就是骈文，无论是数量还是质量，堪称一时之最，代表作品有《滕王阁序》等。在诗歌体裁方面擅长五律和五绝，代表作品有本诗（一作《送杜少府之任蜀川》）。

◎**注释** ①〔杜少府〕作者的朋友。少府，官名。②〔城阙〕城，城墙；阙，皇宫门前的望楼。此处指唐朝的京都长安。③〔辅三秦〕辅，护持，拱卫。三秦，长安附近的关中地区。项羽灭秦后，曾分秦国的故地为雍、塞、翟三国，故称三秦。④〔风烟〕风光烟色。⑤〔五津〕指四川岷江中的五个渡口，即白华津、万里津、涉头津、江南津、江首津。此处用来代指四川。⑥〔比邻〕近邻。⑦〔无为〕不要做出。⑧〔歧路〕岔道口，指临别分手的地方。

◎**译文** 古代三秦之地拱卫着长安城宫阙，风烟迷茫望不到蜀州岷江的五津。与你挥手作别时怀有难舍的情意，你我都是远离故乡出外做官之人。四海之内有你做我的知己，虽远隔天涯海角都像在一起为邻。请别在分手的岔路上伤心痛哭，就像多情的少年男女彼此泪沾衣襟。

◎**赏析** 这首仄起、首句入韵的五律是一首送别诗。"少府"是唐朝对县尉的通称。这位姓杜的少府将到四川去上任，王勃在长安相送，临别时赠送给他这首诗。首联写送别之地和友人"之任"的处所。古代三秦之地拱卫着长安城宫阙，风烟迷茫望不到蜀州岷江的五津。长安被辽阔的三秦地区所"辅"，突出了雄浑阔大的气势。"风烟望五津"，用一个"望"字，将秦蜀二地联系起来，好似诗人站在三秦护卫下的长安，遥望千里之外的蜀地。这不仅拓宽了诗的意境，使读者的视野一下子铺开，而且在心理上拉近了两地的距离，使人意识到既然"五津"可望，那就不必为离别而忧伤。首联创造出雄浑壮阔的气象，为全诗奠定了豪壮的感情基调。颔联劝慰友人：我和你都是远离故土、宦游他乡的人，离别乃常事，何必悲伤呢？此次友人孤身前往蜀地，举目无亲。作者在这里用两人处境相同、感情一致来宽慰朋友，以减轻他的悲凉和孤独之感。惜别之中显现诗人胸襟的阔大。首联两句格调高昂，属对精严。颔联两句则韵味深沉，对偶不求工整，比较疏散。这固然反映了当时律诗还没有一套严格的规定，却也有其独到的妙处。以散调承之，使文情跌宕。颈联把前面淡淡的伤离情绪一笔荡开：即使远隔天涯，也犹如近在咫尺。这与一般的送别诗情调不同，含义极为深刻，既表现了诗人乐观宽广的胸襟和对友人的真挚情谊，也道出了诚挚的友谊可以超越时空界限，给人以莫大的安慰和鼓舞，因而成为脍炙人口的千古名句。尾联慰勉友人不要像青年男女一样，为离别泪湿衣巾，而要心胸豁达，坦然面对。全诗气氛变悲凉为豪放。这首诗四联均紧扣"离别"起承转合，诗中的离情别意及友情得到了很好的展现。古代的送别诗，大都表现"黯然销魂"的离情别绪。王勃的这一首，却一洗悲酸之态，意境开阔，音调爽朗，独标高格；又具有深刻的哲理，不愧为古代送别诗中的上品。

送崔融

杜审言

君王行出将，书记远从征。
祖帐连河阙，军麾动洛城。
旌旗朝朔气，笳吹夜边声。
坐觉烟尘扫，秋风古北平。

◎**注释** ①〔崔融〕杜审言的友人，字安成，齐州全节（今山东济南历城区）人。唐代文学家。时任节度使书记官，与杜审言有深交。②〔行出将〕将要派遣将军出征。③〔书记〕幕府中主管文字工作的官员。此处指崔融。④〔祖帐〕为送别行人在路上设的酒宴帷帐。⑤〔连河阙〕从京城连续到黄河边。阙，宫殿，指京城。⑥〔军麾〕古代军中用以指挥作战的旗帜。此处代指军队。⑦〔朔气〕北方的寒气。⑧〔笳〕即胡笳。一种管乐器，汉魏时流行于塞北和西域，军营中常用来号令士卒。⑨〔坐觉〕安坐军中，运筹帷幄。⑩〔烟尘〕古时边境有敌入侵，便举火焚烟报警，这里指战事。⑪〔古北〕即古北口，长城隘口之一，在今北京市，是古代军事要地。这里借指北方边境。

◎**译文** 君王将派遣大将出师远征，你作为书记官也奉命随行。饯别的酒宴帷帐连接着黄河与京都，雄壮的军威轰动整个洛阳城。军旗在早晨的寒气中飞扬，胡笳在夜晚的边境上传鸣。你稳坐中军一扫战争烟尘，北方的边境秋天就能平定。

◎**赏析** 这首平起、首句不入韵的五律，是杜审言为送别好友崔融而作。首联叙事，写友人奉命随行远征，交代送别的原因：君王将派遣大将出师远征，作为书记官也奉命随行。"君王"与"书记","出将"与"从征"的对举，流露出诗人对友人的称赞，也暗含送别之意，还包括期望朋友建功立业之意。颔联写送别的场面气魄宏大、阵势壮观。饯别的酒宴帷帐接连黄河与京都，雄壮的军威轰动整个洛阳城。诗人用想象和夸张的手法写出出征时热烈隆重的饯别场面和威严雄壮的军容。颈联写诗人想象大军到达边境后的情境：军旗在早晨的寒气中飞扬，胡笳在夜晚的边境上传鸣。字里行间洋溢着豪气，渲染出军营的肃穆、士气的高昂，以及战场的悲壮。尾联推想此去必然扫平叛军，清除烟氛：你稳坐中军一扫战争烟尘，北方的边境秋天就能平定。展示出将士飘逸豪放的气度和必胜的信念，表达了诗人对崔融的鼓励与祝愿。此诗虚实相照，意趣盎然，格调古朴苍劲，音韵铿锵有力。送别抒情具有大丈夫气，充满着胜利的信心和令人鼓舞的力量。

扈从登封途中作

宋之问

帐殿郁崔嵬，仙游实壮哉。

晓云连幕卷，夜火杂星回。

谷暗千旗出，山鸣万乘来。

扈游良可赋，终乏掞天才。

◎**作者简介** 宋之问（656？—713？），字延清，一字少连，汾州（今山西汾阳）人，一说虢（guó）州弘农（今河南灵宝）人。初唐诗人。唐高宗上元年间进士，官至考功员外郎等。其诗多歌功颂德之作，讲究声律，文辞华靡。与沈佺期齐名，并称"沈宋"。作品收入《宋之问集》。

◎**注释** ①〔扈〕随从。②〔登封〕今河南登封。③〔帐殿〕皇帝出巡时休息的帐幕。④〔郁〕积聚。⑤〔崔嵬〕高峻的样子。此指帐幕高大。⑥〔仙游〕皇帝出巡。⑦〔良可赋〕实在值得赋诗歌颂。⑧〔掞天才〕颂扬天子功德的才能。掞，舒展，铺张。此处作"抒发"讲。

◎**译文** 宫殿般的帐幕聚集如山，皇帝出巡的场面实在壮观。清晨云雾连同帐幕涌动卷起，夜间灯火夹杂星光缭绕回旋。幽暗的山谷里千旗涌出，天子车驾到来，山中高呼万岁的声音震天。我随同出游，感到此行确实值得写诗歌诵，但终究还是缺少才华，写不好歌颂皇帝的诗篇。

◎**赏析** 这首仄起、首句不入韵的五律，是宋之问随武则天登嵩山祭天时所作，极力为武则天歌功颂德。万岁通天元年（696），武则天登嵩山祭天，宋之问随行。古代帝王为报答天地恩德，并向天地祈求福寿，常举行封禅大典。在泰山上筑坛祭天为"封"，在泰山下辟地祭地为"禅"，后来扩大为五岳都可封禅。首联描绘皇帝出巡的壮观场面：皇帝宫殿般的帐幕聚集如山，皇帝出巡的场面实在壮观。"仙游"是对皇帝出巡的美赞。颔、颈两联承接首联，进一步夸赞出巡的场面：清晨云雾连同帐幕涌动卷起，夜间灯火夹杂星光缭绕回旋。幽暗的山谷里千旗涌出，天子车驾到来，山中高呼万岁的声音震天。写得有声有色，壮丽非凡。这两联中，"晓云"与"夜火"、"千旗出"与"万乘来"对仗极为工巧。"卷""回"两个动词用得准确生动，场面描写得极为热烈，充满对武则天的歌颂。"万乘"既是指称皇帝，又是对车辆极多的形容，一词二指，很是巧妙。尾联说：我随同出游，感到此行确实值得写诗歌颂，但终究还是缺少才华，写不好歌颂皇帝的诗篇。这是诗人的自谦。宋之问的诗才是深得武则天喜爱的。据《旧唐书》记载，武则天游河南洛阳龙门，命随从官员作诗，左史东方虬诗作先成，武则天赐给锦袍，之后宋之问献诗，武则天赞赏其诗句更高，又夺已赠给东方虬的锦袍赏给宋之问。由此可见宋之问是深得武则天眷顾的。

题义公禅房

孟浩然

义公习禅寂，结宇依空林。

户外一峰秀，阶前众壑深。

夕阳连雨足，空翠落庭阴。

看取莲花净，方知不染心。

◎**注释** ①〔义公〕唐时高僧，作者之友。②〔禅房〕僧房。③〔习禅寂〕习惯于禅房的寂静。④〔结宇〕造房子。⑤〔空翠〕树木的影子。⑥〔莲花〕指《妙法莲花经》。

◎**译文** 义公高僧安于禅房的寂静，将房子建好，靠近幽寂的树林。门外有一座秀丽的山峰，台阶前许多沟壑很深。多天的雨停了，夕阳斜照，禅院落下树木的翠荫。诵读《妙法莲花经》心里清净，这才知他有一尘不染的禅心。

◎**赏析** 这是一首平起、首句不入韵的五律。此诗由赞美禅房清幽到赞美高僧义公禅心不染，曲折地表达了禅寂的情趣和对世俗社会的厌倦。全诗语言清淡秀丽，由景清写到心静，情调古雅，构思巧妙，意境高远，动人心神，是孟浩然诗歌艺术的代表作之一。首联写义公高僧安于禅房的寂静，将房子建好，靠近幽寂的树林。"禅寂"是佛家语，佛教徒坐禅入定，思唯寂静。义公为了"习禅寂"，在空寂的山中修建禅房。"依空林"点出禅房的背景，是对下文的铺垫。颔联承接首联正面描写禅房周围的景色：门外有一座秀丽的山峰，台阶前有许多幽深的沟壑。人到此地，瞻仰高峰，注目深壑，自有一种断绝尘想的意绪。颈联一转，描写山中气象：多天的雨停了，夕阳斜照，树木的翠荫落在禅院中。一个"足"字，点出雨之大，把此地树木、山石、禅房洗得干干净净。一个"空"字，点出禅院的空寂，包含着对义公清雅脱俗、一心修禅的赞扬，也包含着诗人对这座禅房的喜爱。尾联由写景转向写人，景人合一，清净之境正合清静之人。"莲花"指佛家经典《妙法莲花经》。这两句点破了写景的用意，归结出此诗的主题。诗人赞美禅房，就是赞美一位虔诚的高僧，同时也寄托着诗人自己的隐逸情怀。

醉后赠张九旭

高适

世上漫相识，此翁殊不然。

兴来书自圣，醉后语尤颠。

白发老闲事，青云在目前。

床头一壶酒，能更几回眠。

◎ **注释** ①〔张九旭〕即张旭，字伯高，排行第九。唐代著名书法家、诗人。以草书著称，人称"草圣"。又喜饮酒，与李白等合称"饮中八仙"。玄宗时召为书学博士。②〔漫相识〕随意交往。漫，随便。③〔殊不然〕根本不是这样。④〔书自圣〕书法自然达到很高的成就。⑤〔闲事〕无事。⑥〔青云〕这里是青云直上之意。指玄宗召张旭为书学博士一事。⑦〔能更〕作"更能"。⑧〔几回眠〕几回醉。

◎ **译文** 世人随便交朋友，这位老人却不这样。兴致一来书法自然天成，醉酒之后说话尤其癫狂豪放。头发白了怡然自乐不管闲事，大器晚成马上就能青云直上。床头上总是放着一壶酒，人生能有几回醉眠于床！

◎ **赏析** 这是一首仄起、首句不入韵的五律。这首赠友诗用轻松随意的口吻展现了张旭的人品、性格及特长爱好。同时，诗歌也描写了张旭无忧无虑、自由自在的生活，赞扬了张旭淡泊名利、不随波逐流的孤高品质，抒发了诗人对张旭及其生活方式的倾慕之情。首联先写张旭的与众不同：世上的人随便交朋友，而张旭这位老人却不这样，把"世人"和"此翁"做了对比，看似随意，却一下子就引起了读者注意，起得十分有力。如果说第一联只是虚写，那么，以下各联即转入对张旭形象的具体刻画，是实写。字里行间，倾注着诗人对张旭无比钦敬的感情。颔联写张旭神态十分传神：兴致一来书法自然天成，醉酒之后说话尤其癫狂豪放。张旭精于书法，尤善草书，逸势奇舞，连绵回绕，自创新格，人称"草圣"。张旭在酒醉兴来之时，书法就会达到超凡入圣的境界，言语也更加狂放不羁，一副天真情态。颔联承接首联说的"殊"，写张旭书法超凡，性格癫狂，同时也暗示了书法艺术重在性灵的天然流露。颈联赞美了张旭泊然于怀、不求名利的品质：头发白了怡然自乐不管闲事，大器晚成马上就能青云直上。"青云"这里指玄宗召张旭为书学博士一事。这一联写得十分传神，我们仿佛看到一位白发垂垂、蔼然可亲的老者，他不问世事，一身悠闲，轻松自得。他虽不乐仕进，但其高超的书艺却受到人们喜爱，甚至上达天听，被封为书学博士。尾联承接上联，继续推进，描写张旭的日常生活：床头上总是放着一壶酒，人生能有几回醉眠于床！略带调侃意味。至此，宴席间的热烈气氛，宴饮者的融洽关系，皆如在眼前。这是以醉写醉，以自己的狂放衬托张旭的狂放，使题目中的"醉后"二字得到了充分的印证。全诗笔调轻灵，语言清新明朗，张旭的"草圣"形象真切动人。

玉台观

杜甫

浩劫因王造，平台访古游。

彩云萧史驻，文字鲁恭留。

宫阙通群帝，乾坤到十洲。

人传有笙鹤，时过北山头。

◎**注释** ①〔玉台观（guàn）〕故址在今四川阆中，相传为唐高祖之子滕王李元婴所建。②〔浩劫〕道家称宫观的台阶为浩劫。劫，台阶，为道家用语。③〔平台〕古迹名。在今河南商丘东北。相传为春秋时宋国皇国父所筑。此处指玉台观。④〔彩云〕指壁画上的云彩。⑤〔萧史〕此处用"乘鸾跨凤"典故。⑥〔鲁恭〕即鲁恭王刘馀，曾造灵光殿。⑦〔群帝〕道教信徒认为，天有群帝，即五方的天帝。⑧〔乾坤〕代指玉台观的殿宇。⑨〔十洲〕古代传说中仙人居住的十个岛。⑩〔"人传"句〕《列仙传》中载有王子乔乘鹤飞升成仙的故事。

◎**译文** 玉台观是滕王建造的，现在去玉台观作访古之游。壁画上仙人萧史站在彩云之中，石碑上的序文像鲁恭王在灵光殿所留。玉台观高耸直通五方天帝，殿宇中的壁画画出了仙界十洲。人们传说曾听到笙鸣鹤叫，大概是王子乔乘鹤飞过北山头。

◎**赏析** 这是一首仄起、首句不入韵的五律。（首句第二字"劫"今读jié，阳平声，但旧读属入声洽韵，故为"仄起"。）杜甫所作的《玉台观》共有二首，此为第二首，大约创作于代宗广德二年（764）。首联第一句点出建造玉台观之人——滕王。"浩劫"为道家用语，指宫观的台阶。之后笔锋顺势直下，紧扣一个"古"字展开。颔联巧用典故，富有浪漫主义色彩：壁画上仙人萧史站在彩云之中，石碑上的序文像鲁恭王在灵光殿所留。"彩云"指壁画上的云彩。"萧史"此处用"乘鸾跨凤"典故。萧史为秦穆公时人，善吹箫，穆公女儿弄玉也好吹箫，秦穆公将女儿嫁给他为妻，并筑凤台让他们居住。"鲁恭"即鲁恭王刘馀，曾造灵光殿。此处借指玉台观上也留下了滕王的手迹，暗示滕王文采出众、能诗善文。此联用典，以浪漫笔触叙写历史往事。颈联承上启下，进一步渲染了玉台观的雄伟壮丽和壁画的生动传神：玉台观高耸直通五方天帝，殿宇中的壁画画出了仙界十洲。此联紧扣诗题，既写道观，又写历史；既突出了玉台观作为历史遗迹的雄伟气魄，又点出了玉台观作为道观的仙道之气，对仗工整，落墨精当。尾联由实入虚，增加了玉台观的神秘感和仙道之气：人们传说曾听到笙鸣鹤叫，大概是王子乔乘鹤飞过北山头。这里暗含着滕王也可能得道成仙、驾鹤离去之意。余音袅袅，启人遐思。杜甫是伟大的现实主义诗人，但这首诗却想象绮丽，充满浪漫气息，是杜诗中非常少见的。

观李固请司马弟山水图

杜甫

方丈浑连水，天台总映云。
人间长见画，老去恨空闻。
范蠡舟偏小，王乔鹤不群。
此生随万物，何处出尘氛？

◎**注释**　①〔观李固请司马弟山水图〕因观赏李固的弟弟画的山水画而被邀请写的诗。李固，蜀人，作者的朋友，唐代宗时曾为司马。司马弟，李固的弟弟。②〔方丈〕海上三座仙山之一。③〔浑连水〕与水浑然相连。④〔天台〕即天台山。在今浙江天台县西。⑤〔范蠡〕春秋时越国大夫，辅助越王勾践消灭了吴国，功成后携西施泛舟太湖，终不知去向。⑥〔王乔〕即王子乔。周灵王太子，成仙后乘白鹤而去。⑦〔尘氛〕尘俗的气氛。

◎**译文**　方丈山与茫茫大海连成一片，天台山总隐在若隐若现的烟云之中。我常在人间的画卷中看到这样的景象。如今年纪大了，只能空闻不能亲临。范蠡游太湖的船偏小不能载我，王子乔所乘的仙鹤也不成群。我一生只能随万物沉浮，去哪里才能摆脱这人世俗尘？

◎**赏析**　这首仄起、首句不入韵的五律是一首题画诗。首联以浪漫的笔调描写了画中的美景：方丈山与茫茫大海连成一片，天台山萦绕着若隐若现的烟云。把方丈、天台两座山与大海、烟云放在一起描绘，增强了画面的苍茫感和神秘感。颔联承接首联，由画面描绘转为观画感慨，写了自己欣赏完画作之后的内心感受：对于画中美景，如今年纪大了，只能空闻不能亲临。面对如此神山胜境，诗人慨叹自己年华已老，不能亲自前去游览一番。颈联转接上联的"老""空"二字，进一步抒发感慨：范蠡游太湖的船偏小，不能承载诗人；王子乔所乘的仙鹤，只有一只，也不能带着诗人飞升。诗人面对画中美景，只能徒自怨叹。而画中之景愈美，诗人的心情愈低沉。这是以美景衬哀情的手法，将诗人内心的悲苦之情衬托得愈加强烈，形成了鲜明的对比效果，顺势引出了尾联无可奈何的感叹：我一生只能随万物沉浮，去哪里才能摆脱这人世俗尘？一幅山水图，竟引无限情思，"诗中无一字言怨，而隐然幽怨之意见于言外"。此诗借观画抒感慨，意境开阔，文笔回荡，令人浮想联翩。

旅夜书怀

杜甫

细草微风岸，危樯独夜舟。

星垂平野阔，月涌大江流。

名岂文章著，官应老病休。

飘飘何所似？天地一沙鸥。

◎**注释** ①〔书怀〕抒发情怀。②〔危樯〕高高的桅杆。③〔独夜舟〕孤舟夜泊。④〔著〕著名。⑤〔官应老病休〕年老病多也应该休官了。⑥〔何所似〕像什么呢？⑦〔沙鸥〕水鸟，飘零无常居。

◎**译文** 微风吹拂着江岸的细草，夜里孤独地停泊桅杆高高的小舟。星星垂在天边，平野更显宽阔，月亮随波涌出，大江滚滚东流。我难道是因为文章而著名吗，年老多病仕途也应该罢休。自己到处漂泊像什么呢？就像天地间那孤零零的沙鸥。

◎**赏析** 这是一首仄起、首句不入韵的五律。首联写近景：微风吹拂着江岸上的细草，夜里孤独地停泊桅杆高高的小舟。当时杜甫离开成都是迫于无奈。因此，这里不是空泛地写景，而是寓情于景，通过写景展示他的处境和情怀：像江岸细草一样弱小，像江中孤舟一般寂寞。颔联写远景：星星垂在天边，平野越显宽阔；月亮随波涌出，大江滚滚东流。这两句写景雄浑阔大，历来为人所称道。诗中辽阔的平野、浩荡的大江、灿烂的星月，是对"细草"和"独夜舟"的反衬，既表现了诗人孤独寂寞掩藏不住的壮心，又有对前程的期盼。颈联说：我难道是因为文章而著名吗，年老多病仕途也应该罢休。这是反语。仇兆鳌《杜诗详注》引旧注云："名实因文章而著，官不为老病而休，故用'岂''应'二字，反言以见意，所云书怀也。"说得颇为中肯。诗人一贯有远大的政治抱负，但长期被压抑而不能施展，声名竟因诗文而显著，这并不是他的心愿。杜甫此时确实是既老且病，但他的休官，却主要不是因为老和病，而是由于被排挤。这里表现出诗人心中的愤懑和不平，政治上失意是他漂泊、孤寂的主要原因。尾联说：自己到处漂泊像什么呢？就像天地间那只孤零零的沙鸥。自问自答，悲凉之状愈加突出。广阔的"天地"映衬一微小的"沙鸥",愈显出自己飘零不遇的身世的可悲与可叹。这一联借景抒情,深刻地表现了诗人内心漂泊无依的无奈和感伤。全诗情景交融,意境雄浑,气象万千。《瀛奎律髓汇评》引纪昀的评论说:"通首神完气足,气象万千,可当雄浑之品。"诗人将"细草""孤舟""沙鸥"这些景象,放置于无垠的星空平野之间,使景物之间的对比,自然烘托出一个独立于天地之间的飘零形象,衬托出深沉凝重的孤独感。这正是诗人身世际遇的写照。此诗前三联均用对仗,对得极为工巧,表现出非凡的艺术功力。

登岳阳楼

杜甫

昔闻洞庭水,今上岳阳楼。

吴楚东南坼,乾坤日夜浮。

亲朋无一字,老病有孤舟。

戎马关山北,凭轩涕泗流。

◎**注释** ①〔岳阳楼〕游览胜地。在今湖南岳阳。②〔吴楚〕吴和楚均为春秋时代的国名。③〔坼〕裂开,分开。此处为分界之意。④〔字〕书信。⑤〔戎马〕喻指战事。⑥〔关山北〕此处泛指北方边地。⑦〔轩〕轩窗。指楼上窗户。⑧〔涕泗〕眼泪。

◎**译文** 早听过闻名遐迩的洞庭湖,今日有幸登上湖边的岳阳楼。湖面浩瀚像把吴楚东南隔开,天地像在湖面上日夜荡漾浮游。漂泊江湖,亲人好友没有一信寄来,年老体弱,蜗居在这一叶孤舟。关山以北战火仍未止息,凭窗遥望禁不住涕泪交流。

◎**赏析** 这是一首平起、首句不入韵的五律。此诗是杜甫诗中的五律名篇,前人称为盛唐五律第一。首联虚实交错,今昔对照,从而扩大了时空领域。早听过闻名遐迩的洞庭湖,今日有幸登上湖边的岳阳楼。写早闻洞庭盛名,然而到暮年才实现登楼观湖的愿望,初看似有初登岳阳楼的喜悦,其实句中却包含着早年抱负至今未能实现之情。颔联写洞庭湖的浩瀚无边。湖水浩瀚像把吴楚东南隔开,天地像在湖面日夜荡漾浮游。这两句是写洞庭湖的佳句,被王士禛赞为"雄跨今古"。"坼""浮"二字动感极强,也极远地延伸了读者的视野。对仗也很工整。颈联由写景转向写漂泊天涯、怀才不遇的心情:漂泊江湖,亲人好友没有一信寄来;年老体弱,蜗居在这一叶孤舟之中。"无一字""有孤舟"写尽孤苦无依,得不到一点儿精神和物质援助的苦况。杜甫自大历三年(768)正月自夔州携带妻儿乘船出峡以来,既老且病,以舟为家,面对洞庭湖的汪洋浩淼,更加重了身世的孤危感。如此落寞孤苦的心境和颔联无比壮阔的景象成为反差极大的对比。尾联写眼望国家动荡不安,自己报国无门的哀伤:关山以北战火仍未止息,凭窗遥望禁不住涕泪交流。由感叹个人身世上升为对国家命运和百姓疾苦的关心。写"登岳阳楼",却不局限于岳阳楼与洞庭水。诗人从大处着笔,吐纳天地,心系国家安危,悲壮苍凉,催人泪下。时间上抚今追昔,空间上广包吴楚。其身世之悲、国家之忧,浩浩茫茫,与洞庭水势融合无间,形成沉雄悲壮、博大深远的意境。从总体上看,江山的壮阔,与诗人胸襟的博大,在诗中互为表里。虽然悲伤,却不消沉;虽然沉郁,却不压抑。全诗纯用赋法,从头到尾都是叙述。《登岳阳楼》是运用赋法创造诗歌意象的典范。洞庭湖的大意象正与诗人的大胸怀合一。

江南旅情

祖咏

楚山不可极,归路但萧条。

海色晴看雨,江声夜听潮。

剑留南斗近,书寄北风遥。

为报空潭橘,无媒寄洛桥。

◎**注释** ①〔楚山〕楚地之山。②〔极〕穷尽。③〔南斗〕星名,南斗六星,即斗宿。④〔为报〕让人转告。此处作让人捎带解。⑤〔空潭〕深潭。古时有"昭潭无底橘洲浮"的说法。此处的空潭橘是泛指南方的橘子。⑥〔媒〕此处指捎信、捎物之人。⑦〔洛桥〕洛阳天津桥。此处指代诗人的故乡洛阳。

◎**译文** 楚地的山脉绵延不断没有尽头,返回故乡的路是如此崎岖萧条。看到大海天气晴朗就想看看雨景，听到大江波涛澎湃的声音就知道来了夜潮。我书剑飘零羁留在南斗之下，家书难寄就像北风南来路途遥遥。空潭的美橘熟了想寄一点儿回家，可惜没有人能把它带到洛阳桥。

◎**赏析** 这首平起、首句不入韵的五律是一首记游诗，写江南游历和思乡情怀。首联说：楚地的山脉绵延不断没有尽头，返回故乡的路是如此崎岖萧条。诗人漂泊江南，走过不少地方，仍没走尽，"不可极"就是没走到最远处。但走得再远，家乡仍在心里，仍惦记着回家的路。颔联具体描写江南景色：看到大海天气晴朗就想看看雨景，听到大江波涛澎湃的声音就知道来了夜潮。江南临海，海岸线很长。诗人对江海已经很熟悉了。那"雨"和"潮"大约也暗指诗人思乡之情像雨一样缠绵，如潮一般起伏。颈联诗人视线由地面转向天空：我书剑飘零羁留在南斗之下，家书难寄就像北风南来路途遥遥。用星象和季风来渲染自己远离故乡羁绊在外，是心中对故乡的思念之情很殷切的表露，也为后面难以找到合适人选来寄送橘子做铺垫，心中浓烈的乡愁真实可见。尾联说：空潭的美橘熟了，想寄一点儿回家，可惜没有人能把它带到洛阳桥。吴橘已熟，可惜无人能捎回家乡让亲人品尝，字句中流露出遗憾。诗人把乡愁寄托在江南风物中，用意象表现乡愁之思，蕴藉中有豪情。诗人笔下的江南，多大景大音，少了几分婉约，却多了几分侠气。诗人用自己的性格和眼光观物，则物皆着自我的性格和色彩了。

宿龙兴寺

綦毋潜

香刹夜忘归，松清古殿扉。

灯明方丈室，珠系比丘衣。

白日传心净，青莲喻法微。

天花落不尽，处处鸟衔飞。

◎**作者简介** 綦（qí）毋潜（692—749？），复姓綦毋，字孝通，虔州（今江西南康）人。唐代诗人。其诗清雅恬淡，后人认为他诗风接近王维。《全唐诗》收录其诗一卷，共二十六首，内容多记述与士大夫寻幽访隐的情趣，代表作《春泛若耶溪》选入《唐诗三百首》。

◎ **注释**　①〔龙兴寺〕在今湖南零陵县西南。②〔香刹〕香火寺院。此处指龙兴寺。③〔方丈室〕寺院中长老或住持所居之处。④〔比丘〕即和尚。⑤〔青莲〕本指产于印度的青色莲花，常用来指和佛教有关的事物，这里指佛经。

◎ **译文**　造访龙兴寺，夜深忘记了归去，青青的古松掩映着佛殿大门。灯火通明照亮方丈室，佛珠系在和尚衣服上闪烁着花纹。心地像阳光般明亮纯洁，佛法如莲花般圣洁清新。天女撒下的花朵飘落不完，处处被鸟儿衔上青云。

◎ **赏析**　这首仄起、首句入韵的五律，描绘了龙兴寺夜晚的美景，表达了诗人对佛门净地的虔诚向往。首联说：造访龙兴寺，夜深忘记了归去，青青的古松掩映着佛殿大门。诗人选取了夜空下宝刹静谧肃穆的景象，描绘出青松掩映的寺院在夜幕笼罩下的神秘幽静。"香刹"用嗅觉表现出佛殿香烟缭绕之状，也透露出诗人对这座宝刹的喜爱。"清""古"指的是古老和清净。颔联说：灯火通明照亮方丈室，佛珠系在和尚衣服上闪烁着花纹。灯火和明珠使方丈室和僧衣散发出光彩，表现出宝刹里大光明的氛围，暗喻佛光普照之意。颈联写道：心地像阳光般明亮纯洁，佛法如莲花般圣洁清新。满怀敬仰之情从字里行间透出。尾联谓：天女撒下的花朵飘落不完，处处被鸟儿衔上青云。这两句纯属造境，"天花"源于佛经，此处暗喻佛门佛法无边，连飞鸟也要皈依了。此诗把夜宿龙兴寺的所见所闻与自己感受到的佛法结合起来，极力表现龙兴寺人物、风景，以及诗人对佛门净地的喜爱和虔诚向往。

破山寺后禅院

常建

清晨入古寺，初日照高林。

曲径通幽处，禅房花木深。

山光悦鸟性，潭影空人心。

万籁此俱寂，惟闻钟磬音。

◎**作者简介** 常建（708—765?），字号不详。长安（今陕西西安）人。唐代诗人。开元十五年（727）进士。其诗的题材比较狭隘，虽然也有一些优秀的边塞诗，但绝大部分是描写田园风光、山林逸趣的名作，如《破山寺后禅院》《吊王将军墓》。尤其是前一首诗"曲径通幽处，禅房花木深"一联，广为传诵。今存《常建诗集》三卷和《常建集》二卷。

◎**注释** ①〔破山寺〕即兴福寺，在今江苏常熟虞山北侧。②〔悦鸟性〕使鸟儿感到快乐。③〔人心〕世俗中荣辱得失的俗念。④〔万籁〕自然界各种声响。籁，孔穴中发出的声音。⑤〔钟磬〕寺庙中常设的乐器。为僧侣诵经、供斋发出信号，撞钟表示开始，击磬表示结束。

◎**译文** 清早我走进古老的寺院，旭日映照着山上的树林。曲折的小路通向幽深处，禅房前后花木繁茂而幽深。山光明媚使飞鸟更加欢悦，潭清照影令人爽神净心。此时此刻万物都静寂无声，只听见敲钟击磬的声音。

◎**赏析** 这首平起、首句不入韵的五律是一首题壁诗。此诗抒写清晨游破山寺后禅院的观感，以凝练简洁的笔法创造了一个景物独特、幽深寂静的境界，表达了诗人游览名胜的喜悦和对高远境界的强烈追求。首联说：清早我走进古老寺院，旭日映照着山上的树林。佛家称僧徒聚集的处所为"丛林"，所以"高林"兼有称颂禅院之意，在光照山林的景象中显露着礼赞佛宇之情。颔联写禅院环境：弯曲的小路通向幽深处，禅房前后花木繁茂并幽深。创造出一个幽深寂静的禅味境界。这样幽静美妙的环境，使诗人惊叹、陶醉、忘情地欣赏起来。颈联转写"山光"和"潭影"：山光明媚使飞鸟更加欢悦，潭清照影令人爽神净心。此时此刻万物都静寂无声，只见寺后的青山焕发着日照的光彩，看见鸟儿自由自在地飞鸣欢唱；清清的水潭旁，自己的身影照在水中，心中的尘世杂念顿时涤除。一个"悦"字，点出连鸟也喜欢的大自在禅境。一个"空"字，点出佛门即空门，四大皆空，精神上极为纯净怡悦。尾联说：此时此刻万物都静寂无声，只听见敲钟击磬的声音。诗人领悟到了空门禅悦的奥妙，摆脱尘世一切烦恼，像鸟儿那样自由自在，无忧无虑。似是大自然和人世间的其他声响都寂灭了，只有悠扬而洪亮的钟磬之音引导人们进入纯净怡悦的境界。显然，诗人欣赏这禅院幽美绝世的环境，创造出忘情尘俗的意境，寄托了自己遁世无忧的情怀。正由于诗人着力于构思和造意，因此造语不求形似，而多含比兴，重在达意，引人入胜，耐人寻味。常建这首诗是在优游中写禅悟，但风格闲雅清隽，艺术上与王维的高妙、孟浩然的平淡都不相同，确属独具一格。

题松汀驿

张祜

山色远含空，苍茫泽国东。
海明先见日，江白迥闻风。
鸟道高原去，人烟小径通。
那知旧遗逸，不在五湖中。

◎ **作者简介** 张祜（785？—849？），字承吉。中唐诗人。贝州清河（今河北邢台）人。出生在清河张氏望族，家世显赫，被人称作张公子，有"海内名士"之誉。初寓姑苏（今江苏苏州），后至长安。长庆中，令狐楚表荐之，不报。辟诸侯府，为元稹所排挤，遂至淮南，爱丹阳曲阿地，隐居以终。张祜在诗歌创作上取得了卓越成就。其《宫词》中有"故国三千里，深宫二十年"的句子，以是得名。《全唐诗》收录其诗歌三百四十九首。

◎ **注释** ①〔松汀驿〕驿站名，在今江苏省太湖边上。②〔泽国〕多水之乡。此处指太湖及吴中一带。③〔海〕地面潴水区域大而近陆地者称海，内陆之水域大者亦称海，此处指太湖。太湖又称五湖。④〔先见日〕因东南近海，故能先见阳光。⑤〔迥〕远。⑥〔鸟道〕鸟飞的路径。⑦〔人烟〕人迹，有人居住之处。⑧〔旧遗逸〕指隐身遁迹的旧友。

◎**译文** 青翠的山色连接到遥远的天边，松汀驿在碧波苍茫的太湖东。早晨湖面明亮，可以先看到东升的旭日；在白晃晃的江面上，听到远处传来的风声。飞鸟通过的狭窄山谷能连接到高原，蜿蜒曲折的小路可以通到村中。哪晓得我那些遗世独立的老朋友，在太湖都一个个难觅踪影。

◎**赏析** 这是一首仄起、首句入韵的五律。首联先写道：青翠的山色连接到遥远的天边，松汀驿在碧波苍茫的太湖东。点明松汀驿的环境地点，它靠山面水，易得山水佳胜。颔联承接首联说：早晨湖面明亮，可以先看到东升的旭日；在白晃晃的江面上，能够听到远处传来的风声。一个"先"字，一个"迥"字，写出这个小驿站风光的妙处。颈联一转，写飞鸟通过的狭窄山谷能连接到高原，蜿蜒曲折的小路可以通到村中。指出这里交通便利，虽有山，但有谷可"去"；径虽小，却有村能"通"。尾联又转而说：哪晓得我那些遗世独立的老朋友，在太湖都难觅踪影。那么多的老朋友为什么都离开这个好地方，不见踪影了呢？这些遗世独立人可能隐居到更深的山里和更远的江湖中去了吧！至此诗人的意思才显露出来，前边那些诗句都是在为这两句做铺垫。

圣果寺

释处默

路自中峰上，盘回出薜萝。

到江吴地尽，隔岸越山多。

古木丛青霭，遥天浸白波。

下方城郭近，钟磬杂笙歌。

◎**作者简介** 释处默，生卒年不详。唐末诗僧，曾居住于庐山，常与贯休、罗隐等人交往。

◎**注释** ①〔圣果寺〕又名胜果寺，据传为唐末无著文喜禅师（820—900）创建，已毁，故址在今浙江杭州城南的凤凰山上。②〔盘回〕盘旋曲折。③〔薜萝〕薜荔和女萝，两者皆为野生植物。④〔江〕指钱塘江。江北属古吴国，江南属古越国。

⑤〔尽〕尽头。⑥〔青霭〕青青的烟雾。

◎**译文** 通往寺院的小路从凤凰山中峰上行，盘旋弯曲的石径上挂满了薜荔女萝。山下的钱塘江流到吴地将尽的地方，江的对岸是越地群峰耸立的山野。满山古老的林丛被青青烟雾笼罩，滔滔的白浪在远方与云空相接。在山寺下，可望见附近的城郭，听见钟磬声里夹杂城内的笙歌。

◎**赏析** 这是一首仄起、首句不入韵的五律。这首诗境界开阔，描摹细腻，声色兼备，情景俱佳。首联写通往圣果寺的石径：通寺院的小路从凤凰山中峰而上，盘旋弯曲的石径上挂满了薜荔女萝。从诗中可见庙宇石径的高峻崎岖。颔联说：山下的钱塘江流到吴地将尽的地方，江的对岸是越地群峰耸立的山野。这是从山寺远望所见。远远望去，到江而吴地已尽，过江而去则为古越国地界。颈联分承颔联，继续写寺院周围的山水：满山古老的林丛被青青烟雾笼罩，滔滔的白浪在远方与云空相接，境界十分开阔。尾联从反面映衬首联：在山寺下望可见附近的城郭，听见钟磬声里夹杂城内的笙歌。这是俯瞰所见之景，意为清者自清浊者自浊，神仙境界亦不必远离人间，表现出这位诗僧对佛法和禅学的理解。

野 望

王绩

东皋薄暮望，徙倚欲何依。

树树皆秋色，山山惟落晖。

牧人驱犊返，猎马带禽归。

相顾无相识，长歌怀采薇。

◎**作者简介** 王绩（589—644），字无功，自号东皋子、五斗先生，绛州龙门县（今山西河津）人。性简傲，嗜酒，能饮五斗，自作《五斗先生传》。撰《酒经》《酒谱》，注《老子》《庄子》。其诗近而不浅，质而不俗，真率疏放，有旷怀高致，直追魏晋高风。

◎**注释** ①〔东皋〕今山西河津的东皋村，为作者隐居之地。②〔徙倚〕徘徊彷徨。③〔怀采薇〕怀采薇之心。薇，是一种植物。相传周武王灭商后，伯夷、叔齐不愿做周的臣子，在首阳山上采薇而食，最后饿死。古时以"采薇"代指隐居生活。

◎**译文**　傍晚时分站在东皋纵目远望，我徘徊不定，不知该归依何方。层层树林都染上秋天的色彩，重重山岭只披覆着落日的余晖。放牧人驱赶着牛犊回家，猎人骑马带着鸟兽回归村庄。大家相看彼此互不相识，我长啸高歌真想隐居在山上！

◎**赏析**　这首平起、首句不入韵的五律，写的是山野秋景。全诗于萧瑟怡静的景色描写中表现出孤独抑郁的心情，抒发了惆怅、孤寂的情怀。首联说：傍晚时分站在东皋纵目远望，我徘徊不定，不知该归依何方。皋是水边地，东皋，指诗人家乡绛州龙门的一个地方。诗人归隐后常游北山、东皋，自号"东皋子"。"欲何依"化用曹操《短歌行》中"月明星稀，乌鹊南飞，绕树三匝，何枝可依"之句，表现了彷徨的心情。颔联说：层层树林都染上秋天的色彩，重重山岭只披覆着落日的余光。指在夕阳的余晖中，山野越发显得萧瑟。颈联是牧人与猎人的特写，带有牧歌田园风调：放牧人驱赶着牛犊回家，猎人骑马带着猎物回归村庄。颔联静，颈联动，两联光与色、远与近搭配得恰到好处。然而，风光虽好，却不是诗人的田园。尾联说：大家相看彼此互不相识，我长啸高歌真想隐居在山上！卒章显志，诗人表达出像伯夷、叔齐那样归隐的志向。这首《野望》有不施脂粉的朴素美。律诗作为一种新体裁，到初唐的沈佺期、宋之问手里才定型。而早于沈、宋六十余年的王绩，已经能写出《野望》这样工整的律诗，说明他是一个勇于创新的人。

送别崔著作东征

陈子昂

金天方肃杀，白露始专征。

王师非乐战，之子慎佳兵。

海气侵南部，边风扫北平。

莫卖卢龙塞，归邀麟阁名。

◎**注释** ①〔崔著作〕即崔融。崔融曾任著作佐郎一职。②〔金天〕秋天的别称。③〔肃杀〕萧瑟。四季之中，秋主肃杀，所以古代常在秋季征伐不义、处死犯人。④〔专征〕全权主持征伐。此处指出征。古代帝王常选择秋初至白露这一时节训练甲兵，然后出征作战。⑤〔王师〕帝王的军队。⑥〔乐（yào）战〕好战。乐，爱好，喜好。⑦〔之子〕这些从征的人，指崔融等。⑧〔海气〕此处指边地战尘。⑨〔边风〕指突厥等边地民族的骑兵。⑩〔归邀〕回来后邀取。⑪〔麟阁名〕显赫的功名。汉代在未央宫建麒麟阁，画功臣像于阁上，以褒彰其功德。

◎**译文** 金秋季节萧瑟寒风初起，白露时分开始发兵出征。朝廷军队并非爱好战争，你们用兵时要行事慎重。边地战尘席卷南国，敌骑如风扫荡河北卢龙。千万不要出卖卢龙要塞，更不必希求上麒麟阁扬名。

◎**赏析** 这首平起、首句不入韵的五律，作于武则天万岁通天元年（696）。这一年，由于朝廷将帅对边事处置失误，契丹孙万荣、李尽忠发动叛乱，攻陷营州（《旧唐书·北狄传》）。武则天于同年七月任命梁王武三思为榆关道安抚大使，赴边地以备契丹。契丹辖地在今河北、辽宁一带，在武周都城洛阳之东，因此称东征。崔著作，指崔融，时任著作佐郎，以掌书记身份随武三思出征。首联点明出征送别的时间：金秋季节萧瑟寒风初起，白露时分开始发兵出征。这两句暗示朝廷军队乃正义之师，讨伐不义，告捷指日可待。"肃杀""白露"勾画出送别时的严峻气氛。领联说：王师不喜战伐，以仁义为本。之子，指崔融。佳兵，本指精良的军队，也指玩弄武力、黩武纵杀。《老子》云："夫佳兵，本不祥物，或恶之，故有道者不处。"这里用"慎佳兵"来劝友人要慎重兵事，少杀戮，两句表面上是歌颂王师，实则规谏崔融，但用语委婉、含蓄。颈联盛赞朝廷军队的兵威，认为梁王大军东征定能击败叛军，大获全胜。北平，郡名，在河北，初唐时称平州。这里指孙、李叛军的老巢。"海气""边风"都是带杀气的意象。尾联进一步以古人的高风节义期许友人。卢龙塞，在古代是河北通往东北的交通要道。麟阁，即麒麟阁。汉宣帝时曾画十一名功臣的形貌于其上，后来就以麒麟阁作为功成名就的象征。陈子昂一方面力主平叛，后来自己也亲随武攸宜出征，参谋帷幕；另一方面，他又反对穷兵黩武，反对将领们为了贪功邀赏而扩大战事，希望他们能像田畴那样以国家大义为重。此诗表达了诗人的凛然正气，词句铿锵，撼动人心。全诗质朴自然，写景议论不事雕琢。

陪诸贵公子丈八沟携妓纳凉晚际遇雨（二首）

杜甫

其一

落日放船好，轻风生浪迟。

竹深留客处，荷静纳凉时。

公子调冰水，佳人雪藕丝。

片云头上黑，应是雨催诗。

◎**注释**　①〔丈八沟〕唐代皇家的避暑胜地。原址在今陕西西安城西南。开凿于唐天宝初年，起初作为一条人工河流，主要往京城运送物资。因为沟深一丈，宽八尺，所以叫丈八沟。②〔放船〕泛舟，荡舟。③〔调冰水〕用冰调制冷饮之水。④〔雪藕丝〕把藕的白丝除掉。

◎**译文**　落日映红了西天，贵公子在丈八沟携妓泛舟游玩；风轻吹水面，波浪细细迟缓。夹岸的竹林幽深，游客在这里流连；荷花静静摇曳，顿时暑解凉添。公子用冰块调制冷饮，佳人把藕的白丝扯断。头上黑云突现，应是催促我快作诗篇。

◎**赏析**　这首仄起、首句不入韵的五律是一首纪游诗。题目点出了这次纳凉游的缘由、地点、时间。"陪诸贵公子"点明了自己是来陪诸公子纳凉的。"携妓"指带着歌妓。歌妓是以歌唱为业的妓女。唐时豪富之家和著名文人多养歌妓。杜甫《宴戎州杨使君东楼》诗云："座从歌妓密，乐任主人为。"首联点明船游的时间、地点：落日映红了西天，携妓的公子在丈八沟放船；风轻吹水面，波浪细细迟缓。时间是傍晚，地点是丈八沟。颔联描绘纳凉处的景色：夹岸的竹林幽深，游客在这里流连；荷花静静摇曳，顿时暑解凉添。竹林幽深、荷花静摇，的确是避暑纳凉的好去处。颈联描写公子与歌妓纳凉的生活画面：公子用冰块调制冷饮，佳人把藕的白丝扯断。尾联写晚际遇雨：头上的黑云突现，应是催促我快作诗篇。作诗，催之亦未必速就，"应是雨催诗"，调笑中却有含蓄。杜甫这首诗描写唐代富贵人家的日常生活，再现了公子携妓纳凉的场面。

其二

雨来沾席上，风急打船头。

越女红裙湿，燕姬翠黛愁。

缆侵堤柳系，幔卷浪花浮。

归路翻萧飒，陂塘五月秋。

◎**注释**　①〔沾〕溅，打湿。②〔越女〕越地的美女。与下句的"燕姬"均代指歌妓。③〔翠黛〕指女子的眉毛。古时女子用螺黛（一种青黑色矿物颜料）画眉，故称眉为"翠黛"。④〔缆〕系船的绳子。⑤〔幔〕船上用以遮太阳的布幔。⑥〔翻〕反而，却。⑦〔萧飒〕（秋风）萧瑟。⑧〔陂塘〕水塘。此处指丈八沟。

◎**译文**　飘落的雨点沾湿席上，卷雨的狂风扑打游船。越女的红裙儿淋湿，燕姬眉黛间愁添。摇橹靠岸在柳树上系好缆绳，船上的布幔落水随浪花漫卷。归路上反觉得秋风萧瑟，陂塘的五月凉似秋天。

◎**赏析**　这首平起首句不入韵的五律，紧接第一首诗意。首联写雨来风急，领起全篇：飘来的雨点沾湿席上，卷雨的狂风扑打着游船。游兴正浓，突来狂风骤雨，未免煞了风景。颔联说：越女的红裙淋湿，燕姬眉黛间愁添。突来的大雨，淋湿了歌妓们的裙子，使她们神情惊恐。一场豪游被风雨搅了局。颈联说：摇橹靠岸，在柳树上系好缆绳，船上的布幔落水随浪花漫卷。豪游既然被搅，只好靠岸回返。尾联为这次纳凉游作结：归路上反觉得秋风萧瑟，陂塘的五月凉似秋天，可见乐不可极，万事皆然。原本一场豪华的纳凉之游，却以越女裙湿、燕姬愁惊、布幔落水的滑稽场景结束。老杜用逼真的写实手法，不露痕迹地传达出讽喻之意，真是大手笔。

宿云门寺阁

孙逖

香阁东山下，烟花象外幽。

悬灯千嶂夕，卷幔五湖秋。

画壁余鸿雁，纱窗宿斗牛。

更疑天路近，梦与白云游。

◎**注释**　①〔云门寺〕故址在今浙江绍兴的云门山。东晋时建，是唐代有名的隐居之地。②〔香阁〕云门寺为佛寺，常年供香，故云。③〔东山〕即云门山。④〔烟花〕山花盛开的景色。此指美好的景致。⑤〔象外〕超然物象之外。此指意境。⑥〔幽〕远。⑦〔嶂〕像屏障一样陡峭的山峰。⑧〔斗牛〕指斗星宿和牛星宿。此处形容云门寺之高。⑨〔天路〕通天之路。

◎**译文**　云门寺坐落在东山之下，云烟飘，山花开，像幽静的世外桃源。夜里阁上悬灯高照，映照着千山万壑，五湖风卷起幔帐送来秋天。墙上的壁画只剩了几只大雁，纱窗里好像星宿在安眠。更怀疑上天的路近在眼前，我梦中驾着白云遨游天边。

◎**赏析**　这首仄起、首句不入韵的五律，是唐代诗人孙逖描写住宿在云门寺阁的感怀诗。首联以写意的笔法，勾勒出云门寺远景：云门寺坐落在东山之下，云烟飘，山花开，像幽静的世外桃源。首句点出云门寺的位置所在，次句写出寺阁所处的环境。"香阁"二字，切合佛寺常年供香的特点。"象外"是说其寺幽静无比，超尘拔俗。这两句是远观，诗人此时还在投宿途中。颔联写道：夜里阁上悬灯高照，映照着千山万壑，五湖风卷起幔帐送来秋天。这是诗人到达宿处后凭窗远眺的景象。这两句对偶工稳，内蕴深厚，堪称是篇中的警句。"悬灯""卷幔"点明夜宿。诗人借悬灯写出夜色中壁立的千嶂，借卷幔写出想象中所见浩渺的太湖。这都是想象之辞。诗人逸兴遄飞，放笔窗外天地，写出了壮美的诗句，显示了宽广的胸襟。诗中以"秋"与"夕"点出节令与时间，并以"千嶂""五湖"意象表明云门山寺地势之高。颈联紧承"悬灯"和"卷幔"，写卧床环顾时所见：墙上的壁画只剩了几只大雁，纱窗里好像星宿在安眠。壁画残缺，足见佛寺之古老。斗牛星近在窗口，暗指云门寺之高。尾联写入梦后的情景：更怀疑上天的路近在眼前，我梦中驾着白云遨游天边。终于，诗人坠入梦乡，做起驾着白云凌空遨游的梦来。"疑"字将若有若无、迷离恍惚的梦境托出。全诗紧扣诗题，以时间为线，依次叙述赴寺、入阁、睡下、入梦，写足"宿"字；又以空间为序，由远而近，由外而内，首尾圆合，写尽云门寺的"高""古"，艺术结构上颇具匠心。

秋登宣城谢朓北楼

李白

江城如画里，山晚望晴空。

两水夹明镜，双桥落彩虹。

人烟寒橘柚，秋色老梧桐。

谁念北楼上，临风怀谢公。

◎ **注释** ①〔宣城〕今安徽宣城。②〔谢朓（tiǎo）北楼〕又名谢公楼，位于宣城近郊的陵阳山顶，南齐著名山水诗人谢朓任宣城太守时所建。因楼址在郡治之北，故取名"北楼"。③〔两水〕指宣城东郊的宛溪、句溪。④〔双桥〕宛溪上有凤凰、济川两桥，均为隋文帝时所建。⑤〔彩虹〕指水中的桥影。⑥〔谢公〕即谢朓。

◎ **译文** 江城好像在画中一样美丽，山色已晚，我登上谢朓楼远眺晴空。两江之间桥洞像一面明亮的镜子，那两座桥仿佛天上落下的彩虹。橘林柚林寒凉地掩映在炊烟里，苍黄的秋色染上衰老的梧桐。还有谁会想着来谢朓北楼上，迎着萧飒的秋风怀念谢朓公。

◎ **赏析** 这首平起、首句不入韵的五律，是一首风格独特的怀古诗。此诗为李白在"安史之乱"爆发前不久所作。李白在长安为权贵所排挤，被赐金放还，弃官而去，政治上一直处于失意之中，过着飘零四方的流浪生活。天宝十二载（753）与天宝十三载（754）的秋天，李白两度来到宣城，此诗当作于753年或754年的中秋节后。首联说：江城好像在画中一样美丽，山色已晚，我登上谢朓楼远眺晴空。诗人将他登览时所见开门见山地写了出来。颔联说：两江之间桥洞像一面面明亮的镜子，那两座桥仿佛天上落下的彩虹。"两水"指句溪和宛溪。宛溪源出峄山，在宣城的东北与句溪相会，绕城合流，所以说"夹"。因为是秋天，溪水更加澄清，平静地泛出晶莹的光，恰如"明镜"。"双桥"指横跨溪水的上、下两桥。这两条长长的大桥架在溪上，从高楼上远远望去，水中桥影幻映出奇异的色彩，像天上两道彩虹。这两句对仗工整，比喻恰切，色彩明丽。诗人对景色的喜爱之情毕现。颈联说：橘林柚林寒凉地掩映在炊烟里，苍黄的秋色染上衰老的梧桐。诗人登高远望，在随意点染中勾勒出一片深秋的景色。他不仅描绘了秋景，而且写出了秋意。"寒""老"两字，包含着秋老、人老的悲凉。尾联说：还有谁会想着来谢朓北楼上，迎着萧飒的秋风怀念谢朓公。这一联和首联呼应，从登临到怀古，点出自己"临风怀谢公"的心情是旁人所不能理解的。

临洞庭上张丞相

孟浩然

八月湖水平，涵虚混太清。

气蒸云梦泽，波撼岳阳城。

欲济无舟楫，端居耻圣明。

坐观垂钓者，徒有羡鱼情。

◎**注释**　①〔张丞相〕即张九龄，为唐玄宗时名相。②〔涵虚〕包含天空，指天倒映在水中。③〔太清〕天空的代称。④〔云梦泽〕我国古代巨大的湖泊沼泽区。⑤〔耻圣明〕愧对当今圣明之世。⑥〔羡鱼〕古语有"临渊羡鱼，不如退而结网"。此处羡鱼，意指羡慕钓叟钓鱼多，暗示作者空有从政愿望却无人推荐。

◎**译文**　八月洞庭湖水涨与岸齐平，水天一体迷蒙接连太空。云梦泽水气蒸腾，茫茫一片，波涛汹涌像要把岳阳城撼动。我想渡水苦于找不到船和桨，圣明时代闲居实在羞愧难容。闲坐观看别人临河垂钓，只有空空羡慕别人得鱼的心情。

◎ **赏析**　这首仄起、首句入韵的五律是一首干谒诗。诗人写这首诗，是想得到当时身居相位的张九龄的赏识和录用，写得很委婉。首联说：八月洞庭湖水涨与岸齐平，水天一体迷蒙接连太空。开头两句，把洞庭湖写得极其开阔，暗含称赞张丞相有宽广胸怀之意。颔联承接首联实写湖：云梦二泽水气蒸腾茫茫一片，波涛汹涌像要把岳阳城撼动。"气蒸"句写广大的沼泽地带，都受到湖的滋养哺育，才显得那样草木繁茂，郁郁苍苍。"波撼"两字写湖的澎湃动荡，也极为有力。这两句被称为描写洞庭湖的名句。诗人笔下的洞庭湖不仅蕴蓄丰厚，而且还充满动感，仍旧是明写洞庭湖，暗赞张丞相。颈联说：我想渡水苦于找不到船和桨，圣明时代闲居实在羞愧难容。"欲济"，是从眼前景物触发出来的。诗人面对浩浩的湖水，想到自己还是在野之身，要找出路却没有人推荐，正如想渡过湖去却没有船只一样。"耻圣明"，是说在这个"圣明"之世，自己不甘心平淡地活着，要出来做一番事业。这两句是向张丞相表白心事，公开请托。尾联再进一步，向张丞相发出呼吁：闲坐观看别人临河垂钓，只有空空羡慕别人得鱼的心情。"垂钓者"暗喻当朝执政的人，其实就是指张丞相。意思是说：张大人哪，您能出来主持国政，我是十分钦佩的，不过我是在野之身，不能替您效力，只有徒然表示钦羡之情罢了。诗人巧妙地运用了"临渊羡鱼，不如退而结网"的古语，另翻新意，而且"垂钓"也正好同"湖水"照应，是在用隐喻的方式委婉地表达诉求。这首诗继承了自《诗经》以来的比兴手法，借景抒怀，既描绘出洞庭湖的大美，又表现出自己的志向和诉求。

过香积寺

王维

不知香积寺，数里入云峰。

古木无人径，深山何处钟？

泉声咽危石，日色冷青松。

薄暮空潭曲，安禅制毒龙。

◎**注释**　①〔香积寺〕又名开利寺，在长安县（今陕西西安）南神禾原上。②〔钟〕寺庙的钟鸣声。③〔咽〕呜咽。④〔危石〕危，高的，陡的。"危石"意为高耸的崖石。⑤〔安禅〕和尚坐禅时，身心安静入于禅定的状态。毒龙：佛家比喻俗人的邪念妄想。

◎**译文**　不知道香积寺到底在什么地方，攀登好几里只见云涌群峰。古木参天却没有人行路径，深山里何处传来古寺钟鸣。山中泉水撞高石响声幽咽，松林里日光照进也觉寒冷。黄昏时来到空潭曲折之地，安然地禅定抑制邪念妄生。

◎**赏析**　这首平起、首句不入韵的五律是一首记游诗。首联说：不知道香积寺到底在什么地方，攀登好几里只见云涌群峰。诗题所谓"过香积寺"，即访香积寺。但访香积寺，却又从"不知"说起，起得不同凡响。因为"不知"，诗人便步入云涌群峰中去寻找，从而表现香积寺之深藏幽邃。颔联说：古木参天却没有人行路径，深山里何处传来古寺钟鸣。"何处"二字，把由于山深林密，使人不知钟声从何而来的情状写了出来。有小径而无人行，听钟鸣而不知何处，周遭是参天的古树和层峦叠嶂的群山，诗人由此创造出一个神秘幽静的禅意境界。颈联说：山中泉水撞高石响声幽咽，松林里日光照进也觉寒冷，仍然在表现环境的幽冷，写声写色，逼真如画。"咽"字准确地写出泉水在嶙峋的岩石间艰难地穿行，发出幽咽之声。傍晚的日光照在一片幽深的青松上，让人觉得有空翠之"冷"，真是妙绝！尾联说：黄昏时来到空潭曲折之地，安然地禅定抑制邪念妄生。"安禅"为佛家术语，指身心安然进入清寂宁静的境界。而"毒龙"多用来比喻俗人的邪念妄想。见《涅槃经》："但我住处有一毒龙，想性暴急，恐相危害。"这首诗采用由远到近、由景入情的写法，从"入云峰"到"空潭曲"逐步接近香积寺，最后则吐露"安禅制毒龙"的心思。这中间过渡毫无痕迹，浑然天成。全诗不写寺院，而寺院已在其中。诗歌构思奇妙、炼字精巧，其中"泉声咽危石，日色冷青松"，历来被誉为炼字典范。《唐诗摘钞》称赞此诗："幽处见奇，老中见秀，章法、句法、字法皆极浑浑，五律无上神品。"

送郑侍御谪闽中

高适

谪去君无恨，闽中我旧过。

大都秋雁少，只是夜猿多。

东路云山合，南天瘴疠和。

自当逢雨露，行矣慎风波。

◎**注释**　①〔侍御〕官名。郑侍御为高适的朋友。②〔谪〕贬谪。③〔无恨〕不要怨恨。无，通"毋"。④〔闽中〕今福建福州。⑤〔旧过〕以往曾经到过的地方。⑥〔大都〕大多是。⑦〔南天〕指闽南。⑧〔瘴疠〕南方山林间的毒气和瘟疫。⑨〔自当〕终当，终究会。⑩〔雨露〕喻指皇帝的恩泽、恩惠。

◎**译文**　你因罪被贬不要忧伤，我以前也去过闽中。那里过冬的秋雁少，夜间只有猿声哀鸣。东行都是高山峻岭，南方山林中的瘴疠很凶。你一定会得到圣上的恩赦，路上风波危险小心前行。

◎**赏析**　这首仄起、首句不入韵的五律，是诗人写给朋友的送别诗。郑侍御因为犯了过失而被贬放到当时被认为是蛮荒之地的福建去，高适写了此诗为之送别。诗的首联从朋友被贬说起，安慰朋友不要过度伤怀，并且说自己从前也去过闽中。领联向朋友如实地介绍那里荒僻的环境。"夜猿多"暗用郦道元《水经注·三峡》中所引民谣"巴东三峡巫峡长，猿鸣三声泪沾裳"之意，强调闽中的悲凉。颈联指出：东行都是云山峻岭，南方山林中的瘴疠很凶。"云山合"，有云雾笼罩众山的意思。"瘴疠和"，是说瘴疠之气也会和山中云雾一起来害人。尾联宽慰朋友：你一定会得到圣上的恩赦，路上风波危险小心前行。"雨露"指皇帝恩典。"慎风波"，叮嘱朋友一路要小心谨慎。这首诗写了诗人对朋友的安慰、忠告和劝勉。劝勉朋友不是一味安慰他，而是真实地指明他将要去的地方的荒僻和险恶，让他做好思想准备，要谨慎小心。这才是发自内心的真正关怀。

秦州杂诗

杜甫

凤林戈未息，鱼海路常难。

候火云峰峻，悬军幕井干。

风连西极动，月过北庭寒。

故老思飞将，何时议筑坛？

◎**注释** ①〔秦州〕今甘肃天水，是唐代西北边防要地。②〔杂诗〕指题材不定、有感而写的诗。③〔凤林〕即凤林关，在秦州境内。④〔戈〕干戈，战争。⑤〔鱼海〕秦州辖内的地名，当时为吐蕃所占领。⑥〔候火〕亦作堠火，即烽火。⑦〔云峰峻〕像一座高高的山峰。⑧〔悬军〕深入敌境的孤军。⑨〔幕井干〕用布所覆盖的井中，水已干竭。幕，覆盖。⑩〔北庭〕唐时曾设北庭都护府。⑪〔飞将〕西汉时飞将军李广，骁勇善战，为西汉名将。此处暗指被罢官闲居京师的大将郭子仪。⑫〔议〕计议，商议。⑬〔筑坛〕指任命将领戍边。古代任命大将为主帅，要筑坛举行仪式以示慎重威严。刘邦就曾筑坛拜韩信为大将军。

◎**译文** 凤林关的战乱还没有平息，鱼海的道路险恶，行军艰难。烽火浓烟像一座座高高的山峰，孤军深入敌境，井中的水已干。朔风猛吹，西部边境也被撼动，边庭寒冷，月光也生寒气。百姓思念累立边功的飞将军，但何时才能再拜将筑坛？

◎**赏析** 这是一首平起、首句不入韵的五律。唐肃宗乾元二年（759）秋天，杜甫为避兵灾天荒，决意弃官远行。他携眷西行，历尽千辛万苦来到了秦州。杜甫将这一切用诗歌的形式记载下来留给后人，这就是著名的《秦州杂诗》二十首。此诗为第十九首。首联说：凤林关的战乱还没有平息，鱼海的道路险恶行军艰难。这一联对仗句勾画出当时社会环境的险恶。颔联承上说：烽火浓烟像一座座高高的山峰，深入敌境的孤军井中的水已干，形容孤军陷入绝境。颈联笔锋一转，写战场风月：朔风猛吹，西部边境也被撼动，边庭寒冷，月光也生寒气。风是朔风，月是寒月。诗人用此勾画出西部边境紧张、悲壮的战场气氛，也流露出内心对这场战争的关切。尾联说：百姓思念累立边功的飞将军李广，但何时才能再筑坛拜将。此处用李广暗指被罢官闲居京师的大将郭子仪，表现出百姓对平息战乱的期盼，也隐含着对朝廷用人不当的谴责。

禹 庙

杜甫

禹庙空山里，秋风落日斜。
荒庭垂橘柚，古屋画龙蛇。
云气生虚壁，江声走白沙。
早知乘四载，疏凿控三巴。

◎**注释** ①〔禹庙〕指忠州禹庙。故址在今重庆市忠县南临江的山崖上。②〔虚壁〕石壁经禹疏凿开断之处。③〔四载〕传说大禹治水时用的四种交通工具，即水行乘舟，陆行乘车，山行乘樏（léi），泥行乘橇。樏，登山的用具。橇，形如船而短小，两头微翘，人一脚踏橇而行泥上。④〔三巴〕长江流经忠州一带曲折如"巴"字，其地分为巴都（今重庆巴南区以东至忠县）、巴东（今重庆云阳、奉节等地）、巴西（今四川阆中）。此处代指整个长江流域。

◎**译文** 大禹庙坐落在空阔的山里，秋风伴着落日的斜照。荒凉的庙院垂着橘柚，古屋的壁上画着龙蛇咆哮。蒸腾的云气在石壁上缭绕，深深的江水卷着白沙怒号。早知道大禹乘四载凿山疏河道，让他来降服三巴地区的龙蛟。

◎**赏析** 这是一首仄起、首句不入韵的五律。诗中写的禹庙建在忠州临江的山崖上。杜甫在代宗永泰元年（765）出蜀东下，途经忠州时，参谒了这座古庙。首联说：大禹庙坐落在空阔的山里，秋风伴着落日的斜照。开门见山，起笔便令人感到森然、肃然。一个"空"字，点出禹庙的荒凉；加以秋风落日的渲染，气氛更觉萧森。颔联说：荒凉的庙院里垂着橘柚，古屋的壁上画着龙蛇。庙内，庭院荒芜，房屋古旧，不免让人更感凄凉。但"垂橘柚""画龙蛇"分明又含着生机。这既是眼前实景，又暗含着对大禹的歌颂。据《尚书·禹贡》载，禹治洪水后，九州人民得以安居生产，远居东南的"岛夷"之民也把丰收的橘柚包裹好进贡给禹。又传说，禹"驱龙蛇而放菹"，使龙蛇不再兴风作浪。这两个典故正好配合着眼前景物，使人不觉诗人是在用典。前人称赞这两句"用事入化"，是"老杜千古绝技"（《诗薮·内篇》卷四）。颈联说：蒸腾的云气在石壁上缭绕，深深的江水卷着白沙怒号。庙内和庙外之景，山水磅礴的气势和大禹劈山倒海的气魄相叠合，描绘出壮美的画面。尾联赞叹道：早知道大禹乘"四载"凿山疏河道，让他来降服三巴地区的龙蛟。唐王朝自"安史之乱"后，长期战乱，像洪水横流，给人民带来了无边的灾难。诗人借缅怀大禹，暗讽当时祸国殃民的昏庸朝廷。此诗语言凝练，意境深邃。诗人通过远望近观，采用虚实结合、拟人传神等手法，收到了情景交融、韵味悠长的艺术效果，讴歌了大禹治水泽被万代的丰功伟绩，同时也将缅怀英雄、爱国忧民的思想感情抒发出来。

望秦川

李颀

秦川朝望迥，日出正东峰。

远近山河净，逶迤城阙重。

秋声万户竹，寒色五陵松。

有客归欤叹，凄其霜露浓。

◎**作者简介**　李颀（？—753），字、号均不详，望出赵郡（今河北赵县）。盛唐诗人。少时家居颍阳（今河南登封）。开元十三年（725）中进士。他的诗以边塞诗成就最大，奔放豪迈，最著名的有《古从军行》《古意》《塞下曲》等。李颀还善于用诗歌来描写音乐和塑造人物形象。他以长歌著名，也擅长短诗，其七言律诗尤为后人所推崇。《全唐诗》中录存李颀诗三卷，后人辑有《李颀诗集》）。

◎**注释**　①〔秦川〕泛指今秦岭以北的平原地带。按此诗中意思指长安一带。

②〔迥〕遥远貌。③〔逶迤〕连绵不断。④〔归欤叹〕思归故乡所发出的感叹。
⑤〔凄其〕凄然，心情悲凉的样子。

◎**译文**　我清晨东望，秦川已经很远，太阳正冉冉升起在东峰。远近的山河明丽清净，可清楚地看见蜿蜒曲折的长安城。秋风摇响家家户户的竹林，五陵一带是一片寒青色高松。我不禁感叹：还是回去吧，这里霜风阴冷，寒露浓浓。

◎**赏析**　这是一首平起、首句不入韵的五律。李颀出身于唐朝士族赵郡李氏，但中进士后仅任新乡县尉之类的小官，经五次考绩，未得迁调。晚年辞官归隐故乡。这首诗是他晚年官场失意而离别长安途中写的。首联由"望"字入手，描述了长安附近渭河平原一带风光：我清晨东望秦川已经很远，太阳正冉冉升起在东峰。颔联继续写景：远近的山河明丽清净，可清楚地看见蜿蜒曲折的长安城。旭日东升，山河互映，明亮洁净，而长安都城则随山势而逶迤曲折，尤显气势雄伟。这两联既写出秦川的广阔视野，又衬托出长安城的巍峨雄姿。颈联一转，着重写秋：秋风摇响家家户户的竹林，五陵一带是一片寒青色高松。诗中对秋景的描写笔墨简淡，线条清晰，像一幅散淡悠远的山水画卷。诗人重点写竹和松，虽有点儿悲凉，但也暗喻着不屈的气节。尾联发出感慨：还是回去吧，这里霜风阴冷、寒露浓浓。诗人才华出众，为时人所推重，却长期不得升迁，而如今将要返乡，才有"归欤"之叹，表明了作者辞官归隐的决心。这首诗，对秋景的描述极为生动细致，悲凉但又雄丽，失意却不颓唐。诗人虽仕途不得志，决心退隐，却仍坚持松竹般的高尚节操。

同王征君湘中有怀

张谓

八月洞庭秋，潇湘水北流。

还家万里梦，为客五更愁。

不用开书帙，偏宜上酒楼。

故人京洛满，何日复同游？

◎**作者简介**　张谓（？—约778），字正言，河内（今河南沁阳）人。盛唐诗人。天宝二年（743）登进士第，乾元中为尚书郎，大历年间任潭州刺史，后官至礼部侍郎，三典贡举。其诗辞精意深，讲究格律，诗风清正，多饮宴送别之作。代表作有《早梅》《邵陵作》《送裴侍御归上都》等，其中以《早梅》最为著名，《唐诗三百首》等各选本多有辑录。《全唐诗》编其诗一卷。

◎**注释**　①〔王征君〕姓王的征君，名不详。征君，对不接受朝廷征聘做官的隐士的尊称。②〔北流〕湘江与潇水在零陵县西汇合后，向北流入洞庭湖，故称北流。③〔书帙〕书卷的外套。④〔偏宜〕只适宜。⑤〔京洛〕京城长安和洛阳。

◎**译文**　八月的洞庭湖正值清秋，潇湘江水滔滔向北流。关山万里做着回家梦，他乡为客难耐五更乡愁。不用打开书卷细细品读，而应该开怀畅饮醉卧酒楼。长安、洛阳满是亲朋故友，什么时候能再与他们同游？

◎**赏析**　这是一首仄起、首句入韵的五律。这首诗写思乡，是唐肃宗乾元元年（758）作者任尚书郎时出使夏口，与诸子泛舟洞庭的唱和之作。首联即扣紧题意：八月的洞庭湖正值清秋，潇湘江水滔滔向北流。对景起兴，点明时间。诗人看到湘江北去，联想到自己还不如江水，滞留南方，而不能北归。因此，这两句既是写景，也是抒情，引发了下文怀人念远之意。颔联说：关山万里做着回家梦，他乡为客难耐五更乡愁。这两句直抒胸臆，不事雕琢，对仗工整自然。"万里梦"点明空间，神思万里，极言乡关遥远，此为虚写。"五更愁"点明时间，整夜苦愁，极言忆念之深，此为实写。颈联一转，以正反夹写的句式进一步抒发自己的愁情：不用打开书卷细细品读，只应该开怀畅饮、醉卧酒楼。翻开喜爱的书籍也禁不住思乡之情，登酒楼而醉饮或者可以忘忧。诗人并没有明白道出愁情，而是将其隐藏在诗中。登楼把酒，应该有友朋相对才是，诗人现在却是把酒独酌，即使"上酒楼"也无法排解一个"愁"字。于是，尾联就把自己的愁情明写出来：长安、洛阳满是亲朋故友，什么时候能再与他们同游？从全诗来看，没有华丽的辞藻和过多的渲染，信笔写来，流水行云，悠然隽永，平易中蕴深远，朴素中见高华。所以北宋诗人梅圣俞说："作诗无古今，唯造平淡难。"（《读邵不疑学士诗卷》）清雅有风骨，素淡出情韵，张谓这首诗做到了。

渡扬子江

丁仙芝

桂楫中流望，空波两畔明。

林开扬子驿，山出润州城。

海尽边阴静，江寒朔吹生。

更闻枫叶下，淅沥度秋声。

◎ **作者简介**　丁仙芝，生卒年不详，字元祯，润州曲阿（今江苏丹阳）人。唐代诗人。唐开元十三年（725）登进士第，仕途颇波折，至开元十八年（730）仍未授官，后历仕主簿、余杭县尉等职。好交游。其诗仅存十四首。

◎ **注释**　①〔扬子江〕流经扬州、镇江一带的长江称扬子江。②〔桂楫〕用桂木做的桨。此处代指船。③〔中流〕江流之中，指江心。④〔扬子驿〕设在扬子津的驿站，故址在今江苏省扬州市江都区南。⑤〔润州〕唐代州名，治所在丹徒，即今江苏镇江。⑥〔海尽〕海的尽头。⑦〔阴静〕阴凉寂静。

◎ **译文**　船行到江心的时候抬头远望，辽阔的水面映照出两岸的风景。走出树林就能见到扬子驿，对面的润州城则矗立在群山中。大海的尽头阴暗幽静，江面上北风吹起，寒意顿生。听枫叶一片片被吹落，淅沥淅沥都是秋天之声。

◎ **赏析**　这是一首仄起、首句不入韵的五律。（首句第二字"楫"今读jí，阳平声，但旧读入声叶韵，故为"仄起"。）此诗写的是秋景，是诗人从长江北岸的扬子驿坐船渡江到南岸时的感怀之作。首联说：船行到江心的时候抬头远望，辽阔的水面映照出两岸明丽的风景。颔联承接说：驶过树林就能见到扬子驿，对面的润州城则矗立在群山中。船儿随波漂流，晚秋的天空与水都很清净，扬子驿在树林中闪现，山中的润州城也出现在眼前。"开"和"出"两个动词，让扬子驿和润州城主动来到眼前，生动表现出船移景出的情境。颈联说：大海的尽头阴暗幽静，江面上北风吹起，寒意顿生。诗人视线由两岸转向前方，感觉到江上北风的寒意。尾联由视觉转为听觉：听枫叶一片片被吹掉落，淅淅沥沥都是秋声。全诗以"船渡"贯通全篇，写出船上所见所闻，描画出秋江上所见的情景。全诗写秋景、秋声，从船上人的视觉、听觉入手，这也是它不同于其他秋景诗的地方。画面清新，构思巧妙。但细读可以察觉，前两联描绘的风光比较明丽，后两联则有了变化，"阴静""寒朔"，再加上落下的枫叶和淅沥的秋声，阴寒之气顿生。诗人似乎怕来到对岸。至于他为什么渡江，为什么感觉到寒意，诗中没有写，这也许是诗人留给我们的思考吧。

幽州夜饮

张说

凉风吹夜雨，萧瑟动寒林。

正有高堂宴，能忘迟暮心。

军中宜剑舞，塞上重笳音。

不作边城将，谁知恩遇深？

◎**注释** ①〔幽州〕唐代州名。辖今北京、天津一带，治所在蓟州。②〔高堂宴〕在高大的厅堂里举办的宴会。③〔迟暮心〕因衰老引起暗淡的心情。④〔剑舞〕即舞剑。⑤〔重〕看重，重视。⑥〔边城将〕作者自指。当时张说任幽州都督。

◎**译文** 晚上凉风吹起绵绵细雨，萧瑟风雨摇动寒冷的树林。军中的高大厅堂上正在举行宴会，能使我暂时忘掉迟暮之心。军中最适于仗剑而舞，边塞的音乐是胡笳的悲音。如果我不做这边城的将领，怎能知道皇上对我的恩遇之深？

◎**赏析** 这是一首平起、首句不入韵的五律。全诗以"夜饮"为中心紧扣题目。首联描写"夜饮"环境，渲染气氛：晚上凉风吹起绵绵细雨，萧瑟风雨摇动寒冷的树林。正值秋深之时，在幽州边城的夜晚，风雨交加，吹动树林，一片萧瑟之声，表现出边地之夜的荒寒景象。在这样的环境中，诗人悲愁的心绪已经见于言外。颔联承接进入"夜饮"场景：军中的高大厅堂上正在举行宴会，能使我暂时忘掉迟暮之心。这种迟暮衰老之感，在边地竟是那样强烈，挥之不去，即使是面对这样的"夜饮"，也很难排遣。诗中化用了屈原《离骚》中的名句"惟草木之零落兮，恐美人之迟暮"，将诗人心意表达得婉曲、深沉。颈联说：军中最适于仗剑而舞，边塞的音乐是胡笳的悲音。当宴会开始并逐渐进入高潮时，诗人的情绪也随之激昂。军士们舞起剑来，吹奏起胡笳伴奏，使席间呈现悲壮的情调。这笳音与诗人的戍边之情、迟暮之感融合起来，豪壮中寓含着悲凉。尾联说：如果我不做这边城的将领，怎能知道皇上对我的恩遇之深？结语似有怨意，英雄已迟暮，但还不能还乡，这究竟是恩遇还是惩戒呢？它与首联荒寒的边塞之景恰成对照，相得益彰，耐人回味。这首诗在语言上遒健质朴，无华丽之辞，遣词用字也十分精当，千百年来广为流传。

七绝

七言绝句是绝句的一种，属于近体诗范畴，有严格的格律要求。七言绝句每首四句，每句七个字，且要求意境高，文辞雅，寓意深，格律谨严。

春日偶成

程颢

云淡风轻近午天，傍花随柳过前川。

时人不识余心乐，将谓偷闲学少年。

◎**作者简介** 程颢（1032—1085），字伯淳，世称明道先生。河南洛阳人。北宋哲学家、教育家、诗人，理学的奠基者，"洛学"代表人物。其所亲撰的著作有《定性书》《识仁篇》等，后人集其言论所编的著作有《遗书》《文集》等，皆收入《二程全书》。

◎**注释** ①〔午天〕中午。②〔川〕此处指河。③〔将谓〕将要说。④〔偷闲〕挤出空闲的时间。

◎**译文** 淡淡的云，轻轻的风，接近中午时分。靠着花丛，顺着柳树行，走向前面的河流。现在的人不知道我心中的快乐，会说我忙里偷闲学那些游玩的少年。

◎**赏析** 这首仄起、首句入韵的七绝是一首即景诗，描写春天郊游的心情以及春天的景象，也是一首含有理趣的诗。诗人把柔和明丽的春光与自得其乐的心情融为一体。诗的前两句说：淡淡的云，轻轻的风，时间已接近中午。靠着花丛，顺着柳树行，走向前面的河流。这两句写春游所见、所感。云淡风轻，傍花随柳，寥寥数笔，出色地勾画出了春景。诗句中还流露出流连忘返的心情。"近午天"，用"近"字强调自己只顾春游忘了时间。"过前川"，用一个"过"字说自己赏春不觉已经走了很远。诗的后两句说：现在的人不知道我心中的快乐，会说我忙里偷闲学游玩的少年。这是诗人自己内心情感的直接抒发。在云淡风轻的大好春色中漫游，这似乎只应是少男少女所为。然而，程颢作为一位著名的理学家，一位长者，却做出一些为"时人"所不能理解的举动：学少年傍花随柳。这两句诗表现了他对自然真趣的追求，也暗含着对"时人"的嘲讽。

春 日

朱熹

胜日寻芳泗水滨，无边光景一时新。
等闲识得东风面，万紫千红总是春。

◎**作者简介** 朱熹（1130—1200），字元晦，号晦庵，别号紫阳，晚称晦翁，谥文，世称朱文公。祖籍徽州府婺源县（今属江西婺源），出生于南剑州尤溪（今属福建尤溪）。宋朝著名的哲学家、教育家，闽学派的代表人物，被尊称为朱子。著述甚多，有《四书章句集注》《太极图说解》《通书解说》《周易本义》《楚辞集注》，后人辑有《朱子大全》《朱子语类》等。

◎**注释** ①〔胜日〕亲友相聚或风光美好的日子。②〔泗水〕河名，在山东境内，与大运河相通。③〔等闲〕平常，随便，此处意为轻易。

◎**译文** 在风光美好的日子里到泗水边游赏，无限的风光景物焕然一新。轻易便能认得东风的笑脸，满眼万紫千红都是芳春。

◎**赏析** 这是一首仄起、首句入韵的七绝。首句说：在风光美好的日子里到泗水边游赏。"泗水滨"点明地点。"寻芳"，即寻觅美好的春景，点明了主题。后面三句都是写"寻芳"所见所得。次句说：无限的风光景物焕然一新。这是观赏春景时的初步印象。"无边"是说触目皆是、无处不是。"一时新"，既写出春回大地焕然一新，又写出了诗人郊游时耳目一新的欣喜之感。第三句说：轻易便能认得东风的笑脸。"识"字承首句中的"寻"字。"等闲识得"是说春天的面容是很容易辨认的。第四句说：满眼万紫千红都是芳春。第三、四句是用意象语言具体写出光景之新。从字面上看，这首诗是写游春观感，游春地点在泗水之滨。但事实上，泗水之滨在宋南渡时就被金人侵占。朱熹未曾来此，更不可能到此游春。这场春游完全是诗人想象的。诗人为何想象来泗水寻春呢？其中暗藏玄机。朱熹是理学大家，尊崇孔孟之道，诗中的"泗水"是暗指孔门，因为春秋时孔子曾在洙、泗之间弦歌讲学，教授弟子。因此所谓"寻芳"即寻求圣人之道，"万紫千红"则是以花朵比喻孔门弟子众多——朱熹在此将圣人之道比作催发生机、点染万物的春风。由此看来，这不仅是一首赏春诗，也是一首寓理趣于意象之中的理学诗。

春 宵

苏轼

春宵一刻值千金，花有清香月有阴。

歌管楼台声细细，秋千院落夜沉沉。

◎ **作者简介** 苏轼（1037—1101），字子瞻，号东坡居士，眉州眉山（今属四川）人。北宋著名的文学家、书画家。与其父苏洵、弟苏辙合称"三苏"。其文纵横恣肆，为散文"唐宋八大家"之一。其诗题材广阔，清新豪健，善用夸张、比喻，独具风格，与黄庭坚并称"苏黄"；其词开豪放一派，与辛弃疾同是豪放派代表，并称"苏辛"。有《东坡七集》《东坡易传》《东坡乐府》等传世。

◎ **注释** ①〔春宵〕春天的夜晚。②〔一刻〕刻，古代计时单位。古代以漏壶计时，一昼夜分为一百刻。一刻，意指极短的时间。

◎ **译文** 在春天的夜晚相会，一刻抵得上千金。花朵散发出清香，月光照出花荫。楼台上传来阵阵歌舞乐曲，拴着秋千的院落里夜色沉沉。

◎ **赏析** 这是一首平起、首句入韵的七绝。开篇两句写春夜美景：在春天的夜晚相会，一刻抵得上千金。春天的夜晚十分宝贵，花朵盛开，月色醉人。这两句不仅写出了夜景的清幽和夜色的宜人，更是在告诉人们光阴的宝贵。后两句写的是权贵豪门尽情享乐的情景：楼台上传来阵阵歌舞乐曲，拴着秋千的院落里夜色沉沉。深夜之中，豪门里的达官贵人却还在楼台上尽情地享受歌舞和管乐。字里行间带有讽刺意味。全篇用语明白如画，却又意蕴深沉。在冷静自然的描写中，含蓄委婉地表达了作者对醉生梦死、贪图享乐之人的谴责。诗句华美而含蓄，耐人寻味，尤其"春宵一刻值千金"更是千古传诵的名句。

城东早春

杨巨源

诗家清景在新春，绿柳才黄半未匀。

若待上林花似锦，出门俱是看花人。

◎**作者简介** 杨巨源（755—?），字景山，后改名巨济，河中（今山西永济）人。唐代诗人。贞元五年（789）进士。初为张弘靖从事，由秘书郎擢太常博士，迁虞部员外郎。出为凤翔少尹，复授国子司业。长庆四年（824），辞官归乡，宰相奏请授其为河中少尹，食其禄终身。《全唐诗》辑录其诗一卷。事迹见《唐诗纪事》《唐才子传》。

◎**注释** ①〔城〕指唐代京城长安。②〔半未匀〕柳树初发芽时黄绿交杂，不太均匀。③〔上林〕上林苑，汉代皇家园林名称，故址在今西安市西。此处代指京城长安。

◎**译文** 诗人最喜爱早春的清新美景，柳树发出新芽，叶子黄绿不均。假若等到京城繁花似锦的时候，出门看到的就都是看花人了。

◎**赏析** 这首平起、首句入韵的七绝，写诗人对早春景色的热爱。前两句突出诗题中的"早春"之意。首句说：诗人最喜爱早春的清新美景，换言之，这清新的早春景色最能激发诗人的诗情。一个"清"字，不仅指早春景色本身的清新喜人，也指春色刚刚开始显露，还没引起人们的注意。第二句紧承上句，是对早春景色的具体描绘：柳树发出新芽，叶子黄绿不均。"才""半"二字，都是暗示"早"。诗人抓住了"半未匀"这一春柳的意象，使人仿佛看到绿枝上刚刚露出的嫩黄的柳眼。这不仅突出了"早"，而且把早春之柳的色彩勾画得非常逼真。生动的描绘中蕴含着诗人的欢悦和赞美之情。写新柳，恰好抓住了早春景色的特征。后两句用"若待"二字一转，用芳春的艳丽景色，来反衬早春的"清景"：假若等到京城繁花似锦的时候，出门看到的就都是看花的人了。上林苑繁花似锦，写春色浓艳已极；游人如云，写春游之盛若喧嚷闹市。是看人还是看花呢？后两句与前两句，正好形成鲜明的对照，更反衬出诗人对早春清新之景的喜爱。同时，这里面还有更深一层意义。"俱是看花人"不仅是说观赏花的人多，也是指人们争趋共仰已功成名就的人。因此，此诗的深层意旨是在选拔人才的时候，应在他们地位卑微、功绩未大显之际，犹如嫩柳初黄、色彩未浓时选拔他们。这时若能慧眼早识、大胆任用，他们就会迅速成长为能担大任的栋梁之材。

春 夜

王安石

金炉香烬漏声残，剪剪轻风阵阵寒。
春色恼人眠不得，月移花影上栏杆。

◎**作者简介** 王安石（1021—1086），字介甫，晚号半山老人。封荆国公，世人称王荆公，又称临川先生。抚州临川（今江西抚州）人。北宋杰出的政治家、思想家、文学家，散文"唐宋八大家"之一。其散文论点鲜明、逻辑严密，有很强的说服力，充分发挥了古文的实际功用；短文简洁峻切、短小精悍。其诗"学杜得其瘦硬"，擅长于说理与修辞。晚年诗风含蓄深沉，以丰神远韵的风格在北宋诗坛自成一家，世称"王荆公体"。有《临川集》等存世。

◎**注释** ①〔漏〕漏壶，古代计时工具，通过漏壶水面的高低，由箭刻标示时间。②〔剪剪〕形容春寒料峭，寒风刺骨。

◎**译文** 金香炉的香已烧成灰烬，漏壶水低，夜已深。冷风吹来，顿觉阵阵寒意。春天的景色撩动人心很难入睡，月亮移动，把花影照在了栏杆上。

◎**赏析** 这是一首平起、首句入韵的七绝。写这首诗时，王安石遇到了赏识他主张的锐意变法的宋神宗，正是龙虎风云、君臣际遇的良机，大展宏图，即在眼前。因此，他在值宿禁中的时候，面对良宵春色，剪剪轻风，金炉香烬，月移花影，一派风光，激起了思想上难以抑制的波澜，为自己政治上的春色撩拨得不能成眠，因成此诗。首句说：金香炉的香已烧成灰烬，漏壶水低，夜已深。这是从视觉与听觉角度描写，以动衬静，描写的是春天拂晓时的景象。第二句说：轻风吹来，顿觉阵阵寒意。虽觉春夜寒凉，但一个"轻"字暗示了他心中的轻松和得意。第三句说：春天的景色撩动人心很难入睡。这是叙事夹抒情。对于为什么"眠不得"，春色为何"恼人"，诗人故意不说原因。"恼"字在此处是反义正用，不能作"恼恨"理解，应作"撩动"解。其实撩动诗人之心的不是春色，是君臣际遇的良机。最后一句以景结情：月光移动，把花影照在了栏杆上。暗喻皇上眷顾，施展抱负的大好时机已经来到。这首诗的内在情感曲折而深沉，外在表象却是春夜的清幽美景，创作手法高明。表面上，诗人描写的是皇宫春夜的迷人景色，实际上透露的却是政治抱负即将实现的兴奋之情。

初春小雨

韩愈

天街小雨润如酥，草色遥看近却无。

最是一年春好处，绝胜烟柳满皇都。

◎**作者简介** 韩愈（768—824），字退之，河南河阳（今河南孟州）人。祖籍河北昌黎，自称"郡望昌黎"，世称"韩昌黎""昌黎先生"。唐代杰出的文学家、思想家、哲学家、政治家。韩愈是唐代"古文运动"倡导者，被后人尊为"唐宋八大家"之首，与柳宗元并称"韩柳"，有"文章巨公"和"百代文宗"之名。后人将其与柳宗元、欧阳修和苏轼合称"千古文章四大家"。他提出的"文道合一""气盛言宜""务去陈言""文从字顺"等散文的写作理论，对后人很有指导意义。著有《韩昌黎集》四十卷，《外集》十卷，代表篇目有《师说》等。

◎**注释** ①〔天街〕指京城的街道。②〔润如酥〕形容小雨落在人的脸上润滑如乳酪。③〔绝胜〕远远超过。④〔皇都〕京城。

◎**译文** 一场小雨滋润了京城中的道路，雨丝儿润滑，仿佛是乳酥。春草萌芽，远看一片淡黄，近看青色若有若无。这是一年中春光最好的时刻，远胜过晚春时烟柳满城的皇都。

◎**赏析** 这首平起、首句入韵的七绝，是一首描写和赞美早春美景的诗。此诗又名《早春呈水部张十八员外》，是写给水部员外郎张籍的。张籍在兄弟辈中排行十八，故称"张十八"。诗的风格清新自然，口语色彩明显。第一句写初春的小雨：一场小雨滋润了京城中的道路，雨丝润滑，仿佛是乳酥。"润如酥"形容春雨的细滑润泽，突出了春雨的特点，遣词用句十分优美。第二句紧承首句：春草萌芽，远看一片淡黄，近看青色若有若无。此句写草沾雨后的景色，远看似青，近看却无，形象地描画出初春小草沾雨后的朦胧绿色。第三、四两句对初春景色大加赞美，意思是说：早春的小雨和草色是一年春光中最美的东西，远远超过了晚春景色中的满城烟柳。历来写春景的诗，多写晚春，这首诗却咏叹早春，认为早春比晚春景色更胜，可谓独出心裁。这首诗咏早春，抓住早春最具特色的草色，迷离朦胧，若有若无，这是再高明的画家也画不出的。我们不能不赞叹诗人细致的观察力和高超的诗笔！

元 日

王安石

爆竹声中一岁除，春风送暖入屠苏。
千门万户曈曈日，总把新桃换旧符。

◎**注释**　①〔元日〕农历正月初一，即春节。②〔除〕去，逝去。③〔屠苏〕一种中草药。古人认为大年初一饮用屠苏草泡制而成的酒，可以驱辟瘟疫。④〔曈曈〕太阳刚升起时的样子。⑤〔桃符〕古人认为桃木有压邪驱鬼的作用，于是每年在辞旧迎新的时候，在桃木板上分别画上"神荼（shēn shū）"和"郁垒（yù lǜ）"二神的图像，悬挂在门首，以祈求福至祸除。

◎**译文**　爆竹声中旧年已尽，春风送暖，饮屠苏酒避祸求福。千家万户迎来了正月旭日，总要用新门神换掉旧桃符。

◎**赏析**　这首仄起、首句入韵的七绝，描写了宋代人过春节的场面。首句说：爆竹声中旧年已尽。新年来到，家家户户点燃爆竹，开篇就渲染出热闹的节日气氛。第二句说：春风送暖，合家饮屠苏酒避祸求福。古代风俗认为在大年初一，饮用屠苏草泡制而成的酒，可以驱辟瘟疫。第三、四句说：千家万户迎来了正月旭日，总要用新门神换掉旧桃符。古人认为桃木有压邪驱鬼的作用，于是每年在辞旧迎新的时候，在桃木板上分别画上"神荼"和"郁垒"二神的图像，悬挂在门首，以祈求福至祸除。作者择取了这些过年时最典型的喜庆场景，展现了一幅富有浓厚生活气息的民间风俗画卷。宋人特别喜欢通过诗歌来表达自己的政治抱负、哲学观点。王安石此时身为宰相，正在大刀阔斧地进行改革。所以，这首诗的字里行间都洋溢着他对革除时弊、推行新法的坚定信念及乐观情绪，抒发了他春风得意、踌躇满志的心态，也体现了他改变"积贫积弱"的局面，推行富国强兵政策的政治理想。

上元侍宴

苏轼

淡月疏星绕建章，仙风吹下御炉香。

侍臣鹄立通明殿，一朵红云捧玉皇。

◎**注释**　①〔上元〕节日名。古代以农历正月十五为上元节，也叫元宵节。②〔侍宴〕大臣出席皇帝举行的宴会。③〔建章〕汉代宫名，是汉武帝刘彻于公元前104年建造的宫苑。这里借指宋宫。④〔鹄立〕像天鹅一样引颈站立。鹄，天鹅。

◎**译文**　淡淡的月光，稀疏的星星围绕着建章宫殿，风吹送御炉里的香烟犹如仙境。大臣恭敬地站在通明殿前，皇上驾到，像一朵红云环绕着玉皇一般。

◎**赏析**　这首仄起、首句入韵的七绝是一首应制诗。封建时代皇帝临朝，礼仪最烦琐，等级最森严，皇帝高高在上，臣子战战兢兢。此诗描写上元之夜群臣在殿前等待皇帝驾临的情景。诗人借仙风、通明殿比喻皇宫，以玉皇来比喻当朝皇帝，虽为歌功颂德之作，亦可见其构思之奇巧。首句言：淡淡的月光，稀疏的星星围绕着建章宫殿。此句描绘出仙境般的宫殿外景，以宫殿与星月的关系来暗示君臣关系。月"淡"星"疏"是说，十五月圆，群星自然稀疏。冬末春初，月光也寒淡，暗示出了时令。第二句说：风吹送御炉里的香烟犹如仙境。此句承上而来，写宫殿内景，将上句创造的气氛指为仙境。诗人以馥郁香气的到来，暗示皇帝即将驾临。第三句说：大臣恭敬地站在通明殿前，照应诗题"侍宴"。此句写侍宴的群臣像天鹅一样引颈站立，静待皇帝驾临。"通明殿"，既指举行宴会的宫殿灯火通明，又暗指天上玉帝的宫殿。宋代王十朋注引《敦误明星保留传》中说："上帝升金殿，殿之光明照于帝身，身之光明照于金殿，光明透彻，故为通明殿。"末句说：皇上驾到，像一朵红云环绕着玉皇。此诗写作用了层层铺垫的手法，把皇宫写成了仙境，把皇帝写成了玉皇。全诗设境肃穆隆重，明朗壮美，给人以身临其境之感，展示了宋王朝升平时期的宫中生活场面。

立春偶成

张栻

律回岁晚冰霜少，春到人间草木知。
便觉眼前生意满，东风吹水绿参差。

◎**作者简介**　张栻（shì）（1133—1180），字敬夫，后避讳改字钦夫，又字乐斋，号南轩，学者称南轩先生。谥曰宣，后世又称张宣公。南宋汉州绵竹（今属四川）人。西汉留侯张良之后，南宋名相张浚之子。南宋初期学者、教育家。南宋孝宗乾道元年（1165），主持岳麓书院教事，从学者达数千人，初步奠定了湖湘学派规模，成为一代学宗。其学自成一派，与朱熹、吕祖谦齐名，时称"东南三贤"。

◎**注释**　①〔律回〕古代以十二律吕与月份相对，农历十二月属吕，正月属律，立春往往在十二月与正月之交，所以称"律回"。②〔岁晚〕指立春在年前。③〔生意〕生机勃勃的样子。④〔参差〕不整齐，这里形容水波起伏荡漾。

◎**译文**　年前立春，天气渐渐转暖，冰冻霜雪已很少。春天到来，连草木也都知道。眼前的一派绿色，充满了勃勃的生机；东风吹来，春水碧波荡漾。

◎**赏析**　这是一首平起、首句不入韵的七绝，写立春时的景象。首句说：年前立春，天气渐渐转暖，冰冻霜雪已很少。第二句说：春天到来，连草木也都知道。"草木"并不仅仅指花草树木，还泛指一切能受到春天影响的事物，如动植物、水、山等等。这句运用了拟人的手法，开春草木最先发芽，故说它们最先知道春到人间的消息。第三句说：眼前的一派绿色，充满了勃勃生机。最后一句说：东风吹来，春水碧波荡漾。通过春风吹水这种具体物象来表现立春后的"生意"。立春是一年之始，诗人紧紧围绕这一时令，真实地描绘了春到人间的情景。冰化雪消，草木滋生，开始透露出春的消息。于是，眼前顿时呈现出一片生机勃勃的景象。东风吹动了碧波荡漾的春水，流动着无穷无尽的活力。从"草木知"到"生意满"，诗人在作品中很有层次地再现了立春后大自然的这一变化过程，洋溢着饱满的生活激情。"春到人间草木知"也成为人们传诵的名句。

打球图

晁说之

闾阖千门万户开，三郎沉醉打球回。

九龄已老韩休死，无复明朝谏疏来。

◎**作者简介**　晁说（yuè）之（1059—1129），字以道，一字伯以，因慕司马光（号"迂叟"）为人，自号景迂生。济州巨野（今属山东）人。北宋诗人。主要著作有《易商瞿大传》《书论》《易商小传》《商瞿易传》《亲氏易式》《晁氏诗传》《诗论》等。

◎**注释**　①〔闾阖〕古代神话传说中天官的门。此代指唐长安的宫殿。②〔三郎〕唐玄宗李隆基的小名。③〔打球〕即蹴鞠，古代流行的一种游戏。球用皮革缝成，中实以毛，用足踢或骑在马上用棒打。④〔九龄、韩休〕指张九龄和韩休，两人均是唐玄宗时的贤臣，以直言敢谏著称于世。⑤〔无复〕再没有。⑥〔谏〕直言规劝，一般用于下对上。⑦〔疏〕呈给皇帝的奏议。

◎**译文**　深沉的皇宫里，千门万户次第打开，原来是三郎喝醉，刚打完了球归来。张九龄已老，韩休也已去世，明早再也不会有谏疏奉劝皇上收敛悔改。

◎**赏析**　这首平起、首句入韵的七绝是一首观画诗。天宝后期，唐明皇宠杨贵妃及其姊妹秦国夫人、韩国夫人、虢国夫人，淫靡无度，酒酣以击球为乐。张九龄、韩休二宰相皆直言劝谏，以致龙颜不悦。后来张九龄以老乞休，韩休病卒，唐明皇无复忌惮而宴乐滋甚，终以失国。此诗是观《唐明皇打球图》而作。诗人在诗中第一句巧用夸张手法，着意描写皇宫的富丽堂皇，以及李隆基的威势。第二句突显出唐玄宗打完球后带醉而归的得意神情。"沉醉"二字讥讽唐玄宗醉生梦死、淫乐无度的生活。诗的后两句着重揭示唐玄宗淫乐无度的原因：张九龄已老，韩休也已去世，再也没有大臣奉劝皇上收敛悔改。张九龄和韩休，原是玄宗朝中的直臣，"尝谏明皇宴乐，常改容谢之"。后来，张九龄以老乞休，韩休不久病逝，原本励精图治的唐玄宗过上了醉生梦死的生活。诗的后两句虽是客观陈述，实际是在指责唐玄宗的荒淫误国，流露出诗人对宋代统治者乐极生悲的告诫。全诗篇幅虽短，立意可谓不凡，言浅意深。诗人通过题咏画中的史实来抒发自己对现实的感慨，也含蓄地表现了诗人对当朝腐败政治的不满。

宫 词

王建

金殿当头紫阁重，仙人掌上玉芙蓉。
太平天子朝元日，五色云车驾六龙。

◎**作者简介** 王建，生卒年未详，字仲初，颍川（今河南许昌）人。中唐诗人。出身寒微，一生潦倒。其诗题材广泛，生活气息浓厚，思想深刻；善于选择有典型意义的人、事和环境加以艺术概括，集中而形象地反映现实，揭露矛盾；多用比兴、白描、对比等手法，常在结尾以重笔突出主题。名篇有《田家行》《水夫谣》《羽林行》《射虎行》《古从军》《渡辽水》《田家留客》《望夫石》等。他又以《宫词》知名。其《宫词》百首，突破前人抒写宫怨的窠臼，广泛描写唐代宫廷生活。今存有《王建诗集》《王建诗》《王司马集》等，以及《宫词》一卷。

◎**注释** ①〔宫词〕写宫内琐事的诗歌，一般为七言绝句。②〔金殿〕即金銮殿，为皇宫正殿。③〔当头〕对面。④〔紫阁〕这里指朝元阁。⑤〔仙人〕汉武帝时用铜铸成仙人，手托承露盘，承接玉露。据说饮此露可长生不老。⑥〔玉芙蓉〕用红玉磨制的芙蓉状的承露盘。⑦〔太平天子〕指带来太平的皇帝。⑧〔五色云车〕指皇帝所乘的五彩缤纷的车。⑨〔驾六龙〕皇帝的车以六匹马来驾。龙，指高大的马。

◎**译文** 金碧辉煌的宫殿前，朝元阁层叠高耸；阁旁竖立的金铜仙人，掌上高擎着玉芙蓉。太平无事的年代，天子前来朝拜玄元皇帝；华丽的车驾如五色云彩，拉车的马儿神骏似龙。

◎**赏析** 这首仄起、首句入韵的七绝，描写了古代皇帝在农历正月初一朝拜玄元皇帝的场面。诗的前两句先写皇家宫殿的壮观气魄：金碧辉煌的宫殿前，朝元阁层叠高耸；阁旁竖立的金铜仙人，掌上高擎着玉芙蓉。后两句写天子出行的不凡气派：太平无事的年代，天子前来朝拜玄元皇帝，华丽的车驾如五色云彩，拉车的马儿神骏似龙。御车雕饰精美，色彩斑斓。"太平"二字表现出对帝王的阿谀奉承。唐初追尊老子为"太上玄元皇帝"，简称"玄元"。全诗通过描绘宫殿楼阁的雄伟壮丽和皇帝车驾的肃穆气派，表达了诗人对太平盛世的歌颂。诗人笔法细腻，描述形象生动，将一幅天子朝拜图栩栩如生地展现在读者面前。

廷 试

夏竦

殿上衮衣明日月，砚中旗影动龙蛇。

纵横礼乐三千字，独对丹墀日未斜。

◎**作者简介** 夏竦（985—1051），字子乔，江州德安（今属江西）人。北宋大臣，古文字学家，诗人。初谥文正，后改谥文庄。著文集百卷、《策论》十三卷、《笺奏》三卷、《古文四声韵》五卷、《声韵图》一卷，其中《文庄集》三十六卷收入《四库全书》。

◎**注释** ①〔衮衣〕帝王和三公所穿的绘有龙的图案的礼服。这里借指皇帝。②〔动龙蛇〕似龙蛇在舞动。③〔礼乐〕即《礼记》《乐记》。这里泛指关于《诗》《书》《礼》《乐》《易》《春秋》等儒家经典的考试内容。④〔独对〕宋朝设有特荐的科举，若对策者得到皇帝赏识，就赐进士及第，所以称为独对。⑤〔丹墀〕红色的台阶。⑥〔斜〕古音读。

◎**译文** 金殿上，皇帝衮龙袍上的日月图案光辉灿烂；砚水中倒映着像龙蛇翻动的旌旗。奋笔直书，转眼草就了三千字的文章，独自站在丹墀上回答皇上的提问，太阳还没西斜，尚是中午时分。

◎**赏析** 这首仄起、首句不入韵的七绝是描述皇帝殿试的。前两句描写殿试氛围：金殿上，皇帝衮龙袍上的日月图案光辉灿烂；砚水中倒映着像龙蛇翻动的旌旗。"动龙蛇"，比喻飘动的旗影像龙蛇飞动。这样写，既强化了肃穆性，又增加了生动感。天子高坐在上，旌旗森森，答卷用的墨汁早已磨足备好，营造了一种庄严神圣的气氛。后两句说：奋笔直书，转眼就写成了三千字的文章，独自站在丹墀上回答皇上的提问，太阳还没西斜，尚是中午时分。这两句描写出应试者功底扎实，才思敏捷，绝非常人之所及。应试的人对答如流，洋洋洒洒几千言，一挥而就，对答自如。所有的考对都完了，殿前台阶上的太阳还没有西斜呢。这里用夸张的手法，突出了应试者的才华横溢，才思敏捷。该诗描写廷试场面，其实也是对皇帝歌功颂德。

咏华清宫

杜常

行尽江南数十程，晓风残月入华清。
朝元阁上西风急，都入长杨作雨声。

◎**作者简介**　杜常，生卒年不详，字正甫，卫州（今河南卫辉）人。北宋诗人。昭宪皇后族孙。宋英宗治平二年（1065）进士。以诗名于世。

◎**注释**　①〔行尽〕结束旅行。②〔数十程〕数十个驿站的路程。古代道路上每隔一段路设一驿站，供来往官员及旅人住宿。③〔朝元阁〕即华清宫朝元阁遗址，在骊山，是唐玄宗敬奉老子的地方，俗称老君殿。老君殿的东侧，即华清宫长生殿。④〔长杨〕秦汉宫名，故址在今陕西周至东南，宫中种白杨数亩，故名。

◎**译文**　从江南走过了无数山水来到长安，一程又一程，在晓风残月中进入了华清宫。朝元阁上猛烈的西风一阵阵吹，全都吹向长杨宫化作了潇潇雨声。

◎**赏析**　这是一首仄起、首句入韵的七绝。此诗通过描绘华清宫凄清的景色，抒发了作者对历代王朝的感慨。华清宫是唐玄宗开元十一年（723）修建的行宫，玄宗和杨贵妃曾在那里寻欢作乐。后代有许多诗人写过以华清宫为题的咏史诗，而杜常的这首绝句尤为精妙绝伦，脍炙人口。前两句说：从江南走过了无数山水来到长安，一程又一程，在晓风残月中进入了华清宫。说明作者经过长途跋涉，越过数十个驿站的路程才披星戴月冒着冷风来到华清宫，可见一路之辛苦。后两句说：朝元阁上猛烈的西风一阵阵吹，全都吹向长杨宫化作了潇潇雨声。作者通过写华清宫的凄凉景象，抒发了自己对历史的感叹。作者感叹当年的繁华都已过去，老子也不能让皇帝和杨贵妃长生。"西风急"还暗喻强大的唐王朝也没经受住历史的雨打风吹而消亡了。"雨声"或许就是泪声。诗人过华清宫遗址，看到一个强大王朝的覆灭之迹，怎能不唏嘘感叹哪！

清平调词

李白

云想衣裳花想容，春风拂槛露华浓。

若非群玉山头见，会向瑶台月下逢。

◎**注释** ①〔清平调〕乐府调名，实际上这组《清平调词》是李白用七绝格律自创的。原诗共三首，这是其中的第一首。②〔群玉山〕古代神话中西王母居住的地方。③〔瑶台〕神话传说中的神仙居住地。

◎**译文** 看见灿烂的云彩，就想到她衣裳之华艳；看见艳丽的花朵，就想她的容貌光彩照人。春风吹拂着栏杆，牡丹花上面的露气渐渐浓重起来。假若不是在群玉山头看到她，那就是在瑶池的月光下和她相逢。

◎**赏析** 这是一首仄起、首句入韵的七绝。《清平调词》是唐代伟大诗人李白创作的组诗，共三首，其中第一首以牡丹花比杨贵妃的美艳；第二首写杨贵妃的受宠幸；第三首总承前两首，把牡丹和杨贵妃与君王融为一体。此诗是第一首。全诗构思精巧，辞藻艳丽，将花与人浑融在一起写，令人觉得人花交映，迷离恍惚，显示了诗人高超的艺术功力。首句说：看见灿烂的云彩，就想到她衣裳之华艳；看见艳丽的花朵，就想到她的容貌照人。把杨贵妃的衣服写得如霓裳羽衣一般美丽，簇拥着她那丰满的玉容。"想"可以说是见云而想到衣裳，见花而想到容貌，也可以说是把衣裳想象为云，把容貌想象为花，这样交互参差，更给人以花团锦簇之感。第二句说：春风吹拂着栏杆，沾着露珠的牡丹花艳色更浓。进一步以"露华浓"来点染花容，美丽的牡丹花在晶莹的露水中显得更加艳丽。以"风""露"暗喻君王的恩泽，使花容人面娇艳相映。第三、四句说：假若不是在群玉山头看到她，那就是在瑶池的月光下和她相逢。诗人的想象忽又升腾到西王母所居的群玉山、瑶台。"若非""会向"，意为这样超美的花容，只有在天上的仙境才能见到。玉山、瑶台、月色，以这些晶莹素洁的意象映衬花容、人面，使似玉的美人和娇丽的白牡丹在仙境中合二为一。

题邸间壁

郑会

荼醾香梦怯春寒，翠掩重门燕子闲。
敲断玉钗红烛冷，计程应说到常山。

◎**作者简介**　郑会，生年不详，字文谦，号亦山，贵溪（今属江西）人。南宋诗人。少游朱熹、陆九渊之门。宁宗嘉定四年（1211）进士。有《亦山集》，已佚。清同治《贵溪县志》卷八有传。郑会诗，据《全芳备祖》等书所录，编为一卷。

◎**注释**　①〔邸〕旅舍。②〔荼醾〕又作"荼蘼""酴醾"，落叶灌木，花有清香，春末开。③〔怯〕畏怯，害怕。④〔计程〕计算着行程。

◎**译文**　荼醾花香梦中弥漫，一觉醒来，感觉阵阵春寒。浓郁的绿色掩映重重门户，梁上的燕子在巢里偷闲。敲断玉钗一样的烛花，红蜡燃尽。计算着行程，那人今夜该已到常山。

◎**赏析**　这首平起、首句入韵的七绝，是作者于旅行途中，题于他所住的旅馆房间墙壁上的诗。诗人在旅途中怀念家乡、思念亲人，于是写了这首诗。首句说：荼醾花香梦中弥漫，一觉醒来，感觉阵阵春寒。这是写妻子在家中思念丈夫，罗衾不暖、好梦难成。"荼醾"，亦作酴醾，又称"佛见笑"，茎绿色，有棱、生刺。栽培供观赏。苏轼《酴醾花菩萨泉》诗中有句曰："酴醾不争春，寂寞开最晚。"点出其春末开花的特性。此处以酴醾花作为妻子的自喻。"香梦"点出"梦"者为女性，也隐喻着妻子的美丽、温柔、可爱，从而反衬出诗人对妻子的思念之深，还意味着这是夫妻团圆之梦。"春寒"二字，点明季节、气候。"怯"字，极为恰切，既写出妻子的娇姿弱质，又表现出诗人对妻子孤独清冷的关切。第二句说：浓郁的绿色掩映重重门户，梁上的燕子巢里偷闲。"翠掩""重门"，说明妻子住的是深宅大院，幽静、冷清，连小燕子也不飞来飞去、呢喃絮语，而是安闲地待在巢中。

这句诗描写的环境更衬托出妻子的孤清。第三、四句说：敲断玉钗，红蜡燃尽，计算着行程说那人今夜应该已到常山。妻子在深深的思恋中，为了打破孤独冷寂，于是把玉钗拿在手里轻轻地敲啊、敲啊，直到玉钗被敲断了，红烛也熄灭了，妻子还是未能入睡。她在计算着丈夫的行程和归期，此时此刻他该到了哪里呢？大约已经到了常山吧。诗人为南宋人，诗中所说常山，指浙江常山。这首诗写诗人怀乡思妻，却不正面写，而是用换位移情手法写妻子思夫，构思奇特，想象丰富，寓情于景，情景交融。诗人的笔触细腻生动，情真意切而又形象具体。以物写情，以形写神，神情融合。这在众多的写思怀的诗词中，独辟蹊径。

绝 句

杜甫

两个黄鹂鸣翠柳，一行白鹭上青天。

窗含西岭千秋雪，门泊东吴万里船。

◎**注释** ①〔白鹭〕即鹭鸶，一种食鱼的水禽。②〔西岭〕此指岷山。本诗作于成都，岷山在成都西面，山顶终年积雪。③〔东吴〕现江南地区，古代称为东吴。

◎**译文** 两只黄鹂在翠绿的柳枝上鸣叫，一行白鹭飞翔在碧蓝高天。窗口可见西岭千年不化的积雪，门外停泊着从万里外的东吴开来的船。

◎**赏析** 这首仄起、首句不入韵的七绝，是杜甫组诗《绝句》中的第三首。杜甫在听闻官军平定"安史之乱"后，心情愉快而作此诗。前两句说：两只黄鹂在翠绿的柳枝上鸣叫，一行白鹭飞翔在碧蓝高天。鹂鸟黄、柳翠绿、鹭鸟白、天高蓝，渲染出初春时节万物复苏、萌发生机时的鲜亮颜色。两个黄鹂和一行白鹭，构成优美的自然画图。这幅画色彩明艳，线条优美，栩栩如生。诗人由近而远地展示出生机勃勃的春景，显出早春生机之盛。第三句说：窗口可见西岭千年不化的积雪。早春之际，冬天的雪欲融未融，空气清新，晴天丽日，所以能看见西岭雪山。一个"含"字，表现了窗虽小，但能容纳西岭，使意境更为广远，也侧面展示了诗人的胸怀。最后一句说：门外停泊着从万里外的东吴开来的船。船来自"东吴"，表明战乱平定，交通恢复，诗人睹物生情，想念故乡。一个"泊"字，亦有深意，杜甫多年来漂泊不定，没有着落，希望有落脚之地，但在动乱年月，这是很难实现的。"泊"字正好写出了诗人这种处于希望与失望之间的复杂心情。这首诗两联四句都对仗，是一首非常工整的绝句。杜甫"语不惊人死不休"，他的诗作是经过千锤百炼的。

海 棠

苏轼

东风袅袅泛崇光，香雾空蒙月转廊。
只恐夜深花睡去，故烧高烛照红妆。

◎**注释** ①〔东风〕春风。②〔袅袅〕微风轻轻吹拂的样子。③〔泛〕摇动。④〔崇光〕华美的光泽，指月光或花光。⑤〔空蒙〕空中雾气浓重。⑥〔红妆〕这里用美女比海棠。

◎**译文** 袅袅的春风吹动花枝，海棠花瓣泛出了高贵华美的光。花香融在朦胧的雾里，月亮移过了院中的回廊。只怕深夜里花儿也会睡去，所以燃起高高的蜡烛把花细细欣赏。

◎**赏析** 这首平起、首句入韵的七绝，写于元丰三年（1080）苏轼被贬黄州（今湖北黄冈）期间。首句写花光：袅袅的春风吹动花枝，海棠花瓣泛出了高贵华美的光泽。"东风袅袅"化用了《楚辞·九歌·湘夫人》中的"袅袅兮秋风"句。"崇光"，指盛大的花光。东风吹来，花开得正是时候。次句写花香：花香融在朦胧的雾里，月亮移过了院中的回廊，暗示夜已深，人无寐，但花香却将要引得爱花人出来寻它了。第三句说赏花人：只怕深夜里花儿也会睡去。此句笔锋一转，从花转向人，写赏花者的心态。当月华再也照不到海棠的芳容时，诗人顿生痴念：如此灿烂的海棠花，怎忍心让它栖身于昏昧幽暗之中呢？夜阑人静，孤寂满怀的诗人无法成眠，孤寂的花儿却冷清得想睡去。一个"恐"字描绘出赏花人不堪孤独的煎熬而生出担忧之情，也表现出其惜花、爱花的痴情。末句更进一层，将它爱花的感情提升到顶点，诗人燃起高高的蜡烛把它细细欣赏。"故"字也有特意的意思。"烧高烛"遥承上文的"月转廊"，月光似乎也嫉妒海棠的明艳，不肯照亮它的姿容。诗人说：那就让我用高烧的红烛，为它驱除夜的黑暗吧！诗人爱花之情、护花之意在一"烧"一"照"的动作中毕现。从"东风""崇光""香雾""高烛""红妆"这些明丽的意象中，我们分明可以看到诗人达观、潇洒的个性，听到他那爽朗的笑声。

清 明

杜牧

清明时节雨纷纷，路上行人欲断魂。
借问酒家何处有，牧童遥指杏花村。

◎**作者简介** 杜牧（803—852），字牧之，京兆万年（今陕西西安）人。与李商隐并称为"小李杜"。晚年居长安南樊川别墅，故后世称其为"杜樊川"。杜牧是唐代杰出的诗人、散文家。著有《樊川文集》。杜牧的诗歌以七言绝句著称，内容以咏史抒怀为主。其诗英发俊爽，多切经世之物，在晚唐成就颇高。

◎**注释** ①〔清明〕二十四节气之一，在阳历4月5日前后。旧俗当天有扫墓、踏青、插柳等活动。②〔欲断魂〕好像灵魂要与身体分开一样。形容凄迷哀伤的心情。

◎**译文** 清明时节细雨纷纷飘洒，路上行人个个落魄断魂。请问哪里有酒家能买酒浇愁？牧童指向远处的杏花村。

◎**赏析** 这首平起、首句入韵的七绝，写清明节春雨中所见，色彩清淡，心境凄冷，历来广为传诵。首句说：清明时节细雨纷纷飘洒。诗人用"纷纷"两个字来形容清明时节的雨，真是好极了。"雨纷纷"正抓住了清明雨的特色，同时它还体现了那位雨中人的愁情。第二句说：路上那个行人落魄断魂。"行人"是出门在外的行旅之人。"断魂"指因惆怅失意、思乡怀亲而导致的神魂不定。清明节本该是家人团聚，或游春踏青，或上坟扫墓，但对一个单身在外的旅行之人来说，就难免触景伤怀了。恰巧又赶上细雨纷纷，春衫尽湿，这就又给行人增添了一层愁绪。这正是古典诗歌里寓情于景、情景交融的一种写法。诗人在第三句说：请问哪里有酒家能买酒浇愁？行人面对纷纷细雨，不禁想到：往哪里找个小酒店去排解愁苦呢？寻到一个小酒店，来歇脚，避雨；小饮三杯，借此散散心头的愁绪。第四句说：牧童指向远处的杏花山村。牧童用行动回答了行人的提问。他这一指，已经使读者仿佛看到杏花深处的酒家。杏花村不一定是真村名，但指往这个美丽的杏花深处的村庄就够了，不言而喻，那里是有一家小小的酒店在等候雨中行路的客人的。至于行人为何断魂，他是否去了杏花村酒店，都不用说了，将读者引入诗的意境中就够了。这就是诗的"有余不尽"。诗人给读者留足了想象的空间，"含不尽之意，在于言外"（欧阳修《六一诗话》），这正是古典诗歌的魅力所在。这首小诗语言通俗，毫无雕琢之痕。全诗音节和谐，景象清新，境界优美，读来余韵悠长，让人如饮醇酒，耐人回味。

清 明

王禹偁

无花无酒过清明，兴味萧然似野僧。
昨日邻家乞新火，晓窗分与读书灯。

◎**作者简介**　王禹偁（chēng）（954—1001），字元之，济州巨野（今属山东）人。宋代诗人、散文家。太平兴国八年（983）进士，是北宋诗文革新运动的先驱，文学韩愈、柳宗元，诗崇杜甫、白居易，多反映社会现实，风格清新平易。词仅存一首，反映了作者积极用世的政治抱负，格调清新旷远。著有《小畜集》。

◎**注释**　①〔兴味〕兴致、趣味。②〔萧然〕情绪低落。③〔野僧〕流落在外的和尚。④〔乞〕讨。⑤〔新火〕古代清明前一二日为寒食节，禁烟火，只吃冷食，到清明这一天才重新生火。

◎**译文**　在无花可赏、无酒可饮时过这个清明节，寂寞清苦的生活就像荒山野庙的僧人。昨天从邻家讨来新燃的火种，拂晓时刻，就在窗前灯下，坐下来把书重温。

◎**赏析**　这是一首平起、首句入韵的七绝。清明节是古人十分重视的节日，宋人每逢这天，或赏花饮酒，或赏春踏青，或扫墓上坟，全家团聚，热闹非凡。诗人本来就与花、酒有不解之缘，在清明节更该纵情赏花饮酒。可是这年的清明节，王禹偁却过得很不堪。他被贬在外，无花无酒，也没有家人陪伴，更没有兴致出外去赏花踏青，只好躲在家中，孤苦伶仃，像一个野僧一般。他内心的凄楚可想而知，于是提笔写下了这首诗。前两句就说：在无花可赏、无酒可饮时过这个清明节，寂寞清苦的生活就像荒山野庙的僧人。"野僧"二字渗透了诗人心中无可奈何的情绪，又带有几分不忿与调侃。毕竟，诗人是很想和别人一样，有花有酒，潇洒快乐地过好清明节。但是屡受贬谪，孤苦伶仃，不做野僧又能如何？前两句集中写出了诗人的孤单贫困。后两句转而在孤单困苦中寻找安慰：昨天从邻家讨来新燃的火种，拂晓时刻，就在窗前灯下，坐下来把书重温。"读书灯"三字一出，就把前面似老僧般的孤苦扫到了一边，表现出诗人非同一般的志趣。"晓窗"二字，一是说诗人爱惜光阴，刻苦读书；同时也是说碰到佳节，百无聊赖，无从排解愁闷，只好早早起床，借读书来打发时间，排解自己心里的痛楚。这首诗，写寒士过清明节时的凄凉及独特的过节方法，用笔十分传神。

社　日

王驾

鹅湖山下稻粱肥，豚栅鸡栖半掩扉。
桑柘影斜春社散，家家扶得醉人归。

◎**作者简介**　王驾，字大用，自号守素先生，蒲州河中（今山西永济）人。晚唐诗人。大顺元年（890）登进士第，仕至礼部员外郎。后弃官归隐。与郑谷、司空图友善，诗风亦相近。其绝句构思巧妙，自然流畅。司空图《与王驾评诗书》赞曰："今王生者，寓居其间，浸渍益久，五言所得，长于思与境偕，乃诗家之所尚者。"

◎**注释**　①〔社日〕古代祭祀土地神的节日。春秋各一次，分别为春社和秋社。此诗写的是春社。②〔鹅湖〕位于江西铅（yán）山，一年两稻，仲春社日，稻粱已肥。③〔稻粱肥〕指田里庄稼长势很好，丰收在望。④〔豚〕小猪。⑤〔栅〕猪圈。⑥〔鸡栖〕鸡窝。⑦〔扉〕门。⑧〔桑柘〕桑树和柘树。

◎ **译文** 鹅湖山下稻谷长势喜人，猪圈、鸡窝对着半掩的家门。桑树、柘树的影子越来越长，春社的欢宴散去，家家搀扶着喝醉的亲人回家。

◎ **赏析** 这首平起、首句入韵的七绝，写了鹅湖山下的一个村庄社日里的欢乐景象，描绘出一幅富庶、兴旺的江南农村风俗画。全诗虽没有一字正面描写社日的情景，却真切表现了社日的热闹欢快，角度巧妙，匠心独运。社日是古代农民祭祀土地神的节日。汉以前只有春社，汉以后开始有秋社。自宋代起，以立春、立秋后的第五个戊日为社日。此诗写的是春社。前两句说：鹅湖山下稻粱长势喜人，猪圈、鸡窝对着半掩的家门。起笔不写社日，却从村居风光写起。鹅湖山，在今江西铅山县境内。这地名本身就十分诱人：湖的名字使人想到鹅鸭成群，鱼虾满塘，一派山明水秀的南方农村风光。春社时属仲春，"稻粱肥"，指田里庄稼长得很好，丰收在望。猪满圈，鸡栖埘（在墙上凿的鸡窝），五谷丰登，六畜兴旺。这两句虽只字未提春社的事，但已从侧面表现出丰收年景的喜庆气氛。"半掩扉"三字暗示村民都不在家。家门"半掩"而不上锁，可见民风淳朴、生活富足。这个细节描写是极有表现力的。同时，它又暗示出村民家家去参加社日，巧妙地将诗意向后面过渡。后两句写"社日"正题：桑树柘树的影子越来越长，春社的欢宴散去，家家搀扶着喝醉的亲人回家。诗人没有写社日的热闹场面，却写社散后的景象。春社散后，到处都可以看到喝得醉醺醺的村民被家人邻里搀扶着回家。诗人没有写社日的热闹与欢乐场面，却选取高潮之后渐归宁静的这样一个尾声来表现它，是颇为别致的。它的暗示性很强，读者通过这个尾声，会自然联想到作社、观社的全过程。

寒食

韩翃

春城无处不飞花，寒食东风御柳斜。

日暮汉宫传蜡烛，轻烟散入五侯家。

◎**作者简介**　韩翃（hóng），生卒年不详，字君平。唐代诗人。天宝十三载（754）进士，官至驾部郎中、中书舍人。"大历十才子"之一，诗笔法轻巧，写景别致，在当时传诵很广。诗多写送别唱和题材，有《韩君平诗集》。《全唐诗》录存其诗三卷。

◎**注释**　①〔汉宫〕此处借指唐宫。②〔传蜡烛〕传赐蜡烛。汉代寒食禁烟火，朝廷特赐贵族家蜡烛，以备晚上照明之用。③〔五侯〕汉成帝时封王皇后的五个兄弟王谭、王商、王立、王根、王逢时皆为侯，受到特别的恩宠。这里泛指天子近幸之臣。

◎**译文**　暮春时节，长安城处处柳絮飞舞、落花飘空，寒食节的春风把皇宫的柳条吹动。夜色降临，宫里忙着传送蜡烛，袅袅炊烟散入王侯贵戚的家中。

◎**赏析**　这是一首平起、首句入韵的七绝。这首诗以"寒食"为题，却另有用意。中唐以后，几任昏君都宠幸宦官，以致他们的权势很大，败坏朝政，排斥朝官，正直人士对此都极为愤慨。有人认为此诗正是因此而发。寒食春深，景物宜人，"春城"一句，高度凝练而华美。春是自然节候，城是人间都邑，这两者的结合，呈现出无限美好的景观。"无处不飞花"，双重否定的句式极大加强了肯定的语气，有效地烘托出弥漫全城的浓郁春意。"飞"字动感强烈，表现出春风的浩荡，落花随风飞舞，这是典型的暮春景色。春风吹遍全城，自然也吹入御苑，苑中垂柳也随风飘动起来了。风是无形无影的，它的存在，只能由花之飞、柳之斜来呈现。一个"斜"字间接地写出风势。第三、四句说：宫里忙着传送蜡烛，袅袅炊烟散入王侯贵戚的家中。寒食日天下一律禁火，唯宫中可以燃烛。皇帝特许近臣也可破例燃烛，并直接自宫中将燃烛向外传送。能得到皇帝赐烛这份殊荣的人自然不多。有人认为这是一首笔法巧妙而含蓄的讽刺诗，作者后两句写夜晚之景，意在借古讽今。通过传蜡烛一事，讥讽皇帝厚待亲信宦官。这首诗结构严谨，诗作仅四句，但多有转折。从内容上看，由写景物转入咏礼俗；从空间上看，由皇城转入御苑，又由皇宫转入权贵门第；从时间上看，由白天转入日暮；从感情看，由平和转为庄重。这多重转折，使得本诗在简短的篇幅中跌宕起伏，耐人寻味。这首诗用字精妙，准确传神。如"飞""斜""传""散"等字，不仅本身不可移换，而且相互照应，为全诗增色不少。

江南春

杜牧

千里莺啼绿映红，水村山郭酒旗风。

南朝四百八十寺，多少楼台烟雨中。

◎ **注释** ①〔山郭〕依山而建的城郭。郭，古代在城的外围加筑的一道墙，也叫外城。②〔酒旗〕一种挂在门前以作为酒店标记的小旗。③〔南朝〕即晋朝以后先后占据南方半壁江山的宋、齐、梁、陈四个朝代的总称，四个朝代先后建都建康（今江苏南京）。南朝诸皇帝在中国历史上以崇佛著名，故这一时期佛教盛行，寺院众多。④〔四百八十〕极言佛寺之多。

◎ **译文** 千里江南，到处莺歌燕舞，绿树映衬着红花；临水的村庄和依山的城郭，到处都有酒旗招展迎风。南朝兴建的那么多香烟缭绕的寺庙，楼阁亭台如今都隐现在朦胧的烟雨之中。

◎ **赏析** 这是一首仄起、首句入韵的七绝。这首诗用轻快的文字和极具概括性的语言，描绘了一幅生动形象、丰富多彩而又有气魄的江南春画卷，呈现出深邃清幽的意境，表达出含蓄深蕴的情思。诗一开头说：千里江南，到处莺歌燕舞，绿树映衬着红花。一下子让人掠过南国大地，把人们带进浓浓春意之中。"千里"是说广阔，也含有到处之意。接下去说：临水的村庄和依山的城郭，到处都有酒旗招展迎风。"酒旗"意象，一是说江南富足，有这么多酒店，需要充足的米粮；二是点染出欢乐、浪漫的气氛。第三、四句说：南朝兴建的那么多香烟缭绕的寺庙，楼阁亭台如今都掩映在朦胧的烟雨之中。这里提到了寺庙，带有历史的沧桑感。南朝遗留下来的许许多多佛教建筑物，在春风春雨中若隐若现，更增添了烟雨江南之美。

诗人在这里只说"南朝四百八十寺",显然另有意蕴,带有讽刺意味。南朝皇帝崇佛,修建了大量寺庙。如今"南朝四百八十寺"都已成为历史的遗物,成为江南风景的组成部分,令人感慨。这首诗共四句,一句一景,有声有色,有空间上的展现,有时间上的追溯,显得精巧而别致。

上高侍郎

高蟾

天上碧桃和露种,日边红杏倚云栽。
芙蓉生在秋江上,不向东风怨未开。

◎**作者简介** 高蟾,字号不详,河朔间(通常指黄河以北地带)人,晚唐诗人。官至御史中丞。工五言、七言律绝,多写感事愤世、嗟老伤怀的悲慨,写得较好的有《金陵望晚》《晚思》《途中除夕》等。《新唐书·艺文志》著录有《高蟾诗》一卷。《全唐诗》亦将其诗编为一卷。

◎**注释** ①〔高侍郎〕指礼部侍郎高湜(shí)。侍郎,古代官名。②〔碧桃〕神话传说中的天上蟠桃。相传三月三日为西王母诞辰,当天西王母大开盛会,以蟠桃为主食,宴请众仙,众仙赶来为她祝寿,称为蟠桃会。此处"碧桃"与下句的"红杏"均暗喻倚势显贵的小人。③〔芙蓉〕荷花。不,一作"莫"。

◎**译文** 天上的碧桃和着甘露种植,日边的红杏依着彩云培栽。只有荷花寂寞地生长在秋天的江上,不抱怨东风不让它与桃杏一起开放。

◎**赏析** 这首仄起、首句不入韵的七绝是一首晋谒之作。高侍郎当指礼部侍郎高湜。此诗前两句说:天上的碧桃和着甘露种植,日边的红杏依着彩云培栽。"天上碧桃""日边红杏",比喻得第者"一登龙门则身价十倍"。"和露种""倚云栽",比喻他们有所凭恃,特承恩宠,也意味着他们春风得意、前程似锦。这两句用词富丽,对仗精工,正与所描摹的得第者平步青云的状态相称。唐代科举惯例,举子考试之前,要向达官贵人"投卷"(呈献诗文)以求荐举,否则没有被录取的希望。这种所谓推荐、选拔相结合的办法后来大显弊端,晚唐尤甚。第三句说:只有荷花寂寞地生长在秋天的江上。秋江芙蓉是作者自比。芙蓉是由桃、杏的比喻连类而发。虽然彼此同属名花,但桃、杏在"天上""日边",芙蓉在"秋江"之上,有天地之别。这里还有一层寓意,即秋江芙蓉的高洁,与春风桃杏的妖艳不同。末句说:从不抱怨东风不让它与桃杏一起开放,暗喻自己生不逢时的悲慨。此诗虽有怨言,但因全用比喻,寄兴深微,不显直露。诗人向高侍郎上书投卷,却写得不卑不亢,是很难得的。说"未开"而不说"不开",也流露出作者的自信。

绝句

僧志南

古木阴中系短篷,杖藜扶我过桥东。
沾衣欲湿杏花雨,吹面不寒杨柳风。

◎**作者简介**　僧志南,生卒年不详。南宋诗僧,志南是其法号。朱熹尝跋其卷云:"南诗清丽有余,格力闲暇,无蔬笋气。如云:'沾衣欲湿杏花雨,吹面不寒杨柳风。'予深爱之。"

◎**注释**　①〔古木阴中〕古树林荫之中。②〔短篷〕带篷的小船。③〔杖〕拄着。④〔藜〕一年生草本植物,茎秆直立,长老了可做拐杖。此处指拐杖。

◎**译文**　在高大的古树荫下拴好了小船,我拄着拐杖走过桥东。丝丝杏花雨想沾湿我的衣裳,温暖的杨柳风吹拂着我的面容。

◎**赏析**　这首仄起、首句入韵的七绝,写诗人在微风细雨中拄杖春游的乐趣。首句说:在高大的古树荫下拴好了小船。"古木"与"短篷"相映成趣:树古则有风景,有沧桑感;船小,则可爱,更突出享受独游之乐趣。第二句说:我拄着拐杖走过桥东。诗人拄杖春游,却说"杖藜扶我"是把藜杖拟人化了,仿佛它化身为可以依赖的游伴,扶人前行,给人以亲切感、安全感。诗人欣欣然通过小桥,一路向东。桥东和桥西,风景未必有异,但对春游的诗人来说,"东"常与"春"连在一起,譬如春神称作东君,春风也被称为东风。诗人过桥东行,正好有东风迎面吹来,无论西行、北行、南行,都没有这样的诗意。诗的后两句更为出彩:丝丝杏花雨想沾湿我的衣裳,温暖的杨柳风吹拂着我的面庞。"杏花雨",早春的雨;"杨柳风",早春的风。这样说使早春的"雨""风"意象有了色彩和芳香,更有美感，更富有诗情画意。"沾衣欲湿"，用衣裳似湿未湿来形容初春细雨似有若无，更见诗人体察精微，描绘细腻。要想写出好诗，就要细致地观察事物，并且用形象的词语准确地表达出自己的感觉和心情。从这四句诗中，我们可以清楚地把握到这位老僧心中的快乐。

游园不值

叶绍翁

应怜屐齿印苍苔，小扣柴扉久不开。
春色满园关不住，一枝红杏出墙来。

◎**作者简介** 叶绍翁，生卒年不详，字嗣宗，号靖逸。南宋中期诗人。祖籍建安（今福建建瓯）。原姓李，后嗣于龙泉叶氏。光宗至宁宗期间，曾在朝廷做小官。有《靖逸小集》《南宋群贤小集》。他别著《四朝闻见录》，杂叙宋高宗、孝宗、光宗、宁宗四朝轶事，颇有史料价值。有《知不足斋丛书》本、《丛书集成》本。

◎**注释** ①〔不值〕没有遇到主人。②〔怜〕可惜。③〔屐〕古代一种木鞋，鞋底下两头有齿。④〔小扣〕轻轻地敲击。⑤〔柴扉〕篱笆门。

◎**译文** 主人应该是怜惜木屐踩坏青青的苍苔，我轻轻地敲柴门，很久没有人开。但这满园的春色毕竟难以关住，正有一枝红色的杏花探出墙来。

◎**赏析** 这首平起、首句入韵的七绝，写诗人春日游园所见所感。此诗先写诗人游园看花而进不了园门，感情上是从有所期待到失望遗憾；后看到一枝红杏伸出墙外，进而领略到园中的盎然春意，感情又由失望到意外之惊喜，写得十分曲折而有层次。这首诗不但表现了春天有着不能压抑的生机，而且流露出作者对春天的喜爱之情，描写出田园风光的幽静安逸、舒适惬意。全诗写得十分形象而又富有理趣，体现了取景小而含意深的特点，情景交融，脍炙人口。头两句说：作者访友，园门紧闭，无法观赏园内的春花。但写得幽默风趣，说也许是园主人爱惜园内的青苔，怕外人的屐齿在上面留下践踏的痕迹，所以不愿开门。这是说主人有意拒客，好像要把春色关在园内独赏。后两句诗形象鲜明，构思奇特，"春色""红杏"都被拟人化，不仅景中含情，而且景中寓理：新生的美好事物是谁也封锁不住的，它必能冲破禁锢，蓬勃发展。这是一首未能成游却胜于成游的别具一格的记游诗。春色在一"关"一"出"之间，冲破围墙，溢出园外，显示出一种蓬蓬勃勃、关锁不住的生命力。

客中行

李白

兰陵美酒郁金香，玉碗盛来琥珀光。

但使主人能醉客，不知何处是他乡。

◎**注释** ①〔兰陵〕地名，在今山东临沂兰陵县，唐时以产酒著名。②〔郁金香〕散发着郁金的香气。郁金，姜科植物，块根有香气，古人用来泡酒，酒色金黄且清香甘洌。③〔琥珀光〕形容盛在玉碗里的酒色如琥珀般光泽鲜亮。

◎**译文** 兰陵美酒散发着醇浓的郁金的芬芳，盛在玉碗里闪出琥珀般的光芒。只要主人让我开怀畅饮，一醉方休，我就不知道这里是故乡还是异乡啦！

◎**赏析** 这首平起、首句入韵的七绝，作于东鲁的兰陵，而以兰陵为"客中"，应为开元年间亦即李白入京前的作品。这时社会呈现着一派繁荣景象，人们的精神状态也比较振奋，而李白更是重友情、嗜美酒、爱游历。祖国的山川风物，在他心目中都是非常美丽的。这首诗赞美了美酒的清醇、主人的热情，表现了诗人豪迈洒脱的精神境界，同时也反映了盛唐社会的繁荣景象。古代诗歌中常写离别之悲、漂泊之愁，然而这首诗虽题为"客中行"，却没有写一丝客愁。前两句说：兰陵美酒散发着醇浓的郁金的芬芳，盛在玉碗里闪出琥珀般的光芒。兰陵，点出作客之地，但把它和美酒联系起来，就带有一种使人振奋的感情色彩。兰陵美酒，是用郁金香草加工浸制，带着醇浓的芬芳，又是盛在晶莹润泽的玉碗里，看上去犹如琥珀般光艳。诗人面对美酒，其愉悦兴奋之情自可想见了。后两句说：只要主人让我开怀畅饮，一醉方休，就不用管这里是故乡还是异乡。诗人清醒地意识到这是在他乡，他也并非不想念故乡。但是，这些都在兰陵美酒面前被冲淡了。由身在客中，发展到乐而不觉其为他乡，正是这首诗不同于一般羁旅之作的地方。但是细加推敲，"但使"二字，竟有苦涩在内。这是假设，是希望，毕竟不是现实。一个"醉"字表露了诗人隐藏起来的乡愁，只有醉了，才会"不知何处是他乡"。故乡仍在心中，他乡只能在醉中才会"不知"。再推进一层，也许是说主人的热情好客，使诗人暂时忘却了乡愁吧。全诗意象美丽，形象潇洒飘逸，表面的欢饮中也暗藏着酸悲。

题 屏

刘季孙

呢喃燕子语梁间，底事来惊梦里闲？
说与旁人浑不解，杖藜携酒看芝山。

◎**作者简介** 刘季孙（1033—1092），字景文，祥符（今河南开封）人，大将刘平之子。北宋诗人、鉴藏家。苏轼称其为"慷慨奇士"。刘季孙诗，据宋代王十朋《东坡诗集注》等书所录，编为一卷。《隰州志》称其"以文最称"。

◎**注释** ①〔呢喃〕拟声词，形容燕子的叫声。②〔底事〕什么事。③〔浑〕浑然，全部。④〔芝山〕山名，在今江西鄱阳县。作者当时在芝山附近为官。

◎**译文** 屋梁上传出燕子呢喃的叫声，什么事竟将我的闲梦惊醒？说的什么别人也不懂，只好挂上拐杖，带壶美酒，去观赏芝山风景。

◎**赏析** 这是一首平起、首句入韵的七绝。前两句说：屋梁上传出燕子呢喃的叫声，什么事竟将我的闲梦惊醒？"惊"字言其于甜梦中被惊醒。"闲"字言其梦不是噩梦、怪梦，而是闲淡之梦。可见诗人心中了无俗念。诗人之梦为何而惊？梁上呢喃燕子也。燕语给人的感觉是轻丽的、亲切的。我们姑且想象这是一个春天的早晨，诗人在曙光初照时被燕语声惊醒。醒来做什么呢？也就是最后一句说的，"杖藜携酒看芝山"。燕子说的是它们自己的闲话，旁人自不会理解。官场上的闲话，诗人也不会装在心里。清者自清，浊者自浊。诗人心在异书古文中，心在高山流水处，所交之友是王安石、苏轼、米芾、张耒等文人雅士，所以他才摆脱俗务去"杖藜携酒看芝山"了。"携酒"看山，多么潇洒自在！

漫 兴

杜甫

肠断春江欲尽头，杖藜徐步立芳洲。
颠狂柳絮随风舞，轻薄桃花逐水流。

◎ **注释**　①〔漫兴〕兴之所至，随意而作。②〔芳洲〕长满野花、野草的水中陆地，即河中的沙洲。③〔颠狂柳絮〕颠狂，放荡不羁。颠狂柳絮指柳絮纷飞，与下句的轻薄桃花相对。作者将柳絮与桃花人格化，说它们像一群势利的小人，对春天的逝去无动于衷，只知道乘风乱舞，随波逐流。

◎ **译文**　三春欲尽，看着春江景物，倍觉感伤，肝肠欲断。拄着拐杖漫步江边，站立芳洲。柳絮随风飞舞，轻薄的桃花追逐着水流。

◎ **赏析**　这是一首仄起、首句入韵的七绝。《漫兴》是一组绝句，共九首，写在杜甫寓居成都草堂的第二年，即唐肃宗上元二年（761）。题作《漫兴》，有兴之所到随手写出之意。这九首诗不是一次写成的，从内容方面看，当为由春至夏相率写出，此诗是其中的第五首。第一句说：三春欲尽，看着春江景物，倍觉感伤，肝肠欲断。"肠断"二字写出心中的感伤。"欲尽"，明说的是春江水，也指春光欲尽，实际是说大唐王朝的好日子也将走到尽头！这才是诗人"肠断"之由。第二句说：拄着拐杖漫步江边，站立芳洲。"徐步"，写出边慢慢走边思考的样子。"立"字呈现出忧国忧民的诗人形象。这两句写诗人来到暮春江边触景伤情，引发了愁思。后两句用"柳絮""桃花"意象将"肠断"的原因具体揭示出来：柳絮随风飞舞，轻薄的桃花追逐着水流。这虽是暮春的特有景色，却勾起了诗人的无限感伤。在诗人笔下，柳絮和桃花人格化了，像一群势利的小人，它们对春天的流逝无动于衷，只知道乘风乱舞，随波逐流。"癫狂""轻薄"是对势利小人的生动描绘。小人乱政，国运日衰，这正是诗人痛苦的原因。诗句里面，寄托了诗人对黑暗现实的深刻不满，以及政治理想不能实现的苦闷。杜甫草堂坐落在成都市西门外的浣花溪畔，景色秀美，然而饱尝乱离之苦的诗人，却忧国忧民，尽管眼前繁花似锦，家国的愁思依然在心头萦绕，使他不吐不快。

庆全庵桃花

谢枋得

寻得桃源好避秦，桃红又是一年春。
花飞莫遣随流水，怕有渔郎来问津。

◎**作者简介**　谢枋得（1226—1289），字君直，号叠山，信州弋阳（今江西弋阳）人。南宋文学家。诗文豪迈奇绝，自成一家。曾任六部侍郎，聪明过人，文章奇绝，学通"六经"，淹贯百家。作品收录在《叠山集》中。

◎**注释**　①〔庆全庵〕谢枋得避居建阳（今属福建）时给自己居所取的名称。②〔桃源〕即桃花源。诗人在此借指庆全庵深邃幽静的环境。③〔问津〕问路。

◎**译文**　寻找一处像桃花源那样的世外仙境，以便能躲避像秦朝那样的暴政；看到红艳艳的桃花，知道又是一年春天来临。凋落的花瓣千万不要随水流去，恐怕渔郎看见了把这里追寻。

◎**赏析**　这是一首仄起、首句入韵的七绝。（首句第二字"得"今读dé，阳平声，但旧读入声，职韵，故为"仄起"。）这首诗题目是《庆全庵桃花》，却没有直接描绘庵中桃花盛开的景色，而是借景抒情。诗人把幽静的小庙比作逃避秦王朝暴政的世外桃源，希望在这里隐居避难，从此不与世人交往。作者身处南宋乱世，眼见山河破碎，国土沦丧，忧心如焚。本诗字里行间，流露了作者的这种忧愤心情。首句诗意由题宕开，从桃花跳到桃花源。诗人说：寻找一处像桃花源那样的世外仙境，以便能躲避像秦朝那样的暴政。诗人借桃花源，说自己要找块与世隔绝的地方隐居，目的是躲避元朝的统治。"避秦"二字透露出诗人对元朝统治的反抗。第二句说：看到红艳艳的桃花，知道又是一年春天来临。这两句虽然读来觉得平易自然，实际上隐含着诗人无数的血泪在内。又一次花开，又一次春来，但是山河破碎，强寇仍在。第三、四句说：凋落的花瓣千万不要随水流去，恐怕渔郎看见了把这里追寻。谢枋得曾带领义军在江东抗元，失败后，变姓埋名，隐居起来，怕被人跟寻而暴露自己隐居的地方。诗人这样说，不仅仅是表示不愿让人知道自己隐居之处，更多的是宣言自己绝不与元朝合作。全诗随手设譬，既符合诗人身世与当时社会现实，又清楚地表明了自己的志向。

玄都观桃花

刘禹锡

紫陌红尘拂面来，无人不道看花回。
玄都观里桃千树，尽是刘郎去后栽。

◎ **注释** ①〔紫陌〕此指京都长安大道。②〔红尘〕闹市上的飞尘。③〔玄都观〕唐代京都长安城内的一处道观。刘禹锡结束九年贬谪生活被召回长安后，暮春时节到玄都观赏桃花，此诗中有"玄都观里桃千树，尽是刘郎去后栽"句，被"嫉其名者"认定是影射当朝新贵，再次被贬为连州刺史。

◎ **译文** 京城的大街扬起的尘埃迎面扑来，没有人不说是看花归来。玄都观里种了千株桃树，这些桃树都是我贬官离开长安后才栽。

◎ **赏析** 这首仄起、首句入韵的七绝是一首政治讽刺诗。此诗通过人们在玄都观看花的事，巧妙地讽刺了当时掌管朝廷大权的新官僚。永贞元年（805），刘禹锡参加王叔文政治革新失败后，被贬为朗州司马。元和十年（815），朝廷有人想起用刘禹锡和与他同时被贬的柳宗元等人。这首诗，就是他从朗州回到长安时所写。由于这首诗刺痛了当权者，刘禹锡和柳宗元等再度被贬为远州刺史。诗人在这首诗里把玄都观的千株桃树比作朝廷中的新贵，前两句便暗示了新贵声势显赫，满朝趋奉的情景。诗题为《玄都观桃花》，可诗人开篇却并未写桃花，而是极力渲染京城大街小巷喧闹的场面。写观花归来的人，用意何在？是暗喻那些依靠阿谀奉承起家的新权贵们把京城搞得乌烟瘴气，烟尘扑面。在诗的第二句中，诗人没写去，只写回，并且是"无人不道"，这四个字巧妙地表现了人们看花以后的满足和愉快，刻画出攀附权贵的奸佞小人的洋洋自得。后两句表面写桃树，其实是告诉人们：那些新贵们都是"我"被贬离开京城之后，靠阿谀献媚攀爬上高位的，根本不值得一观。借题发挥，表达了诗人内心对这些权贵的鄙视和无情的讽刺。就此诗所寄托的意思来看，那千树桃花，也就是元和十年以来由于投机取巧而在政治上愈来愈得意的新贵；而看花的人，则是那些趋炎附势、攀高结贵之徒。他们为了富贵利禄，奔走权门，就如同在紫陌红尘之中，赶着热闹去看桃花的人一样。结尾句指出：这些似乎了不起的新贵们，也不过是"我"被排挤出朝廷以后被提拔起来的罢了。诗人的这种轻蔑和讽刺是有力量的、辛辣的，因而千百年来广为流传。

再游玄都观

刘禹锡

百亩庭中半是苔，桃花净尽菜花开。

种桃道士归何处，前度刘郎今又来。

◎**注释** ①〔再游〕元和十年（815），玄都观赏花诗写后，刘禹锡又被贬出京，十四年后重被召回，写下此篇，以讥权贵。②〔庭〕道观庭院。③〔苔〕即苔藓。

◎**译文** 玄都观百亩庭院中有一半长满了青苔，过去盛开的桃花全没了，只有菜花在开。先前种桃的道士不知去了哪里，前次来这里题诗被贬出长安的我重又回来！

◎**赏析** 这首仄起、首句入韵的七绝，是《玄都观桃花》的续篇。诗前有作者一篇小序。其文云："余贞元二十一年为屯田员外郎时，此观未有花。是岁出牧连州（今广东连州），寻贬朗州司马。居十年，召至京师。人人皆言，有道士手植仙桃满观如红霞，遂有前篇，以志一时之事。旋又出牧。今十有四年，复为主客郎中，重游玄都观，荡然无复一树，唯兔葵、燕麦动摇于春风耳。因再题二十八字，以俟后游。时大和二年三月。"序文说得很清楚，诗人因写了看花诗讽刺权贵，再度被贬，一直到十四年后，才又被召回长安任职。在这十四年中，皇帝由宪宗、穆宗、敬宗而文宗，朝廷人事变迁很大，但政治斗争仍在继续。作者写这首诗，是有意重提旧事，向打击他的权贵挑战，表示决不因为屡遭报复而屈服妥协。前两句写出一片荒凉的景色，并且是经过繁盛以后的荒凉。由花事之变迁，联系到自己的进退，因此而想到：不仅桃花无存，游人绝迹，就连那位种桃的道士也不知所终。可是，上次因看花题诗而被贬的刘禹锡现在却又回到长安，并且重游旧地。这一切是不能预料的，言下有无穷的感慨。再就其所寄托的意思看，则以桃花比新贵，与《玄都观桃花》相同；种桃道士则指打击当时革新运动的当权者。而桃花之所以净尽，则正是"种桃道士归何处"的结果。诗人想的是：我这个被排挤的人，今天又回来了，难道是那些人所能预料到的吗？对于扼杀政治革新的政敌，诗人在这里投以轻蔑的嘲笑，从而显示了自己的不屈和乐观。刘禹锡所作的两首玄都观诗，都是以比拟的方式，对当时的人物和事件加以讽刺，但都有鲜明的意象。通过桃花意象表达自己的心声，这种艺术手法是很巧妙的。

滁州西涧

韦应物

独怜幽草涧边生，上有黄鹂深树鸣。

春潮带雨晚来急，野渡无人舟自横。

◎**注释**　①〔滁州〕今安徽滁州。②〔西涧〕又名上马河，在滁州城西。③〔怜〕怜爱。④〔野渡〕偏僻无人的渡口。

◎**译文**　我单单怜惜生长在涧边的幽草，涧上有黄鹂在深林中啼鸣。春潮伴着夜雨急速地奔涌，野外渡口无人，唯有船只独自斜横。

◎**赏析**　这是一首平起、首句入韵的七绝。作者任滁州刺史时，游览至滁州西涧，写下了这首诗情浓郁的绝句。诗里写的虽然是平常的景物，但经诗人的点染，却成了一幅意境幽深的画。这是山水诗的名篇，也是韦应物的代表作之一。诗的前两句说：我单单喜爱涧边的幽草，愿听黄莺在树荫深处啼鸣。这是清丽的色彩与动听的音乐交织成的幽雅意境。"独怜"是偏爱的意思，偏爱幽草，流露着诗人恬淡的情怀。"幽草"意象，点染出幽静的氛围和淡然的心情。但这静中有声，黄鹂的啼鸣又反衬出此地之幽静。后两句说：春潮伴着夜雨急速地奔涌，野外渡口无人，唯有船只独自斜横。这两句以飞转流动之势，衬托闲淡宁静之景，组成了动静交织的优美画面，创造出自由自在的美好意境。诗人以动衬静的艺术手法是很高妙的。

花　影

苏轼

重重叠叠上瑶台，几度呼童扫不开。

刚被太阳收拾去，却教明月送将来。

◎**注释**　①〔瑶台〕神话传说中的神仙住地。此处借指华美的楼台。②〔几度〕几次。③〔扫不开〕扫不去，扫不掉。

◎**译文**　花影一层又一层移上亭台，几次叫童儿去打扫，可是怎么也扫不开。傍晚太阳下山，花影刚刚不见，却又让刚刚升起的明月送回来。

◎**赏析**　这首平起、首句入韵的七绝是一首咏物诗，也是政治讽喻诗。第一句"上瑶台"这是写影的移动，隐含着阳光的移动。因为太阳逐渐西沉，影子也会逐渐拉长，暗指阳光帮助花影"上"位。第二句"扫不开"表现出诗人的厌恶之情，花影像垃圾一样，打扫不干净。至此"花影"意象的内涵就出来了，是指那些靠谄媚上位的奸佞小人。第三、四两句说：傍晚太阳下山，花影刚刚不见，却又让明月重重叠叠送出来。一"收"一"送"是写光的变化，一"去"一"来"是写影的变化。花影本是静态的，而诗人抓住了光与影的相互关系，着力表现了花影动与静、去与来的变化，从而使诗作具有了起伏跌宕的美。

北 山

王安石

北山输绿涨横陂，直堑回塘滟滟时。

细数落花因坐久，缓寻芳草得归迟。

◎**注释**　①〔北山〕江宁北山，今南京钟山。②〔陂〕池塘。③〔堑〕沟渠。④〔滟滟〕形容春水在阳光下闪闪发光的样子。

◎**译文**　北山碧绿的泉水涨满山塘，这是笔直的沟渠和曲折回环的池塘闪闪发光之时。因为静静地细数落花坐了好久，也为慢慢地流连芳草而回家很迟。

◎**赏析**　这是一首平起、首句入韵的七绝。王安石晚年寓居金陵钟山，潜心于著述，创作了大量工致雅丽的绝句，表达了闲适散淡的心绪。这首《北山》就写在此时。《北山》前两句写道：北山碧绿的泉水涨满山塘，这是笔直的沟渠和曲折回环的池塘闪闪发光之时。"输绿"生动传神，表现出春天盎然的生机及山泉的澄碧。后两句说：因为静静地细数落花坐了好久，也为慢慢地流连芳草而回家很迟。诗人沉浸在明媚的春光中，细数落花，缓寻芳草，流连于自然的美景中，久久不忍归去。这两句化用了王维"兴阑啼鸟缓，坐久落花多"（《从歧王过杨氏别业应教》），刘长卿"芳草独寻人去后，寒林空见日斜时"（《长沙过贾谊宅》）的诗句，与眼前的景、心中的情紧密融合。作为政治改革家的诗人难得有"细数落花"的闲暇，也难得有"缓寻芳草"的雅兴，也许"落花"和"芳草"另有寄托吧！譬如，那些因为改革而罢官的官员和锐意改革的革新派人士。这样看来，这首诗不仅是闲适的山水诗，而且也是鼓励革新派的言志诗。

湖 上

徐元杰

花开红树乱莺啼，草长平湖白鹭飞。

风日晴和人意好，夕阳箫鼓几船归。

◎**作者简介** 徐元杰（1196—1246），字仁伯，号梅野，信州上饶（今属江西）人。南宋诗人。元杰自幼聪颖，读书过目不忘，为文落笔辄得奇语。师学朱熹。南宋绍定五年（1232）进士，著有《梅野集》十二卷，传于世。

◎**注释** ①〔湖上〕指杭州西湖。②〔红树〕开满红花的树林。③〔人意〕游人的心情。

◎**译文** 在开满了红花的树上，有欢飞的群莺鸣叫；西湖岸边已长满了青草，白鹭在平静的湖面上翻飞。暖风晴和的天气，游人的心情很好；趁着夕阳余晖，伴着鼓声箫韵，划着几只小船尽兴而归。

◎**赏析** 这首平起、首句入韵的七绝，描写了杭州西湖风光。前两句写景：在开满了红花的树上，有欢飞的群莺鸣叫；西湖岸边已长满了青草，白鹭在平静的湖面上翻飞。岸上红花满地，黄莺乱啼，湖中水平无波，绿草繁茂，白鹭低飞。这一幅繁荣的景象，有静有动，有高有低，声色俱全，五彩斑斓，春天的气息扑面而至，令人振奋，使人不由得想起南朝丘迟《与陈伯之书》中的名句："暮春三月，江南草长，杂花生树，群莺乱飞。""红树"意象，突出了花树的艳丽色彩；"乱莺"意象，描绘出群莺乱飞之状、乱啼之声。诗人通过这些意象有声有色地表现出春天生机勃勃的景象，对春天的喜爱之情尽在其中。后两句转到写人：暖风晴和的天气，游人的心情很好；趁着夕阳余晖，伴着鼓声箫韵，划着几只小船尽兴而归。诗人捕捉了夕阳西下、游船群归的场景，辅以风和日丽的背景，把游人的勃勃兴致与畅快心意全写出来了。全诗以精练的词句概括了西湖的自然景色，又抒发了游人之乐，描绘出意境之美，情调欢快，堪称历来描写西湖诗的佳作。

漫兴

杜甫

糁径杨花铺白毡，点溪荷叶叠青钱。

笋根雉子无人见，沙上凫雏傍母眠。

◎**注释**　①〔糁径〕指散乱地落满碎细杨花的小路。糁，谷类磨成的散粒，这里指"散落"的花籽。青钱，古代一种有圆孔的青铜钱。②〔雉子〕小野鸡。一作"稚子"，指笋上的嫩芽。③〔凫雏〕小野鸭。

◎**译文**　杨花散落在小径上，好像铺上了一层白毡；片片荷叶点缀在溪水中，好像圆圆的青钱。小野鸡隐伏在竹丛笋根边，真不易为人所发现。岸边沙滩上，小野鸭亲昵地偎依在母鸭身边。

◎**赏析**　这首仄起、首句入韵的七绝，是杜甫《漫兴》组诗中的第七首，描写初夏景色。前两句写景，后两句于景中状物，而景物相间相融，各得其妙。前两句说：杨花散落在小径上，好像铺上了一层白毡；片片荷叶点缀在溪水中，好像圆圆的青钱。诗中展现了一幅美丽的初夏风景图。一个"铺"字点出了杨花铺满了小路之状。"点溪"形容早春荷叶之小、之嫩，星星点点地出现在溪水水面。"白毡"与"青钱"色彩很鲜亮，表现了作者对春天的喜爱之情。后两句，小野鸡隐伏在竹丛笋根边，真不易为人所发现。岸边沙滩上，小野鸭亲昵地偎依在母鸭身边。浦起龙在《读杜心解》中说："微寓萧寂怜儿之感。"从全诗看，"微寓萧寂"或许有之，"怜儿"之感未免深求，但诗人对"雉子"和"凫雏"的喜爱之情尽在其中。这首诗，一句一景，联系在一起，就构成了初夏郊野的连续镜头，远景、近景、特写皆有。诗人观察描绘细致入微，透露出他漫步林溪间时，对初夏美妙自然景物的欣赏和流连，在闲静之中还露出一丝客居异地的萧寂之感。两种情感互相映衬，于散漫中浑然一体。这首诗刻画细腻逼真，语言通俗生动，意境清新隽永，而又充满深挚淳厚的生活情趣。

春晴

王驾

雨前初见花间蕊，雨后全无叶底花。

蜂蝶纷纷过墙去，却疑春色在邻家。

◎**注释** ①〔初见〕刚刚显露出一部分。见，通"现"。②〔蕊〕未开的花，即花苞。③〔疑〕怀疑，疑心。

◎**译文** 春雨前能看见花间露出新蕊，雨后叶子底下也见不到花，蜜蜂、蝴蝶纷纷飞过院墙去，好像怀疑春色跑到了邻居家。

◎**赏析** 这是一首平起、首句不入韵的七绝，描写雨后漫步小园所见的残春之景。诗中摄取的景物很简单，也很平常，但平中见奇，饶有诗趣。诗的前两句扣住象征春色的"花"字，以"雨前"所见和"雨后"情景相对比、映衬，吐露出一片惜春之情。雨前，春天刚刚降临，花才吐出骨朵儿，尚未开放；而雨后，花事已了，只剩下满树绿叶了，说明好端端的花光春色，被这一场苦雨给弄没了。"初见""全无"对比，表现出诗人喜春与惜春两种情感。诗人望着花落春残之景，该是多么扫兴啊！扫兴的不光是诗人，还有蜜蜂和蝴蝶。诗的后两句由花写到蜂蝶，被苦雨久困的蜂蝶，终于盼到大好的春晴天气，翩翩飞到小园中来，不料扑了空，小园无花空有叶。它们也像诗人一样失望，纷纷飞过院墙而去。"却疑春色在邻家"，"疑"字极有分寸，格外增加了真实感。这两句诗，不仅把蜜蜂、蝴蝶追逐春色的神态写得活灵活现，更把"春色"写活了，似乎"阳春"不住在自家小园，偏偏跑到邻家。一个"疑"字作诗眼，诗意奇峰突起，令人耳目一新，小园、蜂蝶、春色焕发出异样神采，妙趣横生。

春 暮

曹豳

门外无人问落花，绿阴冉冉遍天涯。

林莺啼到无声处，青草池塘独听蛙。

◎**作者简介**　曹豳（bīn）（1170—1249），字西士，一字潜夫，号东畎，瑞安（今浙江温州）人。南宋诗人。《全宋词》辑其词二首。

◎**注释**　①〔冉冉〕慢慢地。②〔独听蛙〕只听见蛙鸣声。

◎**译文**　门外没有人过问地上的落花，只见浓郁的树荫绿遍天涯。林间的黄莺早已不再啼叫，独自去青草池塘听鸣叫的青蛙。

◎**赏析**　这首仄起、首句入韵的七绝，是一首描写暮春景物的诗。诗中用花、鸟、叶、蛙衬托出"暮"字，点明题意。前两句说明媚的春天已经悄然消失了，花儿落了，大地上已万木葱茏。一片春光就要消失，夏天即将到来。"无人问"言花落无声，也无人去管它，花自悄然落去。"冉冉"形容春天慢慢地把绿色铺展到遥远的天涯。后两句说：春已逝，莺声不闻，只有蛙声可听了，惋惜之情如在目前。一番感叹，抒发了诗人的惜春之情。前后两两相对，把暮春时节繁盛而热闹的景象生动地呈现了出来。

落 花

朱淑真

连理枝头花正开，妒花风雨便相摧。
愿教青帝常为主，莫遣纷纷点翠苔。

◎**作者简介**　朱淑真（约1135—1180），又作朱淑贞，号幽栖居士，浙江钱塘（今浙江杭州）人。南宋女诗人，与李清照齐名。是唐宋以来留存作品最丰富的女作家之一。"幼警慧""善读书"，但一生爱情郁郁不得志。有《断肠诗集》《断肠词》传世。

◎**注释**　①〔连理枝〕两棵树的枝干交结在一起，称为连理枝，常比喻情投意合的夫妻。②〔青帝〕古代传说中主管春天的神。③〔莫遣〕莫使。④〔点〕点缀。

◎**译文**　连理枝头上的花正在开放，嫉妒花的风雨便来摧残它。希望司春的青帝为花做主，不要老是让雨滴往青苔上打。

◎**赏析**　这首仄起、首句入韵的七绝，是一首控诉封建礼教的诗歌。第一句说：连理枝头上的花正在开放，嫉妒花的风雨便来摧残它。这句意为一对情投意合的夫妻爱得正甜蜜。第二句中"妒花风雨"象征摧残爱情的封建恶势力。一个"摧"字，点出恶势力之大、之强。联系到诗人身世，更能看出这两句包含着强烈的控诉。后两句表面痛惜落花，实则借此发出了争取爱情、婚姻自由，反对封建家长包办的强烈愿望。这首诗用"落花"意象，喻指被封建婚姻摧残的妇女，发出了争取爱情自由的强烈的呼声，感人肺腑。

春暮游小园

王淇

一从梅粉褪残妆，涂抹新红上海棠。

开到荼蘼花事了，丝丝天棘出莓墙。

◎**作者简介**　王淇，字菉漪（lù yī），生平事迹不详。宋代诗人。与谢枋得有交，谢尝代其女作《荐父青词》。

◎**注释**　①〔一从〕最初。②〔褪残妆〕指梅花凋谢。③〔花事了〕此指春天的花全部开完。④〔天棘〕即天门冬，多年生攀缘草本，茎细长，性喜温暖。⑤〔莓墙〕长有苔藓的墙。

◎**译文**　梅花零落，像少女卸去粉饰；海棠花开，像少女新涂抹红妆。待荼蘼花开罢以后，丝丝天棘伸出了长有苔藓的院墙。

◎**赏析**　这是一首平起、首句入韵的七绝，用花开花落表示时序推移。虽然一年的春事将阑，但不断有新的事物出现，大自然是不会寂寞的。全诗写得很有情趣。前两句写一春花事，以女子卸粉、抹胭脂作比，非常活泼，充满人间趣味。一"褪"一"抹"，从初春到盛春，时序渐递，这是写景诗和咏物诗最常用的一种手法。但此诗又没有流于一般化，这是诗人的高明之处。后两句说：待荼蘼花开罢以后，丝丝天棘伸出了长有苔藓的院墙。一个"了"字，表明春天已结束。一个"出"字，引出了即将到来的夏天。"莓墙"，意味着多雨的夏天就要来临。从初春到暮春，短短二十八个字，用梅花、海棠、荼蘼次第花开花谢，准确描绘出时序的更替。意象鲜明，表现出生命不可遏制的力量，也显示了诗人高超的观察力，以及用意象准确描述事物的能力。

莺梭

刘克庄

掷柳迁乔太有情，交交时作弄机声。
洛阳三月花如锦，多少工夫织得成。

◎**作者简介** 刘克庄（1187—1269），初名灼，字潜夫，号后村居士，莆田（今属福建）人。南宋文学家。与戴复古等同为"江湖派"诗人。初为靖安主簿，后长期游幕于江、浙、闽、广等地。作品数量丰富，内容开阔，多言谈时政，反映民生之作。早年学晚唐体，晚年诗风趋向江西诗派。词深受辛弃疾影响，多豪放之作，散文化、议论化倾向也较突出。有《后村先生大全集》。

◎**注释** ①〔掷柳〕从柳枝上投掷下来，这里形容黄莺在柳枝间飞下时轻捷的样子。②〔迁乔〕迁移到高大的乔木上。这里形容黄莺往上飞时轻快的样子。③〔交交〕形容黄莺的鸣叫声。④〔弄机声〕织布机发出的响声。⑤〔洛阳〕今河南洛阳。⑥〔花如锦〕花开得像锦绣一样美丽。

◎**译文** 黄莺穿梭在高大的树上，鸣叫得很有感情，它的啼叫就像织布机的织布声。洛阳三月百花争艳如同锦绣，这么迷人的春色要多少工夫才能织成？

◎**赏析** 这是一首仄起、首句入韵的七绝，描写了农历三月间洛阳花开似锦的美好春光。全诗以"莺梭"为核心，选取了莺鸟、柳树以及似锦的繁花等典型的春季物象。鸟儿在丝丝的柳条中飞舞，让人很容易想起用丝线织成的绣品，而嘈杂的鸟鸣声好像织布机的声音，因此也就紧扣了"莺梭"这个意象。后一句还包含同情下层劳动人民的意思。洛阳那么大，莺鸟竟然上下飞梭将这个城市编织得五彩斑斓，一定花了非常多的工夫。也正是因为有织工的辛勤劳动，才使人们能衣着亮丽，使三月的洛阳艳丽似锦绣。因此"莺梭"就成为表现春天的创造性意象。赞美黄莺其实就是在赞美春天的勃勃生机，赞美春天带来了万物的欣欣向荣。这首诗善于用明暗的比喻，把飞下飞上的柳莺喻为莺梭，把它的"交交"鸣叫声喻作机声，把洛阳盛开的花儿喻作锦绣，比喻形象、生动、传神，给读者留下深刻的印象。

暮春即事

叶采

双双瓦雀行书案，点点杨花入砚池。

闲坐小窗读《周易》，不知春去几多时。

◎**作者简介**　叶采，生卒年不详，字仲圭，号平岩，邵武（今属福建）人。南宋诗人。理宗淳祐元年（1241）进士。历邵武尉、景献府教授、秘书监、枢密院检讨，累官翰林学士兼侍讲。尝论郡守贪刻之害，理宗嘉纳之。

◎**注释**　①〔瓦雀〕麻雀。②〔行书案〕指麻雀的影子在书案上移动。③〔《周易》〕《易经》，儒家经典著作。

◎**译文**　屋顶上两只麻雀的影子在书案上移动，点点杨花飘入屋内，落到砚池里。我闲坐在小窗前读着《周易》，不晓得春天过去了多少时日。

◎**赏析**　这是一首平起、首句不入韵的七绝，是写古时的读书人一心埋头书案，沉浸在书中的那种专注精神。第一、二句表现书房的宁静：屋顶上两只麻雀的影子在书案上移动，点点杨花飘入屋内落到砚池里。这是以动衬静的反衬手法，书房的宁静是由动态的画面表现出来的。这里感觉不到人的存在，不然，麻雀不能闲步书案，柳絮难以安卧砚台。第三、四句表明自己专心读书：我闲坐在小窗前读着《周易》，不晓得春天过去了多少时日。诗人在书房中读书，然而，书房却宁静得似乎没有人的存在，看来书室的一切动静同诗人都毫不相干，他如老僧入定，全部心思都在《周易》这本书上。书房的宁静正衬托出诗人内心的宁静。结句"不知春去几多时"是推进一层的写法，拓展了全诗的时间容量。诗句描写的是眼前之景，表现的却是一春之事，花开花落纯任自然，诗人未曾留意，进一步表现了诗人"两耳不闻窗外事，一心只读圣贤书"的情形。然而，这只是这首诗的表层意思。"闲坐小窗读《周易》"，诗人通过这一细节，不着痕迹地透露了全诗的主旨，即当诗人全身心地沉浸在理学世界中时，内心世界一片从容和乐，世间万物都不能进入他的意识，由此表现了他的理学涵养功夫。宋诗多理趣，这理趣及哲思仍旧需要用意象来传达。

登 山
李涉

终日昏昏醉梦间，忽闻春尽强登山。

因过竹院逢僧话，又得浮生半日闲。

◎**作者简介** 李涉，生卒年不详，自号清溪子，洛阳（今属河南）人。中唐诗人。早岁客梁园，逢兵乱，避地南方，与弟李渤同隐庐山香炉峰下。宪宗时，曾任太子通事舍人。不久，贬为峡州（今湖北宜昌）司仓参军。蹭蹬十年，遇赦放还，复归洛阳，隐于少室。文宗大和中，任国子博士，世称"李博士"。著有《李涉诗》一卷。存词六首。

◎**注释** ①〔强〕强打精神。②〔浮生〕旧时认为人生如浮云，短暂虚幻，故称人生为浮生。

◎**译文** 整天昏昏沉沉的，像在醉梦中；突然听说春天快要过去了，强打起精神去登山。路过竹院，遇见了寺僧，和他说会儿话；忘却了尘世的烦恼，得到了半天的清闲。

◎**赏析** 这是一首仄起、首句入韵的七绝。这首诗在《全唐诗》中名为《题鹤林寺僧舍》，《千家诗》则定为《登山》。首句是诗人对自己遭遇流放时的内在情绪与外在情态的真实描述，可见诗人面对流放遭遇所表现出来的极度消沉的情绪和一蹶不振的精神状态。这是采取了先抑后扬的写法，为下文的"扬"做了蓄势和铺垫。第二句是写诗人在浑浑噩噩之中，忽然发现明媚的春光已经快要远去了，于是强打精神走出户外，登上南山，想借春色排遣愁苦与不快。"春尽"不仅指春天将要过去了，还有人生短促、青春不再的感叹。诗人不甘心就此消沉下去，不甘心庸庸碌碌了此一生，因此才在"忽闻春尽"后振作精神"强登山"。第三句说：因为路过竹院，遇见了寺僧，和他说会儿话。"竹院"就是寺院，僧人参禅悟道修行之地。"逢"字点出是无意之中碰到的。"话"，即与老和尚谈禅聊天儿，探讨人生之喜怒哀乐。最后一句说：忘却了尘世的烦恼，得到了半天的清闲。"又得浮生半日闲"，正是"过竹院、逢僧话"的结果。

蚕妇吟

谢枋得

子规啼彻四更时，起视蚕稠怕叶稀。

不信楼头杨柳月，玉人歌舞未曾归。

◎**注释**　①〔子规〕杜鹃鸟。②〔啼彻〕不停地啼叫。③〔四更〕古时把一夜分为五更，一更大约两个小时，四更是凌晨两三点这段时间。④〔蚕稠〕义同"叶稀"，叶吃光了只剩下蚕，蚕就显得拥挤稠密。⑤〔玉人〕此指美女。

◎**译文**　杜鹃鸟四更时啼鸣不息，养蚕妇起床看蚕宝宝怕桑叶不够吃。楼上柳梢边月亮高挂，高楼中歌女的欢舞还没停止。

◎**赏析**　这是一首平起、首句入韵的七绝，描写了蚕妇和玉人的两种截然不同的生活，借富贵人家的女子歌舞彻夜不归来反衬蚕妇生活之辛苦。前两句说：杜鹃鸟四更时啼鸣不息，养蚕妇起床看蚕宝宝怕桑叶不够吃。子规啼声悲凉，一个"彻"字点出其整夜在啼叫，反衬出蚕妇彻夜不得安眠。她怕蚕多了，桑叶不够吃，会影响到蚕茧的产量。一个"怕"字点出蚕妇的心理。后两句说：楼上柳梢边月亮高挂，高楼中歌女的欢舞还没停止。蚕妇夜以继日辛苦地劳作，她"不信"那些"玉人"会通宵达旦地歌舞供贵人娱乐，直到楼头明月已经西沉，挂在柳梢枝头的时候还不回来。这首诗言蚕妇之辛苦，同一夜晚内，蚕妇和玉人因身份不同而苦乐不均。两种身份，对生活自有不同的理解。蚕妇不理解玉人，玉人也一样不会理解蚕妇。诗人将笔触对准蚕妇，表达了对她们辛苦劳作的同情，也表达了对上层贵族浮华生活的批判。

晚 春

韩愈

草木知春不久归，百般红紫斗芳菲。

杨花榆荚无才思，惟解漫天作雪飞。

◎**注释** ①〔不久归〕言春天即将结束。②〔百般〕各种各样。③〔斗芳菲〕指各种花草各逞姿色，争芳斗艳。芳菲，形容花草的芬芳、茂盛。④〔杨花〕柳絮。⑤〔榆荚〕榆钱，榆未生叶时，先在枝间生荚，荚小如钱，荚老呈白色，随风飘落。⑥〔才思〕才情。按照诗律，"思"在这里读sì。⑦〔惟解〕只知道。

◎**译文** 花草树木知道春天即将归去，都万紫千红地争斗芳菲。杨花和榆钱没有才思，只知道随风起舞，好似漫天雪飞。

◎**赏析** 这是一首仄起、首句入韵的七绝，描写了诗人郊游随目所见。前两句说：草树都探得了"春不久归"这个消息，想要留住它，因而各自使出浑身招数，吐艳争芳，一时间万紫千红，繁花似锦。草树本属无情物，竟然能"知"能"斗"，这是拟人化的手法，使无情草木化为有情。后两句更具体地说：杨花和榆钱没有才思，只知道随风起舞，好似漫天雪飞。连乏色少香的杨花、榆荚也不甘寂寞，来凑热闹，随风起舞，好似漫天雪飞。草木竟有"才思"高下之分，想象之奇真是罕见。诗人拈出"杨花榆荚"未必只是揶揄，其中应有怜惜之意。杨花、榆荚不因"无才思"藏拙，而为晚春添色。诗人以此鼓励"无才思"者勇于创造，他对"杨花榆荚"是爱而知其丑，所以这首诗写得亦庄亦谐。

伤春

杨万里

准拟今春乐事浓，依然枉却一东风。
年年不带看花眼，不是愁中即病中。

◎ **作者简介** 杨万里（1127—1206），字廷秀，号诚斋，吉州吉水（今属江西）人。南宋诗人。与陆游、范成大、尤袤诗歌创作齐名，并称"中兴四大家"。诗歌大多描写自然景物，且以此见长，也有不少篇章反映民间疾苦，抒发爱国感情。语言浅近明白，清新自然，富有幽默情趣。后人将其诗歌风格称为"诚斋体"。

◎ **注释** ①〔准拟〕预料，以为。②〔枉却〕辜负，徒然虚费。③〔东风〕春风。指代春景。

◎ **译文** 以为今年春天赏春的乐事肯定会很多，没想到今年又和往年一样辜负了春风。年年都不曾观赏那似锦的繁花，因为我不是在病中就是在愁中。

◎ **赏析** 这是一首仄起、首句入韵的七绝。前两句说：预料今年春天赏春的乐事肯定会很多，没想到今年又和往年一样辜负了春风。"浓"指春光浓，乐事多。但是最后还是没算准哪，像往年一样辜负了春风，赏春依旧变成了"伤春"。为什么会这样？后两句说：年年都不曾观赏那似锦的繁花，因为我不是在病中就是在愁中。诗人"不带看花眼"，是因为"不是愁中即病中"。年年不是愁就是病，让作者没有心绪去看花、赏春，只能变成"伤春"了。原来这个"伤"其实不是伤春，是伤自己。杨万里曾为东宫侍读，官至宝谟阁学士。他因屡次上疏指摘朝政，忤怒权相韩侂胄，因此罢官家居十五年，最后忧愤而死。这首诗应当是他罢官闲居时所作，因此诗中才有满腹的牢骚。杨万里摆脱"江西诗派"的束缚，形成了自己崇尚自然、明白如话的风格，人称"诚斋体"。这首诗便是其风格的具体表现。

送 春

王令

三月残花落更开，小檐日日燕飞来。

子规夜半犹啼血，不信东风唤不回。

◎**作者简介** 王令（1032—1059），字逢原，初字钟美，广陵（今江苏扬州）人。北宋诗人。五岁丧父母，随其叔祖王乙居广陵（今江苏扬州）。长大后在天长、高邮等地以教学为生，有济世安民之志。王安石对其文章和为人皆甚推重。有《广陵先生文章》《十七史蒙求》。

◎**注释** ①〔更〕又，复。②〔小檐〕指屋檐。③〔子规〕即杜鹃鸟。④〔犹〕还，仍。⑤〔啼血〕古代传说中杜鹃鸟昼夜悲鸣，啼至口出血而止。

◎**译文** 暮春三月，花谢了又开，低矮的屋檐下天天有小燕子飞来。杜鹃鸟半夜还在啼血，它不信春风呼唤不回。

◎**赏析** 这首仄起、首句入韵的七绝，是以送春为主题的诗，表现了作者积极进取、奋斗不息的人生追求。前两句描写暮春三月的景象：花谢了又开，低矮的屋檐下天天有小燕子飞来。其中"落更开"和"燕飞来"写出了暮春时节的特点。诗的第三、四句说：杜鹃鸟半夜还在啼血，它不信春风呼唤不回。尤其是末句，意蕴深刻，为历代传诵。这两句以拟人的手法来写杜鹃鸟，一反过去的悲苦格调，赋予它强大的自信和唤回春风的坚毅精神，塑造了一个崭新的杜鹃意象。诗人借此表现自己留恋春天的情怀，字里行间充满悲壮的美感。东风就是指春风。诗人用"子规夜半犹啼血，不信东风唤不回"，来表达竭尽全力留住美好时光之意，既表达珍惜的心情，又显示了自信和努力的态度。诗人的坚定信念和积极向上的精神，难能可贵，催人奋进。花开花落，春去春回，本来都是受客观规律支配的，而客观规律又是不以人的意志为转移的。面对三月残花，诗人不但没有无可奈何的叹息，反而发出了"不信东风唤不回"的非同一般的响亮声音。

三月晦日送春

贾岛

三月正当三十日，风光别我苦吟身。
共君今夜不须睡，未到晓钟犹是春。

◎**注释** ①〔风光〕此处指春光。②〔别〕远离。③〔苦吟身〕苦苦吟诗的人。此处是作者自称。④〔君〕指春光。⑤〔晓钟犹〕一作"五更还"。

◎**译文** 今天是三月三十日，美丽的春光就要离开我这苦吟诗人。我和你今夜不用睡觉了，在晨钟敲响之前总算还是春天。

◎**赏析** 这是一首仄起、首句不入韵的七绝。诗人不忍送春归去，但也无计可留，只有长坐不睡，与那即将逝去的春天共守残夜。首句"三月正当三十日"点明时间是三月晦日，表明春天即将逝去。三月是春天的最后一个月，三十日又是这个月的最后一天，诗人此刻把春天的离去算到了最后一天，让人感到新奇而又自然。第二句"风光别我苦吟身"，意思是说：美丽的春光就要离开我这苦吟诗人。春光虽然别我而逝，但我这个苦吟诗人怎忍别春。不说送春，而说"风光别我"，用的是拟人手法，显得很自然而有情味。第三句写了诗人愿与春天一夜不眠不寐，最后一句说这样做仅仅是为了守住最后一刻的春光。前两句把春天精确到最后一天，后两句更精确到了最后一刻。虽然已到春尽之期，无计可以留春，但只要晨钟未响，便仍然是春天。诗人整夜不眠，是因为流连春光，珍惜韶华，并无伤感之情。诗人意在珍惜时光，刻苦吟诗，从惜别春光中引出了"锲而不舍"的精神。

客中初夏

司马光

四月清和雨乍晴，南山当户转分明。

更无柳絮因风起，惟有葵花向日倾。

◎**作者简介** 司马光（1019—1086），字君实，号迂叟，世称涑水先生，陕州夏县（今属山西）涑水乡人。北宋著名政治家、史学家、散文家。主修《资治通鉴》，历十数年乃成。以文著名，亦能诗词。生平著作甚多，除史学巨著《资治通鉴》外，尚有《温国文正司马公文集》《稽古录》《涑水记闻》《潜虚》等。

◎**注释** ①〔客中〕旅居他乡作客。②〔清和〕天气清明而和暖。③〔当户〕对着门户。④〔转分明〕指景色变换分明。

◎**译文** 四月天气清明和暖，一场雨后天刚放晴，对门的南山变得更加明净。眼前没有随风飘扬的柳絮，只有葵花朝向太阳斜倾。

◎**赏析** 这是一首仄起、首句入韵的七绝。宋神宗熙宁三年（1070），王安石在皇帝支持下实行变法，司马光竭力反对，因而被迫离开汴京，不久退居洛阳，直到哲宗即位才回京任职。这首诗是他在退居洛阳时创作的。题目标明"客中"，即指当时正客居洛阳。第一句描述了四月初夏天和暖的天气，恰又是雨过天晴的时候。通过浅显的语言，描绘了一幅春尽夏初之际，雨后乍晴、清明和暖的秀丽画面。第二句描述了雨后正对门的南山变得更加青翠怡人了。第三、四句说：眼前没有随风飘扬的柳絮，只有葵花朝着太阳斜倾。这两句是有寄托的，"柳絮"暗喻见风使舵拥护新法的人。"葵花"比喻致力于恢复旧政，忠于国家的人。整首诗描述了初夏的画面，不赞随风飞舞的柳絮，而独钟"向日倾"的葵花。向日不移，是葵花的可爱之处。坚持自己的政治立场不动摇，这就是诗人托物而言的"志"。

有 约

赵师秀

黄梅时节家家雨，青草池塘处处蛙。

有约不来过夜半，闲敲棋子落灯花。

◎ **作者简介**　赵师秀（1170—1219），字紫芝，号灵秀，又号天乐，永嘉（今浙江温州）人。南宋诗人。与徐照（字灵晖）、徐玑（字灵渊）、翁卷（字灵舒）并称"永嘉四灵"，开创了"江湖派"一代诗风。光宗绍熙元年（1190）进士。有《赵师秀集》二卷，别本《天乐堂集》一卷，已佚。

◎ **注释**　①〔有约〕邀请客人相会。②〔黄梅时节〕农历四、五月间，江南梅子黄熟的一段时期，叫黄梅天。其间阴雨连绵，故用"黄梅时节"来称江南雨季。③〔家家雨〕家家户户都赶上下雨。④〔落灯花〕旧时以油灯照明，灯芯烧残，落下来时好像一朵闪亮的小花。

◎ **译文**　梅子黄时，家家户户都笼罩在烟雨之中；远远近近那长满青草的池塘里，传出阵阵蛙声。已邀约好的客人过了午夜却还没有来，我手拿棋子轻轻地敲击着桌面等客人，隔一会儿就震落了一朵灯花。

◎ **赏析**　这首平起、首句不入韵的七绝，是一首写等待客人的诗，其中心意思就是"等"。前两句交代了当时的环境和时令，也点明了约会客人的时间和环境。诗中写了江南梅雨季节的夏夜之景：梅子黄时，家家户户都笼罩在烟雨之中；远远近近那长满青草的池塘里，传出阵阵蛙声。雨声不断，蛙声一片，使人如身临其境。这看似表现得很喧闹的环境，其实是要反衬出寂静，是以闹写静，如同"鸟鸣山更幽"一样。就在这样的夜晚里，诗人等着客人到来。客人也许是一位知己，所以尽管下雨，尽管夜深，诗人也要等。后两句点明了人和事：已邀约好的客人过了午夜却还没有来，诗人手拿棋子轻轻地敲击着桌面等客人，只看隔一会儿就震落了一朵灯花。主人耐心地等着，没事可干，就"闲敲"棋子，静静地看着悄悄落下的灯花。"有约不来过夜半"，用"有约"点出诗人曾"约客"，以"过夜半"说明等待时间之久。本来期待的是约客的叩门声，但听到的却只是一阵阵雨声和蛙声。"闲敲棋子"是细节描写，诗人约客久候不到，百无聊赖之际，下意识地用黑白棋子敲打桌面，而笃笃的敲棋声将灯花都震落了。诗人的这种姿态很闲逸，他相信不管多晚，客人总会来的。全诗通过对撩人思绪的环境及"闲敲棋子"这一细节的描写，生动地再现了诗人雨夜等客来访的情景，又表现出淡然自信的心情。

初夏睡起

杨万里

梅子留酸软齿牙，芭蕉分绿上窗纱。

日长睡起无情思，闲看儿童捉柳花。

◎**注释**　①〔梅子〕一种味道极酸的果实。②〔芭蕉分绿上窗纱〕芭蕉的绿色映照在纱窗上。③〔无情思（sì）〕犹言无精打采，懒洋洋的样子。思，意，情绪。

◎**译文**　梅子余酸还残留在牙齿之间，芭蕉的绿色映上窗纱。日长人倦，午睡后起来情绪无聊，闲着无事，观看儿童戏捉空中飘飞的柳花。

◎**赏析**　这首仄起、首句入韵的七绝，原题为《闲居初夏午睡起》，写初夏午睡醒来所见。前两句说：梅子余酸还残留在牙齿之间，芭蕉的绿色映上窗纱。"梅子留酸""芭蕉分绿"两个意象点明了初夏时令。后两句说：日长人倦，午睡后起来情绪无聊，闲着无事观看儿童戏捉空中飘飞的柳花。初夏，白昼一天天长起来。"无情思"，这是诗人刚睡起的情态。情绪无聊，就只好看儿童戏捉空中飘飞的柳花。其用语多有所本，有许多前人章句的痕迹。像"梅子留酸软齿牙"句，得自韩偓《幽窗》中的"齿软越梅酸"句。而"芭蕉分绿上窗纱"也和杨炎正的《诉衷情》词"露珠点点欲团霜，分冷与纱窗"相似。

三衢道中

曾幾

梅子黄时日日晴，小溪泛尽却山行。

绿阴不减来时路，添得黄鹂四五声。

◎**作者简介** 曾幾（1084—1166），字吉甫，自号茶山居士，赣州（今属江西）人，徙居河南洛阳。南宋初期诗人。后人将其列入"江西诗派"。其诗多属抒情遣兴、唱酬题赠之作，闲雅清淡。五言、七言律诗讲究对仗自然，气韵疏畅。古体诗如《赠空上人》，近体诗如《南山除夜》等，均见功力。所著《易释象》及文集已佚。后人辑有《茶山集》八卷。

◎**注释** ①〔三衢〕山名。在今浙江衢州。②〔日日晴〕梅雨季节，却是日日晴，说明此时气候异常。③〔小溪泛尽〕小船已经到了小溪尽头。泛，漂浮，这里指行船。④〔不减〕差不多，相等。

◎**译文** 梅子黄了的时候却日日天晴，乘小舟到了小溪的尽头，走山路继续前行。两边苍翠的树木与来的时候一样浓密，丛林中传来几声黄鹂的幽鸣。

◎**赏析** 这首仄起、首句入韵的七绝是一首纪游诗，写初夏时的景色和诗人山行时轻松愉快的心情。首句点明此行的时间：梅子黄透了的时候却日日天晴。"梅子黄时"正是江南梅雨时节，又赶上难得的"日日晴"的好天气。写天晴，也是写诗人的愉快心情。天晴人心也晴，阳光明媚，因此诗人的心情自然也为之一爽，游兴愈浓。第二句写出行路线：诗人乘轻舟泛溪而行，溪尽而兴不尽，于是舍舟登岸，走山路继续前行。一个"却"字道出了他高涨的游兴。第三、四句紧承"山行"写绿树苍翠，爽静宜人，更有黄鹂啼鸣，幽韵悦耳，渲染出诗人舒畅愉悦的情怀。"来时路"将此行悄然过渡到归程，"添得"二字则暗示出行回归兴致犹浓，归途有黄鹂助兴，为三衢山道增添了无穷的生机和意趣。全诗明快自然，极富有生活情趣。此诗构思精巧、剪裁精当。诗人把一次平常的行程，写得错落有致，平中见奇，不仅写出了初夏的宜人风光，而且将诗人的愉悦之情状展现得栩栩如生，让人领略到山行的意趣。

即 景

朱淑真

竹摇清影罩幽窗，两两时禽噪夕阳。

谢却海棠飞尽絮，困人天气日初长。

◎**注释** ①〔即景〕眼前的景物。此处指以眼前景物为题材写的诗。诗题一作《清昼》《初夏》。②〔时禽〕燕子之类的候鸟。③〔噪〕鸟叫。④〔谢却〕此指海棠花凋谢。⑤〔日初长〕初夏时日白天时间变长了。

◎**译文** 竹子在微风中摇动清雅的影子，笼罩着幽静的窗户，成双成对的候鸟鸣噪夕阳。海棠花凋谢，柳絮也落尽，使人困倦的初夏里，白天也已渐长。

◎**赏析** 这是一首平起、首句入韵的七绝，描绘了初夏景色。诗从竹影入笔：竹子在微风中摆动清雅的影子，笼罩着幽窗。"竹摇"指有风吹动，这风当是初夏之清风。"清影""幽窗"勾画出清幽的诗境。第二句写"时禽"：成双成对的候鸟鸣噪夕阳，点明了时间是夕阳西下时分。"时禽"是应时而来的候鸟。这两句有色有声地写出初夏的时令特点。第三句说：海棠花凋谢，柳絮也落尽。此处指春天已经过去了，"谢"字和"尽"字体现了诗人内心的遗憾和忧伤。末句说：使人困倦的初夏里，白天也已渐长。春归留不住，夏日天渐长，这就是自然的更替规律，谁也无法阻挡。诗中流露出诗人淡淡的感伤之情。

初夏游张园

戴敏

乳鸭池塘水浅深，熟梅天气半晴阴。

东园载酒西园醉，摘尽枇杷一树金。

◎ **作者简介** 戴敏，生卒年不详，字敏才，号皋子，台（tāi）州黄岩（今属浙江）人。南宋诗人。为宋代诗人戴复古之父。

◎ **注释** ①〔乳鸭〕刚孵出不久的小鸭。②〔浅深〕深浅不一。③〔熟梅〕即黄梅时节。④〔半晴阴〕一会儿晴，一会儿阴。⑤〔一树金〕形容枇杷结得多。枇杷熟时果皮为金黄色，故称"金"。

◎ **译文** 小鸭在池塘中或浅或深地嬉游，梅子已经成熟，天气半阴半晴。载酒宴游东园后，又醉在西园，树上的枇杷果实累累，像金子一样，正好都摘下来供酒后品尝。

◎ **赏析** 这首平起、首句入韵的七绝是一首初夏游园诗。前两句说：小鸭在池塘中或浅或深地嬉游，梅子已经成熟，天气半阴半晴。江南农历五月，黄梅季节，阴雨绵绵，难得雨止，诗人出门闲游宴饮，看见可爱的乳鸭在池塘里游来游去，其心情之愉快可以想见。后两句中，"一树金"形容枇杷结得多。全诗充满活跃的生机与明丽的色彩：池塘水面浮游着雏鸭，天空中浮动的白云，人在东园西园醉饮，趁醉摘取满树金黄色的枇杷，是动，是活跃的生机；绒黄色的乳鸭、蓝白相间的天空、由青转黄的梅子、金黄色的枇杷，是色，是明丽的色彩。这些意象体现了诗人游园的快乐。一切景语皆情语，信也。

鄂州南楼书事

黄庭坚

四顾山光接水光，凭栏十里芰荷香。

清风明月无人管，并作南楼一味凉。

◎**作者简介** 黄庭坚（1045—1105），字鲁直，自号山谷道人，晚号涪翁、黔安居士、八桂老人，又称黄豫章，洪州分宁（今江西修水）人。北宋著名文学家、书法家。宋英宗治平四年（1067）进士，历官叶县尉、国子监教授、校书郎、秘书丞、涪州别驾、黔州安置等。宋神宗元丰元年（1078），以两首古风与苏轼结为至交。出于苏轼门下，与张耒、秦观、晁补之并称为"苏门四学士"。擅文章、诗词，尤工书法。诗与苏轼齐名，世称"苏黄"。诗风奇崛瘦硬，力摈轻俗之习，开一代风气，为"江西诗派"的开山鼻祖。词与秦观齐名，有《山谷词》。书法精妙，与苏轼、米芾、蔡襄并称"宋四家"。作品收入《山谷集》。

◎**注释** ①〔鄂州〕在今湖北武汉、黄石一带。②〔南楼〕在武昌蛇山顶。③〔四顾〕向四周望去。④〔芰荷〕芰，菱角；荷，荷花。⑤〔一味凉〕一片凉意。

◎**译文** 站在南楼上靠着栏杆向四周远望，只见山色和水色连接在一起，一片渺茫；十里水面上菱花、荷花盛开，飘来阵阵芳香。清风明月没有人管束，自由自在，它们融进南楼，让人感到一片清凉。

◎**赏析** 这是一首仄起、首句入韵的七绝。在一个夏夜，诗人登上高高的南楼乘凉，对景生情，写下这首诗。前两句说：站在南楼上靠着栏杆向四周远望，只见山色和水色连接在一起，一片渺茫。十里水面上菱花、荷花盛开，飘来阵阵芳香。楼头清风，空中明月，远方近处，天上地下，以南楼为中心，山光、水光、月光构成一个高远、清空、富有立体感的艺术境界。后两句说：清风明月没有人管束，自由自在，它们融进南楼，让人感到一片清凉。"无人管"言这是一片自由的天地，没有人能管束自然的风景。"一味凉"让人把视觉、嗅觉、听觉、味觉、触觉统统调动起来，感受这夏夜的凉爽，共同参与对这南楼夜景的感观体验。这便是作品的艺术魅力。黄庭坚由于遭受陷害中伤，曾贬官蜀中六年之久；召回京城才几个月，又被罢官到武昌闲居。当夜纳凉南楼，眼见明月清风，无拘无束，各行其是，想到自己每欲有所作为，却动辄得罪。"清风明月无人管"，正是诗人期待的境界。

山亭夏日

高骈

绿树荫浓夏日长，楼台倒影入池塘。
水精帘动微风起，满架蔷薇一院香。

◎ **作者简介**　高骈（？—887），字千里。晚唐诗人、名将、军事家。先世为渤海人，后迁居幽州（今北京）。南平郡王高崇文之孙，出身于禁军世家，历任天平、西川、荆南、镇海、淮南五镇节度使。其间正值黄巢大起义，高骈多次重创起义军，被唐僖宗任命为诸道行营兵马都统。后中黄巢缓兵之计，大将张璘阵亡。高骈由此不敢再战，致使黄巢顺利渡江、攻陷长安。此后至长安收复的三年间，高骈未出一兵一卒救援京师，一生功名毁于一旦。

◎ **注释**　①〔荫浓〕指树荫浓密。②〔楼台倒影〕指池塘边的楼台映在水中的影子，仿佛楼台倒立在池塘中。③〔水精帘〕形容质地精细而色泽莹澈的帘子。④〔蔷薇〕花名。夏季开花，有红、白、黄等色，美艳而香。

◎ **译文**　绿树荫浓，夏日渐渐延长，楼台的倒影清晰地照进池塘。水精帘幕随微风轻轻颤动，满架蔷薇怒放，一院都是幽香。

◎ **赏析**　这是一首仄起首句入韵的七绝，描写夏日风光。首句说：绿树荫浓，夏日渐渐延长。起得似乎平平，但仔细玩味"荫浓"二字，不独写树枝叶繁茂，且暗示夏日午时前后烈日炎炎——日烈，"荫"才能"浓"。夏日正午前后最能给人以"夏日长"的感觉。第二句说：楼台的影子清晰地照进池塘。"入"字用得好：夏日午时，晴空骄阳，池水清澈见底，映在塘中的楼台倒影，格外清晰。第三句说：水精帘幕随微风轻轻颤动。正当诗人陶醉于这夏日美景的时候，忽然飘来一阵花香，香气沁人心脾，诗人精神为之一振。诗的最后一句说：满架蔷薇怒放，一院都是幽香。蔷薇花又为那幽静的夏景增添了鲜艳的色彩和醉人的芬芳，使全诗洋溢着夏日特有的生气。"一院香"又照应了上句"微风起"。诗写夏日风光，通过许多明丽的意象：绿树浓荫，楼台倒影，池塘水波，满架蔷薇，抒发了惬意舒畅的情感。

四时田园杂兴

范成大

昼出耘田夜绩麻，村庄儿女各当家。

童孙未解供耕织，也傍桑阴学种瓜。

◎**作者简介** 范成大（1126—1193），字致能，号石湖居士，吴郡（今江苏苏州）人。南宋诗人。为"中兴四大家"之一。父母早亡，家境贫寒。绍兴二十四年（1154）进士。其诗风格轻巧，但好用僻典、佛典；内容上继承白居易等倡导的新乐府现实主义精神，以反映农村社会生活为主。范成大是古代田园诗的集大成者，晚年所作的《四时田园杂兴》六十首是其代表作。有《石湖诗集》《石湖词》《桂海虞衡志》《骖鸾录》《吴船录》《吴郡志》等著作传世。

◎**注释** ①〔耘田〕锄掉田间的杂草。②〔绩麻〕把麻搓成线以便织布。③〔各当家〕指每人都承担一定的工作。④〔未解〕不懂得。

◎**译文** 白天在田里锄草，夜晚在家中搓麻线织布，村中男男女女各有各的劳务。小孩子虽然不会耕田织布，却也在那桑树荫下学着种瓜。

◎**赏析** 这是一首仄起、首句入韵的七绝。范成大退居家乡后曾写了一组大型的田园诗，名为《四时田园杂兴》，分春日、晚春、夏日、秋日、冬日五部分，每部分各十二首，共六十首，描写了农村四季的景色和农民的生活，同时也反映了农民遭受的剥削以及生活的困苦。这里所选是《夏日田园杂兴》中的一首，表现了夏日农家的日常生活。前二句直接写劳动场面：白天在田里锄草，夜晚在家中搓麻，村中男男女女各有各的劳务。诗人赞扬农家儿女年纪虽轻，却早已"当家"，挑起了生活的重担。后二句说：小孩子虽然不会耕田织布，但也在那桑树荫下学着种瓜。诗人通过细节描绘，把从小热爱劳动而又天真烂漫的乡间儿童形象地刻画了出来，既生动又富有生活情趣。全诗语言通俗浅显，没有刻意雕琢的痕迹，文笔清新轻巧，流畅自然，犹如一幅生动的农村风俗画卷，充溢着江南农村浓郁的乡土气息。

村居即事

翁卷

绿遍山原白满川，子规声里雨如烟。

乡村四月闲人少，才了蚕桑又插田。

◎**作者简介** 翁卷，生卒年不详，字续古，号灵舒，永嘉（今浙江温州）人。南宋诗人，"永嘉四灵"之一。一生未仕，以诗游士大夫间。有《四岩集》《苇碧轩集》。清代《光绪乐清县志》卷八有传。

◎**注释** ①〔山原〕山陵和原野。②〔白满川〕指河里涨水，一片白茫茫。川，河流。③〔雨如烟〕细雨蒙蒙如烟雾一般。④〔了〕结束，了结。

◎**译文** 绿树长满山岭原野，白水满溢河川；杜鹃声里细雨蒙蒙如烟。乡村四月里闲人很少，才收完蚕桑又插秧田。

◎**赏析** 这是一首仄起、首句入韵的七绝。此诗与范成大的《四时田园杂兴》同样写农村四月的繁忙景象，但范诗细致自然，翁诗则以背景宏大为特色。前两句说：绿树长满山岭原野，白水满溢河川；杜鹃声里，细雨蒙蒙如烟。绿和白成为诗中画面的底色，"雨如烟"典型地刻画了江南乡村四月的烟雨天气，杜鹃声声更显得悠扬动人。第三、四句说：乡村四月里闲人很少，才收完桑蚕又插秧田。我们仿佛看到江南辽阔田间一个个活动着的圆点，那是农夫头戴斗笠，身穿蓑衣，在田间插秧。该诗主旨鲜明，用概括性的意象描绘出江南四月的景象，宛如一幅烟雨朦胧的田园画。

题榴花

韩愈

五月榴花照眼明，枝间时见子初成。

可怜此地无车马，颠倒苍苔落绛英。

◎**注释** ①〔榴花〕石榴花，五月开放。②〔照眼明〕比喻石榴花鲜艳夺目。③〔子初成〕石榴刚开始结果。④〔可怜〕可惜。⑤〔颠倒〕错乱、狼藉之状。⑥〔绛英〕大红色的花瓣。此处指鲜红的石榴花瓣。

◎**译文** 五月里石榴花开得火红耀眼，石榴子初长在枝间。可惜的是此地没有赏花人的车马，大红色的榴花随意落在长满青苔的地面。

◎**赏析** 这首仄起、首句入韵的七绝，是唐代文学家韩愈的诗作。诗是题于张十一旅舍的。张十一是作者的一位好朋友，他们两人都被贬谪，诗人有感而作此诗。《千家诗》在历代传刻中都认为此诗作者是朱熹，乃后人之讹误。这首诗开头两句点明时令：五月里石榴花开得火红耀眼，石榴子初长在枝间。寥寥数语就勾画出五月里石榴花开时的繁茂烂漫景象，尤其是"照眼明"三字，生动传神。诗人既写了花，又写了看花人的愉快心情。后两句点明地点：可惜的是此地没有赏花人的车马，大红色的榴花随意落在长满青苔的地面。这是生长在偏僻地方的石榴，没人去攀折损害它的花枝，殷红的石榴花随意落在青苔上，红、青相衬，画面十分优美，使人觉得更加可爱，让人怜惜。作者并不直接写景，而是通过人的感觉，侧面烘托出石榴花的绚烂多姿。但花开得再美又能如何，还不是寂寞无声地开落。诗人叹息花开无人来赏，亦暗喻朋友和自己满腹才华，却被统治者贬谪于穷乡僻壤，无法施展抱负。"颠倒"二字更是有力地表达了对统治者不识人才的批判，以及诗人怀才不遇的愤懑。

村　晚

雷震

草满池塘水满陂，山衔落日浸寒漪。

牧童归去横牛背，短笛无腔信口吹。

◎**作者简介**　雷震，南宋诗人。生平事迹不详。

◎**注释**　①〔池塘〕这里指池子的坡岸。②〔陂〕水岸。③〔山衔〕指落日被山峦遮住的部分。④〔寒漪〕带有凉意的细小波纹。⑤〔无腔〕不成腔调。⑥〔信口〕随口。

◎**译文**　池塘边长满了青草，池水灌得满满；山衔住落日浸没在凉凉的水波间。牧童横坐在牛背上回家，随意地用短笛吹奏着不成调的曲子。

◎**赏析**　这首仄起、首句入韵的七绝，是一首描绘江南夏日傍晚风景的诗。前两句写的是山村晚景：池塘边长满了青草，池水灌得满满的；山衔住落日浸没在凉凉的水波间。诗人把池塘、山、落日三者融合起来，描绘了一幅幽静美丽的山村晚景图，为后两句牧童的出场作铺垫。两个"满"字，写出了仲夏时令的景物特点；"衔"字，用拟人的手法描写了日落西山的场景；一个"浸"字，描绘出山和落日倒映在水中的景象，生动形象。后两句描绘牧童形象：牧童横坐在牛背上回家，随意地用短笛吹奏着不成调的曲子。"横"字表明牧童随意地坐在牛背上，突出了牧童的调皮可爱、天真活泼、淳朴无邪。牧童优哉游哉，无忧无虑。诗人带着一种欣赏的目光去看牧童，写其"横牛背"的姿态，生动而传神。总之，这首诗描绘的确实是一幅悠然超凡、世外桃源般的画面，色彩和谐，基调清新。背景与主角布局非常协调，而画中之景、画外之声，又给人一种恬静悠远的美好感觉。

书湖阴先生壁

王安石

茅檐常扫净无苔，花木成畦手自栽。
一水护田将绿绕，两山排闼送青来。

◎**注释** ①〔湖阴先生〕指杨德逢，是作者元丰年间（1078—1085）闲居江宁（今江苏南京）时的一位邻里好友。本题共两首，这是第一首。②〔茅檐〕茅屋檐下，这里指庭院。③〔护田〕保护园田。④〔排闼〕推开门。⑤〔送青〕送来青翠山色。

◎**译文** 茅草房庭院因经常打扫，所以洁净得没有一丝青苔；一畦一畦的花草树木都是主人亲手培栽。一条小河环绕保护绿色的田地，打开门两座山就把青翠的山色送进眼帘来。

◎**赏析** 这首平起、首句入韵的七绝，是王安石题在友人杨德逢屋壁上的一首诗。前两句写他家的环境洁净清幽，暗示主人生活情趣的高雅。花草树木成行成垄，都是主人亲手栽培。用"无苔"二字写"净"是颇费心思的。江南地湿，又时值夏日多雨季节，青苔性喜阴暗，总是生长在僻静之处，较之其他杂草更难于扫除。而今庭院之内，连青苔也没有，不正表明无处不净吗？"花木成畦"既交代花圃的整齐，也有力地暗示出花木的丰美。后两句转到院外，写山水对湖阴先生的深情：一条小河环绕保护绿色的田地，打开门两座大山就把青翠的山色送进来。"护田"与"排闼"，把山水化成具有生命感情的形象，山水主动与人相亲，正是表现主人的高洁。门前的青山见庭院这样整洁，主人这样爱美，也争相前来为主人的院落增色添彩：推门而入，奉献上一片青翠。诗人以神来之笔，留下千古传诵的名句。山水本是无情之物，可诗人说水"护田"、山"送青"，水对田有一种护措之意，山对人有一种友爱之情，这就使本来没有生命的山水具有了人的情思，显得柔婉可爱，生动活泼。

乌衣巷

刘禹锡

朱雀桥边野草花，乌衣巷口夕阳斜。

旧时王谢堂前燕，飞入寻常百姓家。

◎ **注释** ①〔朱雀桥〕在朱雀门外秦淮河上，在今南京城外，因面对朱雀门，故名。建于东晋太宁二年（324）前后，以船舶连接而成，长九十步，宽六丈，是京城内的交通要道。②〔花〕此为开花之意，作动词用。③〔乌衣巷〕故址在今南京秦淮河南朱雀桥边，曾为东晋王导、谢安的居处。④〔斜〕旧读 xiá。⑤〔王谢〕指东晋时王导家族和谢安家族，是能左右朝廷的两个豪门望族。⑥〔寻常〕普通，一般。

◎ **译文** 朱雀桥边很多野草开花，乌衣巷口唯有夕阳斜挂。当年王、谢两家檐下的燕子，如今已飞进寻常人家。

◎ **赏析** 这首仄起、首句入韵的七绝，是刘禹锡咏物寄怀的名篇。首句说：朱雀桥边很多野草开花。朱雀桥横跨在南京秦淮河上，是由市中心通往乌衣巷的必经之路。桥同河南岸的乌衣巷，不仅地点相邻，历史上也有瓜葛。东晋时，乌衣巷是高门士族的聚居区，开国元勋王导和指挥淝水之战的谢安都住在这里。旧日桥上装饰着两只铜雀的重楼，就是谢安所建。在字面上，"朱雀桥"又同"乌衣巷"相对。用朱雀桥来勾画乌衣巷的环境，既符合地理的真实，又具有对仗的美感，还可以唤起有关的历史联想，是"一石三鸟"的选择。句中引人注目的是桥边丛生的野草和野花，草长花开，表明时当春季。一个"野"字，给景色增添了荒僻的气象。再加上这些野草野花是滋蔓在一向行旅繁忙的朱雀桥畔，这就使我们想到其中包含的深意。这首诗突出"野草花"，不正是表明昔日车水马龙的朱雀桥今天已经荒凉了吗？第二句说：乌衣巷口唯有夕阳斜挂。这就使乌衣巷不仅映衬在败落凄凉的古桥背景之下，而且呈现在斜阳的残照之中。本来，鼎盛时代的乌衣巷口，应该是衣冠来往、车马喧阗的，而作者却用一抹斜晖，使乌衣巷完全笼罩在寂寥、惨淡的氛围之中。第三、四句说：当年王导、谢安两家檐下的燕子，如今已飞进寻常人家，作者抓住了燕子作为候鸟栖息旧巢的特点，这就足以唤起读者的想象，突出了昔日繁华与今日萧条的对比。这首诗在艺术表现上集中描绘乌衣巷的现况，对它的过去，仅仅巧妙地略加暗示。诗人的感慨更是藏而不露，寄寓在景物描写之中。因此，虽然诗中景物寻常，语言浅显，却有一种蕴藉之美，使人读起来余味无穷。

送元二使安西

王维

渭城朝雨浥轻尘，客舍青青柳色新。
劝君更尽一杯酒，西出阳关无故人。

◎**注释** ①〔使〕出使。②〔安西〕安西都护府的简称，治所在今新疆维吾尔自治区库车市境内。③〔渭城〕秦朝首都咸阳所在的旧城，在今陕西西安西北。此处暗指长安。④〔浥〕湿润。⑤〔客舍〕旅店。⑥〔阳关〕故址在今甘肃敦煌西南古董滩附近，当时是出入西域的必经之地。

◎**译文** 清晨的微雨打湿了渭城地面的灰尘，青堂瓦舍的馆驿柳枝翠嫩一新。真诚地奉劝朋友再喝干一杯美酒，向西出了阳关就再难遇到朋友亲人。

◎**赏析** 这首平起、首句入韵的七绝，是王维非常著名的一首送别诗，曾被谱曲传唱，称为《阳关三叠》。这首诗把深沉的情感融入平淡的话语中，更增添了感人的力量，成为千古传诵的名篇。唐代从长安往西去的，多在渭城送别。前两句写送别的时间、地点、环境气氛：清晨的微雨打湿了渭城地面的灰尘，青堂瓦舍的馆驿柳枝翠嫩一新。"朝雨"在这里扮演了一个重要的角色，朝雨乍停，天气清朗，道路显得洁净、清爽。"浥"是湿润的意思，用得很有分寸，显出这雨澄尘而不湿路，恰到好处。一场朝雨，洗出柳树那青翠的本色，所以说"新"。"轻尘""青青""新"等词语，声韵轻柔明快，使这次送别没有凄凄惨惨的韵调，反而有一种青春的力量鼓舞客人前行。诗的后两句说：真诚地奉劝朋友再喝干一杯美酒，向西出了阳关就难以遇到朋友亲人。主客双方的惜别之情在这一瞬间都到达了顶点。主人这句似乎脱口而出的劝酒词，就是此刻强烈、深挚的惜别之情的集中表现。其中不仅有依依惜别的情谊，而且包含着对远行者处境、心情的深情体贴，包含着前路珍重的殷切祝愿。总之，后两句所选取的虽然只是一刹那的情景，却有着极其丰富的含义。

题北榭碑

李白

一为迁客去长沙，西望长安不见家。

黄鹤楼中吹玉笛，江城五月落梅花。

◎**注释**　①〔北榭碑〕榭，建在高台或临水的木屋，北榭碑指黄鹤楼中的碑。②〔迁客〕流迁或被贬到外地的官员。③〔黄鹤楼〕江南名楼，在湖北武昌的长江边上。④〔江城〕指江夏城，今湖北武昌。⑤〔梅花〕指《梅花落》，为笛曲曲牌名。

◎**译文**　西汉贾谊因受诋毁，贬官长沙；而我如今也成了迁谪之人，向西遥望长安不见温暖的家。坐在黄鹤楼上听见玉笛吹起，想着五月的江城飘落下梅花。

◎**赏析**　这首平起、首句入韵的七绝，是李白于乾元元年（758）流放夜郎经过武昌时游黄鹤楼所作。本诗写游黄鹤楼听笛，抒发了诗人的迁谪之感和去国之情。前两句说：西汉贾谊因受诋毁，贬官长沙；而我如今也成了迁谪之人，向西遥望长安不见温暖的家。西汉的贾谊，因指责时政，受到权臣的谗毁，贬为长沙王太傅。而李白也因永王李璘事件受到牵连，被加之以"附逆"的罪名流放夜郎。所以诗人引贾谊为同调。"一为迁客"，指诗人和贾谊一样成了"迁客"。这是用贾谊的不幸来比喻自身的遭遇，流露了无辜受害的愤懑，也含有自我辩白之意。但政治上的打击，并没有使诗人忘怀国事。在流放途中，他不禁"西望长安"，这里有对往事的回忆、对国运的关切、对朝廷的眷恋，以及对家里亲人的思念。后两句说：坐在黄鹤楼上听见玉笛吹起，想着五月的江城飘落下梅花。听到黄鹤楼上吹奏《梅花落》的笛声，感到格外凄凉，好像五月的江城落满了梅花。江城五月，正是初夏暖热季节，可一听到凄凉的笛声，顿感有一股寒意袭来，就像置身于梅花飘落的时节一般。这是诗人此时此刻的心理感受。在寒凉中也许还有希望，所以才"西望长安"，盼望君王赦免，盼望有一天能被放还。

题淮南寺

程颢

南去北来休便休，白蘋吹尽楚江秋。

道人不是悲秋客，一任晚山相对愁。

◎**注释**　①〔淮南寺〕寺名，在今江苏扬州。淮南，道名，治所在扬州。②〔休便休〕随遇而安，自由自在，想休息便休息。休，歇息。③〔白蘋〕开白花的水上浮萍。④〔楚江〕长江中下游的别称。⑤〔道人〕有道之人。这里指通达人生哲理的人，是诗人自称。⑥〔悲秋客〕为秋天的寂寥而伤感的人。⑦〔一任〕任凭。

◎**译文**　南去北来想休息就休息，西风吹尽楚江上的白蘋。我这个修道的人可不是见秋生悲的过客，任凭两岸的青山在黄昏中相对悲愁。

◎**赏析**　这是一首仄起、首句入韵的七绝。诗的起笔突兀，一开始就指出：不论是南去北来，还是北去南来，诗人总是想去就去，想休息就休息，无忧无虑，恬然适宜。诗的第二句紧承首句写道：西风吹尽楚江上的白蘋。诗人像是回答说，正是在萧萧秋风把白蘋都吹落了的深秋季节才如此这般。他身处万物凋零的深秋季节，丝毫没有悲哀凄凉的感觉，反而无忧无愁、安然处之。本来得休便休已经够洒脱了，再有后一句萧瑟景象的衬托，就更显示出诗人超尘脱俗的气质。诗的三、四句紧扣前两句之意：我这个修道的人可不是见秋生悲的过客，任凭两岸的青山在黄昏中相对悲愁。诗人以道人自比，表现出他对闲适、飘逸、淡泊无求境界的向往。诗人能够"南去北来休便休"，就是因为他不是见秋生悲的"悲秋客"，而是不以物喜、不以己悲，通达人生哲理的人。此时，作者远远望去，楚江两岸的山脉凄清寥落，像是在飒飒秋风中相对发愁。"一任"二字是说：随你们晚山去悲、去愁吧！我反正不会做那个"悲秋客"，显示出诗人作为著名理学家的理性和超然物外的潇洒飘逸。

秋 月

程颢

清溪流过碧山头，空水澄鲜一色秋。
隔断红尘三十里，白云红叶两悠悠。

◎**注释**　①〔清溪〕清澈的溪水。②〔碧山头〕碧绿色的山头。指山上草木葱茏，苍翠欲滴。③〔空水〕夜空和溪水。④〔澄鲜〕明净、清新的样子。⑤〔一色秋〕指明净的夜空和溪水呈现出一派秋色。⑥〔红尘〕指人间。佛教把人世间称为"红尘"。⑦〔三十里〕不是确数，意指遥远。⑧〔悠悠〕悠闲自在的样子。

◎**译文**　清澈的溪水流过碧绿的山头，澄清的流水与明净的夜空呈现出一派秋色。这秋色把人间红尘隔在三十里外，空中的白云和山上的红叶悠悠然令人陶醉。

◎**赏析**　这是一首平起、首句入韵的七绝，描写秋天月下景色。前两句说：清澈的溪水流过碧绿的山头，澄清的流水与明净的夜空呈现出一派秋色。澄明的水、明净的天，两者融为一色，浑然一体。开篇没有直接写月，但是如果没有天地间弥漫着皎洁、明亮的月光，诗人怎能在秋夜中欣赏山之碧、水之澄呢？"空水"，言水至清至澄。后两句说：这秋色把人间尘世隔在三十里外，空中的白云和山上的红叶悠悠然令人陶醉。诗人在静观秋光月色之中，油然而生一丝超尘脱俗、悠然自得之物外心境。"白云""红叶"既是带有象征意义的幻象，又是诗人在秋月下所见的山林实景。从象征意义上说，"白云"的任意飘游，"红叶"的飘逸自得，更是诗人空明清静的理学家心境的真实写照。诗题为《秋月》，而诗人却始终在写秋月笼罩下的山间小溪，这就是构思的独到之处。碧绿的山头、碧蓝澄静的夜空、悠悠飘荡的云朵、飘逸洒脱的枫叶，这些都是围绕着缓缓流淌的小溪而写的，却无一不浸染着明亮、柔和的月光。全篇无一笔写月，却又处处见月，这才是大家手笔。

七夕

杨朴

未会牵牛意若何，须邀织女弄金梭。

年年乞与人间巧，不道人间巧已多。

◎**作者简介**　杨朴，生卒年不详，字契元，自称东野逸民，新郑（今属河南）人。南宋诗人。诗风清新质朴。天性恬淡孤僻，不愿做官，终生隐居农村。著有《东里集》。《直斋书录解题》著录有《东里杨聘君集》一卷，《宋史》著录《杨朴诗》一卷，均佚。北京大学出版社《全宋诗》录存其诗六首。

◎**注释**　①〔七夕〕七月七日夜晚。相传牛郎与织女每年七月七日晚相会一次。②〔乞与人间巧〕据说织女是天上织云彩的仙女。所以旧时每年七月七日晚，妇女要摆瓜果、穿针线，乞求织女赏给一双针线巧手，这叫"乞巧"。

◎**译文**　如果织女没见到牛郎会怎么样？我愿邀请织女共同摆弄金梭。年年岁岁期盼织女赐予人间巧手，岂不知人间的巧手已经很多。

◎**赏析**　这首仄起、首句入韵的七绝是一首别开生面的七夕诗。一般写七夕的诗都会聚焦到牛郎织女鹊桥相会上，但这首诗却突发奇想地一问：如果织女没见到牛郎会怎么样？回答是：我愿邀请织女共同摆弄金梭。也就是说，织女还会在天宫织云锦。后两句说：年年岁岁期盼织女为人间乞巧，岂不知人间的巧手已经很多。言外之意是现在人间"投机取巧"的人太多了，织女不要再给他们送"巧"了。这就是诗人新的立意、新的构思。

立 秋

刘翰

乳鸦啼散玉屏空，一枕新凉一扇风。

睡起秋声无觅处，满阶梧叶月明中。

◎ **作者简介** 刘翰，生卒年不详，字武子，长沙（今属湖南）人。宋代诗人。光宗绍熙前后在世。有诗词投呈张孝祥、范成大。久客临安，以布衣终身。今存《小山集》一卷。

◎ **注释** ①〔乳鸦〕幼小的乌鸦。②〔玉屏〕玉色的屏风。③〔秋声〕秋天西风吹得树木萧瑟作响的声音。

◎ **译文** 乳鸦声散去，玉屏风空空，枕边一扇凉爽的风。睡醒后秋声不知去了哪里，只见落满台阶的梧桐叶沐浴在朗朗的月光中。

◎ **赏析** 这是一首平起、首句入韵的七绝，描写诗人在夏秋季节交替时的细致入微的感受，以及立秋一到，大自然和人们的生活发生的变化。全诗紧扣题意，构思巧妙。首句写傍晚时景色的变化：乳鸦声散去，玉屏风空空。起初还有小乌鸦在树枝上或屋檐上鸣叫，天黑了，乌鸦归巢了，就再也听不到乌鸦的叫声了。傍晚时玉屏上的字画还能看得比较清楚，天黑了，玉屏上的字画就看不见了，空空的了。当然，听不到乌鸦叫，看不见玉屏上的字画，于是屋内也就显得安静空旷了。次句写诗人躺在床上用扇子扇风时的感受：枕边一扇凉爽的风。立秋扇风，分外凉爽。"新凉"就写出了这种感觉变化。第三句写夜里秋风由劲吹到停止的过程：睡醒后秋声不知去了哪里。起初还能听到秋风的声音，起床后一点儿声音都听不到了。末句写道：只见落满台阶的梧桐叶沐浴在朗朗的月光中。秋天的月亮特别明亮。梧桐是落叶乔木，叶子比较阔，所以让人觉得梧桐落叶比较早，比较显著。这首诗写了立秋时自然界的变化，反映出诗人对物候的变化特别敏感，对生活的观察与体验也特别细致。

秋 夕

杜牧

银烛秋光冷画屏，轻罗小扇扑流萤。

天街夜色凉如水，卧看牵牛织女星。

◎**注释** ①〔秋夕〕诗题一作《七夕》。②〔银烛〕白色而美丽的蜡烛。此处比喻月光。③〔画屏〕绘有图画的屏风。④〔轻罗小扇〕用质地轻薄的绢绸制成的小圆扇。轻罗，柔软的丝织品。⑤〔流萤〕飞动的萤火虫。⑥〔天街〕天上的街市。一作"天阶"，宫殿上的台阶。

◎**译文** 银色的烛光映着冷清的画屏，我手执绫罗小扇，轻盈地扑打流萤。天街上的夜色，清凉如井水，卧看天上，牵牛星正对织女星。

◎**赏析** 这首仄起、首句入韵的七绝是写失意宫女生活的宫怨诗。首句写秋景，用一"冷"字暗示寒秋气氛，也衬托出主人公内心的凄凉和孤寂。第二句写宫女用轻罗小扇扑打流萤，借此来打发无聊的时光，排遣愁绪。第三句写夜深仍不能眠，以待皇帝临幸，以天街如水暗喻君情如冰。末句借羡慕牵牛织女还能一年一会，抒发心中悲苦。蘅塘退士评曰："层层布景，是一幅着色人物画。只'卧看'两字，逗出情思，便通身灵动。"

中秋月

苏轼

暮云收尽溢清寒，银汉无声转玉盘。
此生此夜不长好，明月明年何处看？

◎ **注释** ①〔银汉〕天河，银河。②〔玉盘〕此处比喻圆月。

◎ **译文** 暮云散尽，天地间充满清凉；银河流泻无声，转动天上的玉盘。我这一生很少碰到像今天这样的美景，可明年的中秋我将在哪里把圆月赏看？

◎ **赏析** 这首平起、首句入韵的七绝题为《中秋月》，自然是写"人好月圆"的喜悦。同时，这也是一首调寄《阳关曲》的词。诗词同调，此即一例。此诗记述的是诗人与其胞弟苏辙久别重逢，共赏中秋月的赏心乐事，同时也抒发了聚后不久又将分手的哀伤与感慨。首句言月到中秋分外明之意，但并不直接从月光下笔，而从"暮云"说起，用笔富于波折。明月先被云遮，一旦"暮云收尽"，转觉清光更多。句中并无"月光"等字面，但"溢"字、"清寒"二字，都给人积水空明的感觉。第二句说月明星稀，银河也显得非常淡远。"银汉无声"，并不是简单地写实，它似乎说银河本来应该有声的，但由于遥远，也就"无声"了，天宇空阔的感觉便由此传出。今宵明月显得格外圆，恰如一面"玉盘"。语本李白《古朗月行》："小时不识月，呼作白玉盘。"此用"玉盘"为喻，写出月儿冰清玉洁的美感，而"转"字赋予它动感，并暗示它的圆。明月团圆，更值兄弟团聚，难怪诗人第三句要赞叹"此生此夜不长好"了。从这层意思说，大有佳会难得，当尽情游乐，不负今宵之意。不过，恰如明月是暂满还亏一样，人生也是会难别易的。兄弟分离在即，又不能不令诗人慨叹"此生此夜"之短。因此末句说：可明年的中秋我将在哪里把明月赏看？这是抒离愁。同时，"何处看"不仅向对方发问，也是对自己发问。后两句意思衔接，对仗天成。"此生此夜"与"明月明年"作对，字面工整，假借巧妙，实是妙手偶得。叠字唱答，产生出悠悠不尽的情韵。

江楼有感

赵嘏

独上江楼思悄然，月光如水水如天。
同来玩月人何在？风景依稀似去年。

◎**作者简介**　赵嘏（806？—853？），字承祐，楚州山阳（今江苏淮阴）人。唐代诗人。会昌四年（844）进士。大中年间，官终渭南尉，世称赵渭南。卒年四十余。有《编年诗》二卷、《渭南集》三卷，《全唐诗》收录时合编为二卷。《唐诗百名家全集》辑入时，题作《渭南诗集》二卷。因"残星数点雁横塞，长笛一声人倚楼"诗句而被杜牧称为"赵倚楼"。

◎**注释**　①〔江楼〕江边的楼台。②〔悄然〕忧伤失落的样子。③〔依稀〕好像，仿佛。④〔去年〕指以往的某一年，非现在的"今年的前一年"之意。

◎**译文**　独自登上江楼失落忧伤，水天相接，分不清哪是月光、哪是水光。昔日来此共赏明月的朋友不知去了哪里，这里的风景却仿佛还和过去一样。

◎**赏析**　这是一首仄起、首句入韵的七绝。首句说：在一个清凉寂静的夜晚，诗人独自登上江边的小楼，失落忧伤。"独上"，透露出诗人寂寞的心境。"思悄然"三字，形象地表现出诗人凝神沉思的情态。第二句说：水天相接，分不清哪是月光，哪是水光。将笔移开去从容地写景，进一层点染"思悄然"的环境气氛，意境显得格外幽美寂静。整个世界连同诗人的心，好像都融化在无边的迷茫的月色水光之中。这样迷人的景色，一定使人尽情陶醉了吧？然而，诗人却道出一声声低沉的感喟：昔日来此共赏明月的朋友不知去了哪里。"同来"与第一句"独上"相应，巧妙地暗示了今昔不同的情怀。原来诗人是旧地重游，那一年也是这样的良夜，诗人与友人凭栏倚肩，共赏江天明月，非常欢快。面对依稀可辨的风物，一缕怀念和怅惘之情正无声地侵入诗人孤独的心。写到这里，诗意豁然开朗，诗人江楼感旧的旨意也就十分清楚了。诗人运笔自如，赋予全篇一种空灵深远的艺术美，促使读者产生无穷的联想。"同来"是指点江山还是互诉衷情，离散是因为世乱飘荡还是情有所阻，这一切都隐藏在诗的背后，留待读者去想象。

题临安邸

林升

山外青山楼外楼，西湖歌舞几时休。

暖风熏得游人醉，直把杭州作汴州。

◎**作者简介**　林升（1163？—1189？），字云友，又名梦屏，平阳（今属浙江）人。南宋诗人。《西湖游览志余》录其诗一首。

◎**注释**　①〔题临安邸〕临安，南宋的京城，即今浙江杭州。邸，客栈，旅店。②〔汴州〕即汴梁（今河南开封），北宋京城。③〔直〕简直。

◎**译文**　青山无尽，楼阁连绵，望不见头，西湖上的歌舞几时才能止休？暖洋洋的香风吹得游人如醉，简直是把杭州当成了汴州。

◎**赏析**　这首仄起、首句入韵的七绝，是写在南宋皇都临安的一家旅舍墙壁上的"题壁诗"。诗的首句抓住临安城的特征——重重叠叠的青山、鳞次栉比的楼台，描写了祖国的大好山河。第二句接着写像临安一样的汴州，这样的大好山河，却被金人占有。一个"休"字，不但暗示了诗人对现实社会处境的心痛，更为重要的是表现出诗人对当政者一味"休"战言和，不思收复中原失地，只求苟且偏安，一味纵情声色、寻欢作乐的愤慨之情。诗人运用反问手法，不但强化了自己对这些当政者不思收复失地的愤激之情，也更加表现出诗人对国家命运的担忧，以及由此产生的忧伤之感。后两句说：暖洋洋的香风吹得游人如醉，简直是把杭州当成了汴州。"游人"在这里不能仅仅理解为一般游客，它是特指那些忘了国难，苟且偷安、寻欢作乐的南宋统治阶层。"暖风"一语双关，既指自然界的春风，又指社会上的淫靡之风。在诗人看来，正是这股"暖风"把"游人"的头脑吹得如醉如迷，忘记了自己的国家正处于危难之中。其中的"熏""醉"二字用得很精妙，暗示了那些歌舞场面的盛大与热闹，还把纵情声色的"游人"的精神状态刻画得惟妙惟肖。宋朝原来建都汴梁，时已为金人所侵占。也就是说，纸醉金迷中，这些"游人"简直把杭州当成了故都汴州，而忘记了靖康之辱。这表达了诗人对国家民族命运的深切忧虑和对统治者只求苟且偷安的愤怒之情。

晓出净慈寺送林子方

杨万里

毕竟西湖六月中，风光不与四时同。

接天莲叶无穷碧，映日荷花别样红。

◎**注释** ①〔净慈寺〕与灵隐寺为西湖南、北山两大著名佛寺，位于西湖边上。②〔林子方〕作者的朋友，官居直阁秘书。③〔毕竟〕到底。④〔四时〕四季。这里是泛指夏季以外的冬、春、秋季节。

◎**译文** 毕竟还是六月中的西湖最美，风光与其他时候大不相同。碧绿的莲叶一望无际，延伸到水天相接的地方，映日的荷花呈现出不一样的娇红。

◎**赏析** 这是一首仄起、首句入韵的七绝。前两句说：毕竟还是六月中的西湖最美，风光与其他时候大不相同。这两句似脱口而出，是面对六月西湖不由自主的惊叹之声，因而更强化了西湖之美。后两句将这不同具体写出：接天的莲叶呈现出一望无际的碧绿，映日的荷花呈现出不一样的娇红。诗人用一"碧"一"红"突出了莲叶和荷花给人视觉的强烈冲击。莲叶无边无际仿佛与天宇相接，"映日"与"荷花"相衬，使整幅画面格外绚烂生动。诗人驻足六月的西湖，送别友人林子方，全诗通过对西湖美景的极度赞美，曲折地表达了对友人深情的眷恋。意在言外，令人回味。

饮湖上初晴后雨

苏轼

水光潋滟晴方好，山色空蒙雨亦奇。

欲把西湖比西子，淡妆浓抹总相宜。

◎**注释** ①〔湖〕指西湖。②〔潋滟〕形容水波流动的样子。③〔方好〕才好。④〔空蒙〕云雾迷茫的样子。⑤〔西子〕即西施，春秋时越国著名的美女。⑥〔淡妆〕素雅的打扮。⑦〔浓抹〕浓艳的妆饰。⑧〔相宜〕相称，合宜。

◎**译文** 晴天时，西湖水波荡漾美极了；下雨时，远山笼罩在空蒙烟雨之中也很神奇。我想把西湖比作美人西施，那么淡妆也好，浓妆也罢，都很合宜。

◎**赏析** 这是一首平起、首句不入韵的七绝。诗的前两句既写了西湖的水光山色，也写了西湖的晴姿雨态，情景交融，句间情景相对，将西湖之美概写无余。从题目可以得知，这一天诗人在西湖游宴终日，早晨阳光明丽，后来转阴，入暮后下起雨来。从"晴方好""雨亦奇"这一赞评，可以想见在不同天气中的湖山胜景，也可想见诗人即景挥毫时的兴奋，及其洒脱的性格、开阔的胸怀。后两句诗里，诗人用一个既空灵又贴切的妙喻，表现出了湖山的神韵。西湖与西子除同有一个"西"字外，诗人的着眼点在二者的风神韵味上。西湖与西子都是美在其神，所以对西湖来说，晴也好，雨也好，对西子来说，淡妆也好，浓抹也好，都无改其美，而只能增添其美。这里，诗人抒发的是一时的才思，但这一比喻如陈衍在《宋诗精华录》中所说，"遂成西湖定评"，从此西湖有了"西子湖"的别称。此外，这首诗在艺术手法上最大的成功就是大量运用修辞手法。如对偶："水光潋滟晴方好，山色空蒙雨亦奇"是正对，意义相近，互为补充，对仗工整，创造出优美的意境，表达出作者对西湖的神往之情。再如比喻：把"西湖"比作"西子"，描绘出一幅生动可感的西湖图像。

入直

周必大

绿槐夹道集昏鸦，敕使传宣坐赐茶。

归到玉堂清不寐，月钩初上紫薇花。

◎**作者简介** 周必大（1126—1204），字子充，一字洪道，自号平园老叟，吉州庐陵（今江西吉安）人。南宋政治家、文学家。"庐陵四忠"之一。绍兴二十一年（1151）进士及第。绍兴二十七年举博学宏词科。曾多次在地方任职，官至吏部尚书、枢密使、左丞相，封许国公。庆元元年（1195），以观文殿大学士、益国公致仕。嘉泰四年（1204）卒于庐陵，赠太师。开禧三年（1207），赐谥文忠，宁宗亲书"忠文耆德之碑"。周必大与陆游、范成大、杨万里等都有很深的交情。著有《省斋文稿》《平园集》等八十余种，共二百卷。

◎**注释** ①〔入直〕古代称官员入宫禁值班供职。②〔敕使〕传达皇帝诏令的官员。敕，指皇帝的诏令。③〔玉堂〕翰林院的别称。④〔清不寐〕神思清醒，不能睡眠。⑤〔紫薇〕唐人称中书令为紫薇令。

◎**译文** 槐树绿荫覆盖宫路两旁，树上落满了即将归巢的乌鸦；内宫官员传话，皇帝赐座赐茶。回到翰林院后，觉得神清气爽，久久不能入睡，直到新月照亮紫薇花。

◎**赏析** 这是一首平起、首句入韵的七绝。被皇帝召见询问国事，对于臣子而言，自是大事。周必大当此恩遇，赋诗以抒怀，诗题即已明写其事。首句写黄昏入宫途中所见：槐树绿荫覆盖宫路两旁，树上落满了即将归巢的乌鸦。乍看只是随所见而书，似与入直召对没有直接关系。其实不然，其中有诗人的匠心在。夏季的槐树本散发着细细的幽香，而黄昏已至，又是绿槐夹道，就给人清幽、沉静之感，而枝头上返巢的乌鸦又为之涂上一层静穆的色彩，使画面色调偏于冷暗，景物中显示出的正是诗人被召见前的肃穆之态。第二句说：内宫官员传话皇帝赐座赐茶。这是说进宫的原因，表明得到皇帝恩宠。第三句说：回到翰林院后，觉得神清气爽，久久不能入睡。"清不寐"言心情激动，难以入睡。末句之景与首句不同，开放的紫薇代替了绿槐，如钩新月代替了昏鸦，气氛虽同样清幽，但色调偏于明丽。诗人一直看着下弦的新月冉冉升起，表现了他被皇帝召见后激动的心情。这句中"紫薇花"暗用了唐时紫薇省的典故：唐代开元年间将中书省改为紫薇省，因而中书侍郎也被称为"紫薇侍郎"。白居易为紫薇侍郎时，有《紫薇花》诗："独坐黄昏谁是伴，紫薇花对紫薇郎。"周必大时为宰相，故用紫薇花写景，妙语双关。这首诗没有直接说感皇恩，而是用景物来寄情，艺术上颇具匠心。

夏日登车盖亭

蔡确

纸屏石枕竹方床，手倦抛书午梦长。
睡起莞然成独笑，数声渔笛在沧浪。

◎**作者简介**　蔡确（1037—1093），字持正，泉州晋江（今属福建）人。北宋大臣、诗人。仁宗嘉祐四年（1059）进士，哲宗朝宰相，王安石变法的主要支持者之一。

◎**注释**　①〔车盖亭〕故址在今湖北安陆市。②〔纸屏〕纸糊成的屏风。③〔竹方床〕方形竹凉床。④〔莞然〕微笑的样子。⑤〔渔笛〕渔夫吹奏的笛音。⑥〔沧浪（láng）〕本指青苍色的水。此处指代江湖。

◎**译文**　纸屏风石枕头竹床清凉，久举书卷，手已疲累，抛书渐入悠长梦乡。醒来后不觉独自微笑，忽听几声清亮的渔笛回旋在沧浪水上。

◎**赏析**　这是一首平起、首句入韵的七绝，创作于诗人被贬安州时。诗中描写了诗人官冷身闲、放情山水的逸兴，并化用《楚辞·渔父》句意，隐约地表达了对现实的不满和对隐遁生活的向往，在闲静的基调中含有沉郁的情感，委婉深切。前两句说游亭之后，便躺在纸屏遮挡的石枕、竹方床上看书，感到有些倦怠，便随手抛书，美美地睡了一觉。诗人是夏日"登车盖亭"的，诗中纸屏、石枕、竹方床等都是夏季乘凉所用。后两句说：醒来后不觉独自微笑，忽听几声清亮的渔笛回旋在沧浪水上。诗人莞然独笑，大概是在"午梦长"中有所妙悟，从而领略到人生如梦，富贵如云烟。他想到自己昔为布衣平民，红运一来，金榜题名，仕途廿载，官至丞相，后来天翻地覆，谪居此地，如同大梦一场。由此，他想到了归隐。此时恰有数声渔笛传来，他的归隐之情就表现得更加强烈了。《楚辞·渔父》中说："渔父莞尔而笑，鼓枻而去，歌曰：'沧浪之水清兮，可以濯吾缨，沧浪之水浊兮，可以濯吾足。'遂去，不复与言。"王逸《楚辞章句》注："（水清）喻世昭明；（濯吾缨）沐浴，升朝廷也；（水浊）喻世昏暗，（濯吾足）宜隐遁也。"描写闲散生活，委婉抒发归隐之志，便是这首诗的主旨。

直玉堂作

洪咨夔

禁门深锁寂无哗，浓墨淋漓两相麻。

唱彻五更天未晓，一墀月浸紫薇花。

◎**作者简介**　洪咨夔（kuí）（1176—1236），字舜俞，号平斋，於潜（今浙江临安）人。南宋诗人。嘉泰二年（1202）进士。授如皋主簿，寻为饶州教授。作《大治赋》，受到楼钥赏识。著作有《春秋说》《两汉诏令揽抄》《平斋文集》《平斋词》等。

◎**注释**　①〔禁门〕宫禁之门，即宫门。②〔淋漓〕酣畅的样子。③〔两相麻〕此处指作者两次代皇帝起草拜相的诏令。麻，唐宋时任命大臣用白麻纸颁诏，此处代指诏书。④〔唱彻〕唱过。唱，古时皇宫里有人专司唱晓。⑤〔墀〕台阶上面的空地。也指地面。⑥〔月浸〕月光浸润，犹言紫薇花沐浴在月光之中。

◎**译文**　夜晚皇宫寂静无声，宫门紧锁，我饱蘸浓墨淋漓挥洒，写完两份任命丞相的诏令。报晓的宫人已唱过五更，天还未亮，满阶的紫薇花浸润在皎洁的月光中。

◎**赏析**　这首平起、首句入韵的七绝，写替皇帝拟拜相诏书的轻松、得意之情。前两句说：夜晚皇宫寂静无声，宫门紧锁，诗人饱蘸浓墨淋漓挥洒，写完两份任命丞相的诏令。"深"字强调了皇宫内深邃莫测。"寂无哗"渲染了宫中肃静的氛围，以突出作者在翰林院值班之庄重。禁门虽有重兵把守，但还要层层加锁，更显得墙高院深，宫门如海。"浓墨淋漓两相麻"，诗人正在起草任命左右宰相的命令。"浓墨淋漓"指灵思如泉，一任饱蘸浓墨的笔在纸上挥洒。顷刻间，一张张麻纸便被写满。后两句说：宫中报晓的宫人已唱过五更，天还未亮，满阶的紫薇花浸润在皎洁的月光中。正在他为完成诏书而心满意足时，窗外传来宫中卫士报晓的声音。诗人倾听着报晓的声音消失在黎明前的黑暗中，然后踱出门外，呼吸那清新的空气。只见月光如水，浸渍着满阶婆娑的紫薇花影。作者采用顺叙的方法写了在翰林院值夜班的全过程，显得从容不迫，纡徐舒缓，充分地表现了诗人雍容自得的风度、游刃有余的才华和洋洋自得的心情。所有这些都藏在对景物的描写与叙述中，不留痕迹，这是此诗的高明之处。

竹 楼

李嘉祐

傲吏身闲笑五侯，西江取竹起高楼。

南风不用蒲葵扇，纱帽闲眠对水鸥。

◎ **作者简介**　李嘉祐，字从一，生卒年不详，赵州（今河北赵县）人。中唐诗人。天宝七载（748）进士，授秘书正字。以罪谪鄱阳，量移江阴令。上元中，出为台州刺史。大历中，又为袁州刺史。与李白、刘长卿、钱起、皇甫曾、皎然等相识。《新唐书·艺文志》著录《李嘉祐诗》一卷，《全唐诗》编为三卷。

◎ **注释**　①〔傲吏〕恃才傲物的清高官吏。诗人用以自称。②〔五侯〕泛指爵位高显的权贵。③〔蒲葵扇〕用蒲葵叶做成的扇子。蒲葵，草名，叶、柄可制扇。

◎ **译文**　清高的小官吏不美慕尊贵的五侯，在西江边修建高高的竹楼。竹楼上凉风习习用不着摇蒲葵扇，把纱帽搁在一边，安闲地面对水鸥睡去。

◎ **赏析**　这是一首仄起、首句入韵的七绝，描写身居竹楼的自在闲适。此诗当是在因罪贬谪时所作。首句说：清高的小官吏不美慕尊贵的五侯。一个"笑"字，展露出诗人笑傲王侯的清高。第二句说：在西江边修建高高的竹楼。"取竹"指就地取材，楼高但恐怕很简陋。第三句说：竹楼上凉风习习，用不着摇蒲葵扇。最后一句说：把纱帽搁在一边，安闲地面对水鸥睡去。这是一个免官者潇洒的生活态度。不当官更清闲，也没有争权夺利的心机了，就像江上白鸥一样自在地在竹楼上逍遥度日。

直中书省

白居易

丝纶阁下文章静，钟鼓楼中刻漏长。

独坐黄昏谁是伴？紫薇花对紫薇郎。

◎**作者简介** 白居易（772—846），字乐天，号香山居士。下邽（今陕西渭南）人。唐代著名诗人、文学家。在文学上积极倡导"新乐府运动"，主张"文章合为时而著，歌诗合为事而作"。白居易与元稹并称"元白"，又与刘禹锡并称"刘白"。一生作诗甚多，以讽喻诗最为有名，语言通俗易懂，被称为"老妪能解"。有《白氏长庆集》传世，代表诗作有《长恨歌》《卖炭翁》《琵琶行》等。

◎**注释** ①〔丝纶阁〕即中书省。帝王的诏书用丝绢类写成，故称丝纶。中书省是秉承君王旨意发布政令的机构，所以被称为丝纶阁。②〔钟鼓楼〕古代专门用以报时辰的楼，常以敲钟、击鼓为号，故称钟鼓楼。③〔刻漏长〕时间长的意思。④〔紫薇郎〕唐代又称中书省为紫薇省，紫薇郎即中书舍人的别称。诗人时任中书舍人，故自称紫薇郎。

◎**译文** 我在中书省值班，没什么文章可写，周围一片寂静，只听到钟鼓楼上刻漏的滴水声。在这黄昏的寂寞中孤独地坐着，谁来和我做伴？唯独紫薇花和我这个紫薇郎相对无声。

◎**赏析** 这是一首平起、首句不入韵的七绝，叙述诗人在中书省值班的情形。前两句说：我在中书省值班，没什么文章可写，周围一片寂静，只听到钟鼓楼上刻漏的滴水声。黄昏时的皇宫被寂静笼罩，让人觉得无聊沉闷，时间也似乎凝滞了。按照皇宫的规矩，当值的人是不能乱走动的，环境相对局促。诗人这一日并没有什么重要的公事要处理，闲得发慌，不知如何打发时间，只能观赏园子里的鲜花，听听刻漏的声响。这两句通过描绘环境，表现出中书省的沉闷气氛，字里行间流露出对朝政的不满。后两句说：在这黄昏的寂寞中孤独地坐着，谁来和我做伴？唯独紫薇花和我这个紫薇郎相对无声。这两句有点儿小幽默，含有对宫廷生活的嘲讽。无话可说的紫薇郎对着不会说话的紫薇花，简直就是一幅漫画。诗人因为在中书省无事可做而觉得时间漫长，又因为独坐无伴，面对紫薇花而更感寂寞。这样写来叙事条理清晰，说理明白。用浅显的字句来说明深刻的道理，平实中见文采，这正是白居易的风格。他把自己对宫廷生活的感受隐藏起来，只谈风月，这怕也是他自保的手段吧。

观书有感
朱熹

半亩方塘一鉴开，天光云影共徘徊。
问渠那得清如许，为有源头活水来。

◎ **注释** ①〔方塘〕又称半亩塘，在福建尤溪城南郑义斋馆舍（后为南溪书院）内。②〔鉴〕镜子。③〔开〕打开。④〔徘徊〕来回移动。⑤〔渠〕它，指池塘。⑥〔那得〕怎么会。那，同"哪"。⑦〔清如许〕如此的清澄。⑧〔为〕因为。一说是谓。⑨〔活水〕不断流淌着的水。

◎ **译文** 半亩大的方塘像一面镜子打开，天光和云的影子都在里面荡漾徘徊。要问为何那方塘的水会这样清澈，是因为有源头不断地输送活水过来。

◎ **赏析** 这首仄起、首句入韵的七绝是抒发读书体会的哲理诗。诗人描绘方塘意象时，又蕴涵了理性内容。前两句说：半亩大的方塘像一面镜子打开，天光和云影都在里面荡漾徘徊。"半亩方塘"虽然不大，但它却像一面镜子那样澄澈明净，"天光云影"都被它映出来了。方塘意象使人内心澄净，心胸开阔。方塘的水很深、很清，诗人正是抓住了这一点做进一步的描写，写出了颇有哲理的后两句：要问为何那方塘的水会这样清澈，是因为有源头为它不断地输送活水。第三句诗里边突出了一个"清"字，清中包含了"深"。它为什么这么"清"？因为有那永不枯竭的"源头"，源源不断地给它输送了"活水"。一个人要想明理悟道，就要读书，不断补充知识的活水，这样才能使自己的心地像方塘一样容纳澄净的天光云影，达到澄明之境。

泛 舟

朱熹

昨夜江边春水生，艨艟巨舰一毛轻。

向来枉费推移力，此日中流自在行。

◎**注释** ①〔春水生〕春天的河水上涨。②〔艨艟〕古代的一种战船。③〔向来〕从前，指春水未涨之时。④〔推移〕指用人力在岸上牵引船前进。⑤〔中流〕江河中部之主流。

◎**译文** 昨晚江里的春水涨起来了，大战船漂在水面像一根羽毛那样轻。往日水少时枉费了不少力气也推不动它，今天船可以自由地在中流航行。

◎**赏析** 这首仄起、首句入韵的七绝是借助形象说理的诗。它以泛舟为例，让读者去体会与学习有关的道理。前两句说：昨晚江里的春水涨起来了，大战船漂在水面，像一根羽毛那样轻。"春水"是个象征意象，既象征丰富的知识储备和学术积累，也象征着艺术灵感的勃发。有了这些，才能在学问的江河里驾轻就熟。第三句说：往日水少时枉费了不少力气，却无法使船移动。前两句是从正面论说，这一句则是从反面说。明说水浅行船难，暗喻读书少，知识浅薄，对理和道领会不深，做事和修身进境便不会快。最后一句说：有了充足的"春水"，船就可以自由地在中流航行了。这首诗以生动的意象表达了诗人自己在学习中悟出的道理，意隐象中，并不缺乏诗味，所以被称为"寓物说理而不腐"。

冷泉亭

林稹

一泓清可沁诗脾，冷暖年来只自知。

流出西湖载歌舞，回头不似在山时。

◎ **作者简介** 林稹（zhěn），字丹山，生卒年不详，长洲（今江苏苏州）人。宋代诗人。生平事迹不详。

◎ **注释** ①〔冷泉亭〕亭名，在西湖灵隐寺飞来峰下。亭前有冷泉。②〔一泓〕一潭深水。③〔沁〕有清凉舒适之意。

◎ **译文** 冷泉亭下幽深清澈的泉水可以激发诗人的诗思，或冷或暖只有泉水自己可知。泉水流到西湖，载着歌舞升平的画舫，回头看它再也不像在山里澄澈清凉之时。

◎ **赏析** 这是一首平起、首句入韵的七绝，描绘了西湖冷泉亭一带优美绮丽的风光。前两句赞扬泉的清澈，说清泉引起诗人的无边诗兴，使他们写下了众多的诗句，但诗人有谁能真正理解泉水本身的心意呢。冷暖只知，固是从泉水的温度而言，但更多的是发挥到世情的冷热上。一个"清"字，一个"沁"字，突出了泉水的特点和魅力。后两句说：泉水流到西湖，载着歌舞升平的画舫，回头看再也不像当初在山里那样澄澈清凉。后面一转折，说泉水一流到西湖性质就变了，它去载歌舞升平的画舫了，由"冷"变"热"了。诗人有感于当时富户官僚"载歌舞"的穷奢极侈，借泉的冷热表达对"暖风熏得游人醉"的社会现象的不满和担忧。同时，诗人又通过冷泉在山间与入湖的对比，劝勉人们要慎始慎终、洁身自好。本诗沿用杜甫《佳人》中"在山泉水清，出山泉水浊"的诗意，说冷泉一旦与西湖水同流，便失去了本来面目，再也无法恢复原来的清澄；同样，人一旦失足，也无法保持原来的美名了。在题写山水名胜时，不忘警醒世人，把说理与写景结合，这是宋人创作绝句经常采用的手法。

冬 景

苏轼

荷尽已无擎雨盖，菊残犹有傲霜枝。
一年好景君须记，最是橙黄橘绿时。

◎**注释** ①〔冬景〕诗题一作《赠刘景文》。刘景文，即刘季孙，字景文，北宋两浙兵马都监。苏轼称他为"慷慨奇士"。②〔荷尽〕荷花开罢了。擎，向上托举。雨盖，旧称雨伞，这里喻指荷叶。③〔菊残〕指秋菊的花朵已经枯萎。④〔傲霜枝〕指耐霜的菊花枝叶。傲霜，不怕霜冻，坚强不屈。⑤〔须〕应当，应该。⑥〔最是〕正是。⑦〔橙黄橘绿〕橙、橘皆为常绿乔木，秋天果实成熟。此处用橙黄橘绿指代秋末冬初的景色。

◎**译文** 荷花凋谢，连那雨伞般的荷叶也枯萎了，菊花虽落但仍有傲寒斗霜的花枝。一年中最好的景致你一定要记住，那就是在橙子金黄、橘子青绿的秋末冬初之时。

◎**赏析** 这首仄起、首句不入韵的七绝，作于元祐五年（1090）初冬。当时苏轼正在杭州任职，任两浙兵马都监的刘季孙也在杭州。两人过从甚密，交情很深。诗人一方面视刘季孙为国士，并作《乞擢用刘季孙状》予以举荐;另一方面赠此诗以勉励之。苏轼赠此诗时，刘季孙已五十八岁，难免有迟暮之感。诗的前两句写景，诗人抓住"荷尽""菊残"意象，描绘出秋末冬初的萧瑟景象。"已无"与"犹有"形成强烈对比，突出菊花傲霜斗寒的形象。后两句议论：一年中最好的景致你一定要记住，那就是在橙子金黄、橘子青绿的秋末冬初之时，说明冬景虽然萧瑟冷落，但也有硕果累累、成熟丰收的一面，而这一点恰恰是其他季节无法相比的。诗人这样写，是以物喻人，强调人到暮年，虽已青春流逝，但也是人生成熟、大有作为的黄金阶段，勉励朋友珍惜这大好时光，乐观向上、努力不懈，切不要意志消沉、妄自菲薄。古人写冬景，大多气象衰飒，渗透悲伤情绪。然而这首诗却一反常情，写出了秋末冬初时节的丰硕景象，显露了勃勃生机，给人以昂扬之感。虽然这首诗没有太多写景的词语，但通过对一些生活细节的描写，我们看到了一片和谐、美好的生活场景，从而感受到了冬天的美好。此诗在表达上将写景、咏物、赞美完美地结合在一起，含蓄地赞扬了刘季孙的品格和秉性。

枫桥夜泊

张继

月落乌啼霜满天，江枫渔火对愁眠。

姑苏城外寒山寺，夜半钟声到客船。

◎ **作者简介**　张继（756年前后在世），字懿孙，襄州（今湖北襄阳）人。唐代诗人。他的诗爽朗激越，不事雕琢，比兴幽深，事理双切，对后世颇有影响。可惜流传下来的不到五十首。

◎ **注释**　①〔枫桥〕在江苏苏州阊门外三公里处的枫桥镇。②〔乌啼〕指乌鸦夜啼。③〔江枫〕江边的枫树。④〔姑苏〕苏州的别称。⑤〔寒山寺〕位于姑苏城外枫桥边，始建于六朝，唐贞观年间改名为寒山寺，距今已有一千多年的历史。

◎ **译文**　月亮已落，乌鸦啼叫，寒霜满天，对着江边枫树和渔船上的灯火愁闷入眠。姑苏城外那寂寞清静的寒山古寺，半夜里敲钟的声音传到了客船。

◎ **赏析**　这首仄起、首句入韵的七绝是唐诗中的名作，流传广泛。前两句意象较多：落月、啼乌、满天霜、江枫、渔火、不眠人，六个意象完美地组合在一起，营造出一种愁意弥漫的情境。"月落"说明已过夜半；"乌啼"带有悲凉色彩；"霜满天"给人寒凉之感；"江枫"虽好，但夜里只见黑影；"渔火"点点，反让人更觉凄凉。在这样的环境下，夜半时分，船中的旅人怎能不愁，又怎能入眠？这些意象渲染出的意境和"愁"字很契合。"愁"的具体内容诗人不说，给读者留下了很大的想象空间。后两句意象比较疏淡：城、寺、船、钟声，构成了旷远的意境。夜半乃阒寂之时，却闻乌啼钟鸣，又听说到了寒山寺，一个"寒"字也让人悲凉。明灭对照，无声与有声相衬托，一缕淡淡的客愁与幽远的钟声一起弥漫江上，也为那一寺一城平添了千古风情，吸引着古往今来的寻梦者。全诗以一"愁"字为核心。《唐诗三集合编》云"全篇诗意自愁眠上起，妙在不说出"，确为佳评。诗中静动、明暗结合，意象的选择与人物的情思达到了高度和谐统一，形成了余味无穷、余音不绝的艺术境界。

寒 夜

杜耒

寒夜客来茶当酒，竹炉汤沸火初红。

寻常一样窗前月，才有梅花便不同。

◎**作者简介**　杜耒（？—1227），字子野，号小山。盱江（今江西抚州）人。宋代诗人。尝官主簿，后入山阳帅幕，理宗宝庆三年死于军乱。

◎**注释**　①〔茶当酒〕以茶当酒，以茶代酒。②〔竹炉〕指用竹篾做成的套子套着的火炉。③〔汤沸〕指开水翻滚。

◎**译文**　寒冷的夜晚，来了客人，用茶当酒，火炉上开水沸腾，炉火正红。与平时并没有什么两样的月光照射在窗前，只是窗前有几枝梅花幽幽地开放，使今夜与往日格外不同。

◎**赏析**　这是一首仄起、首句不入韵的七绝，描写寒夜待客的情景。前两句说寒冷的夜晚来了客人，火炉上开水沸腾，炉火正红。"寒夜"点明客人来访的时间；"茶当酒"说明客来突然，无法准备酒，只好以茶代酒。但炉火和沸水正是寒夜里最好的暖身之物，同时也是暖心之物。对于客人为何寒夜来访，客人和主人什么关系，诗中都没交代，留给读者去想象。但不论读者如何想象，主人对客人的热情已经通过竹炉、沸汤、红火这些意象很好地呈现出来了。后两句说：与平时并没有什么两样的月光照射在窗前，只是窗前有几枝梅花幽幽地一开，就使今夜与往日格外地不同。第三句说今夜的月亮本来与往日并没有什么不同，然而，"才有梅花便不同"，在梅花的映衬下，月光也显得比往常更加别致。诗人用了衬托手法，拉来了梅花作陪衬，梅花的色香使月亮生色。至此，客人寒夜来此似乎也有了谜底，他应该是为赏梅而来吧！诗人巧妙地暗示客人和自己都有共同的情趣，他们不是酒肉朋友。梅花也象征了二人友谊的高雅芬芳。寒夜客来，主家奉茶，一起赏梅，人情之暖怎能不胜过冬夜之寒呢！

霜 月

李商隐

初闻征雁已无蝉，百尺楼台水接天。

青女素娥俱耐冷，月中霜里斗婵娟。

◎**作者简介** 李商隐（813—858），字义山，号玉谿（xī）生、樊南生，怀州河内（今河南沁阳）人。晚唐著名诗人。唐文宗开成年间进士，累官至弘农尉、佐幕府、东川节度使判官等。受困于"牛李党争"，辗转于各藩镇幕僚，郁郁不得志，潦倒终身。与杜牧齐名，并称"小李杜"。其诗构思新奇、风格秾丽、情致婉曲，尤其是爱情诗缠绵悱恻，为人传诵。但由于用典太多，过于隐晦迷离，不易索解。著有《李义山诗集》，文集已散佚，后人辑有《樊南文集》《樊南文集补编》。

◎**注释** ①〔征雁〕迁徙中的大雁。②〔青女〕神话中主霜雪的女神。③〔素娥〕月宫中的嫦娥。④〔婵娟〕美好的姿容。

◎**译文** 刚开始听到远飞南方的大雁的鸣叫声，就已经没有蝉鸣了；我登上百尺高楼，极目远眺，水天一片迷蒙。霜神青女和月中嫦娥都不怕寒冷，在寒月冷霜中比斗娇美的姿容。

◎**赏析** 这首平起、首句入韵的七绝，想象奇特，意境清幽空灵，冷艳绝俗。诗人把静景活写，流露出唯美倾向。前两句说：刚开始听到远飞南方的大雁的鸣叫声，就已经没有蝉鸣了；我登上百尺高楼，极目远眺，水天一色，月光迷蒙。"初闻征雁"，言已是秋末冬初之时。"已无蝉"说已经听不见蝉鸣了。雁和蝉这两个意象紧扣"霜月"诗题，点明了时令。后两句即重点写霜和月：霜神青女和月中嫦娥都不怕寒冷，在寒月冷霜中比斗娇美的姿容。写霜、月，不从霜、月本身着笔，而写月中素娥和霜神青女。青女是神话中主霜雪的女神。素娥即嫦娥，是月宫中的女神。青女、素娥在诗里是霜和月的象征。"俱耐冷"言青女、素娥都不怕寒冷，都追求高洁，都有与寒冬战斗的精神。诗人还展开浪漫的想象，让青女、素娥去"斗婵娟"。"婵娟"即美貌。青女、素娥都是美的象征，二人比的是谁更美。这美不仅是美貌吧，恐怕还有精神之美。这样，诗人所描绘的就不仅仅是秋夜的自然景象，而是勾摄了清秋的魂魄和霜月的精神。它反映了诗人在混浊的现实环境里追求美好、向往光明的深切愿望；也是他高标绝俗、耿介孤傲性格的自然流露。这首诗的想象是在水天一色、霜清月白的背景下展开的，高洁美妙的意境让人回味无穷。

梅

王淇

不受尘埃半点侵，竹篱茅舍自甘心。
只因误识林和靖，惹得诗人说到今。

◎**注释**　①〔尘埃〕尘土，比喻污浊的事物。②〔侵〕侵蚀。③〔林和靖〕宋代隐逸诗人林逋（bū）死后谥号叫"和靖先生"。相传他一生未结婚，最喜欢种梅和养鹤，世人因此称他"梅妻鹤子"，即以梅为妻，以鹤为子。

◎**译文**　高洁的梅花，不受尘埃半点儿侵蚀，甘心淡泊地生长在竹篱茅舍旁。只因错误地认识了酷爱梅花的林和靖，惹得诗人谈论至今。

◎**赏析**　这首仄起、首句入韵的七绝是一首咏梅诗，通过对梅花特点的描写，表现了诗人淡泊名利、与世无争的志趣。前两句说：高洁的梅花，不受尘埃半点侵蚀，甘心淡泊地生长在竹篱茅舍旁。"尘埃"即尘土，比喻污浊的事物，如尘俗；"竹篱茅舍"借指简陋的居住条件。这两句诗采用了拟人和比喻的修辞手法。"甘心"是人才具有的情感，这里说梅花"甘心"，是将梅花拟人化了。梅花甘心在简陋的条件下开放，保持高洁雅性，淡泊名利、与世无争，这也是比喻诗人高洁的志趣操守。后两句说：只因错误地认识了酷爱梅花的林和靖，惹得诗人谈论至今。这两句诗的意思是说，梅花本来是不事张扬、淡泊自守的，只因为林逋的喜爱，便身不由己地成为诗人们歌咏的主题，被人们议论到今天。这是违背梅花初衷的，所以说与林逋是"误识"。这首诗通过咏梅，肯定了梅花"不受尘埃半点侵，竹篱茅舍自甘心"的操守，也间接表明了诗人自己的志向。

早 春

白玉蟾

南枝才放两三花，雪里吟香弄粉些。
淡淡著烟浓著月，深深笼水浅笼沙。

◎ **作者简介**　白玉蟾（1194—1229），原名葛长庚，字如晦，又字白叟，号海琼子，又号海南翁、琼山道人等。闽清（今属福建）人，在雷州过继给姓白的人家，改名白玉蟾。南宋道士、诗人。师事陈楠学道，遍历名山。为道教金丹派南五祖之一，是内丹理论家，道教内丹派南宗的实际创始者。著有《玉隆集》《上清集》《武夷集》《海琼白真人语录》《道德宝章》《海琼词》《海琼问道集》。

◎ **注释**　①〔南枝〕向南开花的梅枝。南枝向阳，所以先开花。②〔吟香〕吟咏初放的梅香。③〔弄〕赏玩。④〔粉〕白色。此处指梅花的白颜色。⑤〔些〕句末语气助词。⑥〔著〕笼罩，罩住。

◎ **译文**　南面朝阳的梅枝才开花两三朵，我在雪地里体味梅花的清香，赏玩它洁白的颜色。色淡的像夜雾，色浓的像月色；色深的像浸着寒水，色浅的像浸在白沙中。

◎ **赏析**　这首平起、首句入韵的七绝是一首咏梅诗。前两句说：南面朝阳的梅枝才开花两三朵，我在雪地里体味梅花的清香，赏玩它洁白的颜色。诗人用早梅写早春，南枝向阳，所以梅先开花。"才放"指刚开放。"两三花"强调的是一个"早"字。这梅花偏偏开在雪里，白雪、白梅相互映照。诗人不说闻香，而说"吟香"，带有反复欣赏吟咏的意味，可见其对梅花的喜爱。"弄粉"意为雪和梅都在展示自己的洁白。这就让人想起与诗人同时代的卢梅坡的《雪梅》中的名句："梅须逊雪三分白，雪却输梅一段香。"后两句进一步说梅的白：色淡的像夜雾，色浓的像月色；色深的像浸着寒水，色浅的像浸在白沙中。这四个比喻使白梅的色彩具有了层次感。"著"和"笼"的叠用，不但让白梅意象生动起来，还和烟、月、水、沙结合起来，创造出迷离朦胧的优美意境，更像梦中美人、雾里花了。诗人通过早梅把早春写得高洁美丽，折射出诗人内心的高洁和对美好春天的礼赞。

雪 梅（二首）

卢梅坡

其一

梅雪争春未肯降，骚人搁笔费评章。

梅须逊雪三分白，雪却输梅一段香。

其二

有梅无雪不精神，有雪无诗俗了人。

日暮诗成天又雪，与梅并作十分春。

◎**作者简介** 卢梅坡，南宋诗人。生卒年及生平事迹不详。

◎**注释** ①〔降〕减低，让步，服输。②〔骚人〕诗人。③〔搁〕放下。④〔评章〕评判，评论。⑤〔须逊〕本就差，本不如。⑥〔输〕输却，犹言差、少。⑦〔十分春〕十足的春色。

◎**译文** 其一 梅花和雪花都认为各自占尽了春色，谁也不肯相让，诗人放下笔难写评判文章。梅花没有雪花那样晶莹洁白，雪花却少了梅花的一段幽香。

其二 只有梅花没有雪花，也就没有什么气质精神，如果下雪了却没有诗文相合，那也仅仅是个俗人。当在傍晚写好诗时，天空又下起了雪，再看梅花雪花一起绽放，就像迎来十足芳春。

◎**赏析** 这两首诗阐述了春天梅、雪、诗三者的关系：三者缺一不可，结合在一起，才能组成美丽的春色。第一首诗前两句写梅雪争春，要诗人评判，后两句是诗人对梅与雪的评语。第二首诗首句写梅与雪之间的关系，次句写雪与诗之间的关系，后两句写梅、雪与诗之间的关系。两首诗写得妙趣横生，富有韵味。第一首是仄起、首句不入韵的七绝。前两句说：梅花和雪花都认为各自占尽了春色，谁也不肯相让。诗人难写评判文章，只好无奈地放下笔。首句采用拟人手法写梅花与雪花相互竞争，都认为自己是最具早春特色的，而且互不认输。一个"争"字，一个"降"字，就把早春时节梅花与雪花竞美的姿态生动地表现出来了。次句写诗人对于两者难以评判高下，只好停下笔来思索。后两句是诗人对梅与雪的评语：梅花没有雪花那样晶莹洁白，雪花却少了梅花的一段幽香。"逊"和"输"写出二者的差别；"三分"形容差别很小，"一段"将香气视觉化，使人觉得香气可以测量。此诗将梅与雪的不同特点用两句诗概括出来，写得妙趣横生。拟人化的手法，真是奇思妙想，而诗人对二者的赞美和欣赏也就尽在其中了。第二首是平起、首句入韵的七绝。首句说：只有梅花没有雪花，也就看不出什么气质精神。写梅与雪之间的关系，因为梅令人佩服的主要特点是不畏严寒，雪越大才越能显示出梅花的这一特点，所以说"有梅无雪不精神"。第二句写雪与诗之间的关系：如果下雪了却没有诗文配合，那也仅仅是个俗人。下雪的时候，俗人是很难发现其中的诗意而创作诗歌的;即使是诗人，如果缺乏雅兴，同样也写不出诗歌，这同俗人也没有什么差别，所以说"有雪无诗俗了人"。后两句写梅、雪与诗之间的关系：当在傍晚写好诗时，天空又下起了雪，再看梅花、雪花一起绽放，就像迎来十足芳春。日暮时分，天空中纷纷扬扬地飘起了雪花，梅花在雪花的映衬下变得精神焕发；而雪花有了梅花的点缀，也更显得妙趣横生。

答锺弱翁

牧童

草铺横野六七里，笛弄晚风三四声。

归来饱饭黄昏后，不脱蓑衣卧月明。

◎ **作者简介** 牧童，宋代人，姓名、生平均不详。

◎ **注释** ①〔锺弱翁〕锺傅，字弱翁，北宋人，累官至集贤殿修撰、河中知府等，后因故遭贬。②〔横野〕辽阔的原野。③〔弄〕吹奏小曲。④〔蓑衣〕用草或棕制成的披在身上的防雨工具。⑤〔卧月明〕睡在月光之下。

◎ **译文** 辽阔的草原像被铺在地上一样，晚风中传来牧童悠扬的笛声。牧童放牧归来，在吃饱晚饭的黄昏后，连蓑衣都不脱，就躺卧在月光中。

◎ **赏析** 这是一首平起、首句不入韵的七绝。署名"牧童"应当是个笔名。诗前两句说：辽阔的草原像被铺在地上一样，晚风中传来牧童悠扬的笛声。"铺"是铺展，草铺展出广阔的原野。这是大背景，让人很舒心。"弄"指随便吹，牧童随意吹着竹笛，悠闲自在。后两句具体写牧童的自由自在：牧童放牧归来，在吃饱晚饭的黄昏后，连蓑衣都不脱，就躺卧在月光中。描写出牧童与自然的和谐，展示出一种无拘无束的快乐。诗前两句是工整的对仗，如"六七里"对"三四声"等。后两句更是把七言诗的优点发挥了出来，写得极富韵味。吃饱饭后，牧童可以休息了，他穿着蓑衣躺在草地上一个人赏月，体现了与世无争的态度和轻松惬意的心情。在政局混乱的时代，锺傅屡遭贬职，作者以此诗劝告锺傅：既然不能兼济天下，就不如独善其身，与清风明月为友，过自给自足的快乐生活。

泊秦淮

杜牧

烟笼寒水月笼沙，夜泊秦淮近酒家。
商女不知亡国恨，隔江犹唱《后庭花》。

◎**注释** ①〔秦淮〕河名，流经南京，历代均为繁华的游赏之地。②〔笼〕笼罩。③〔商女〕以卖唱为生的歌女。④〔《后庭花》〕即《玉树后庭花》。南朝最后一个皇帝陈后主陈叔宝曾作《玉树后庭花》舞曲，反映宫廷的腐朽生活。

◎**译文** 迷离月色和轻烟笼罩寒水和白沙，夜晚船泊在秦淮河岸边的酒家。卖唱的歌女不懂什么叫亡国之恨，隔着江水还在唱《玉树后庭花》。

◎**赏析** 这首仄起、首句入韵的七绝，是诗人夜泊秦淮时触景感怀之作。前两句写秦淮夜景：迷离月色和轻烟笼罩寒水和白沙，夜晚船泊在秦淮河岸边的酒家。首句写景，"烟""水""月""沙"由两个"笼"字结合在一起，融合成一幅朦胧冷清的水色夜景。次句点题，并以"近酒家"触发思古幽情。秦淮一带在六朝时是著名的游乐场所，酒家林立，有歌舞游宴的无尽繁华。首句中的"烟""水""月""沙"和第二句的"夜泊秦淮"是相关联的。前两句创造出一种很具有特色的环境气氛，给人以强烈的吸引力，取得了先声夺人的艺术效果。后两句说：卖唱的歌女不懂什么叫亡国之恨，隔着江水还在唱《玉树后庭花》。由于"近酒家"，才引出"商女""亡国恨"和"后庭花"，也由此才触动了诗人的情怀。"商女"是卖唱的歌女，她们唱什么是由听者的喜好而定的。"商女不知亡国恨"真正批判的，是座中不知亡国恨的买唱者，即那些醉生梦死的达官贵人。《后庭花》，即《玉树后庭花》，是南朝荒淫误国的陈后主所制的乐曲。如今还有人用这种亡国之音来寻欢作乐，这不禁使诗人产生历史又将重演的隐忧。"隔江"二字，承上"亡国恨"故事而来，指当年隋朝陈兵江北，一江之隔的南朝廷危在旦夕，而陈后主依然沉湎声色。"犹唱"二字，巧妙而自然地把历史、现实和想象中的未来串成一线，意味深长。

归 雁

钱起

潇湘何事等闲回？水碧沙明两岸苔。
二十五弦弹夜月，不胜清怨却飞来。

◎**作者简介** 钱起（722—780），字仲文，吴兴（今浙江湖州）人。中唐诗人，"大历十才子"之一。早年数次赴试落第，唐天宝十载（751）进士。初为秘书省校书郎、蓝田县尉，后任司勋员外郎、考功郎中、翰林学士等。因曾任考功郎中，故世称"钱考功"。钱起长于五言，诗作辞采清丽，音律和谐。

◎**注释** ①〔潇湘〕两条河名。湘江流到湖南零陵县汇合潇水，称为潇湘。潇湘在洞庭湖南面，水暖食足，古人认为是大雁过冬的好地方。②〔何事〕何故，什么原因。③〔等闲〕随便，轻易。④〔苔〕此指江边的水草。⑤〔二十五弦〕指瑟，一种有二十五根弦的古代乐器。⑥〔弹夜月〕传说湘水女神善于弹瑟，其声哀怨。⑦〔不胜〕承受不住。⑧〔清怨〕此处指曲调凄清哀怨。

◎**译文** 潇湘下游，水碧沙明，风景秀丽，水草丰美，大雁你为什么轻易离开这里，回到北方去呢？大雁说：湘水女神在月夜弹瑟，从那二十五弦上弹出的音调，实在太凄清、太哀怨了，我承受不住，只好飞回北方。

◎**赏析** 这是一首平起、首句入韵的七绝。诗人借写充满客愁的从南方归来的春雁，婉转地表露了宦游他乡的羁旅之思。开头两句说：潇湘下游，水碧沙明，风景秀丽，水草丰美，大雁你为什么轻易离开这里，回到北方去呢？古人认为大雁飞到湖南衡山的回雁峰，就不再南飞，到第二年春暖花开的时候，就向北返回。潇湘在洞庭湖南面，水暖食足，气候很好，古人认为是大雁过冬的好地方，所以诗人想象归雁是从潇湘飞来的。后两句是想象大雁的回答——大雁说：湘水女神在月夜弹瑟，从那二十五弦上弹出的音调，实在太凄清、太哀怨了！我承受不住，只好飞回北方。这两句化用了湘灵鼓瑟的传说。古传湘水女神善鼓瑟，瑟本来有五十弦，因女神弹得声调凄怨，上帝令改为二十五弦。诗人发挥丰富的想象力并借助美丽的神话，为读者展现了湘神鼓瑟的凄哀意境，着意塑造了多愁善感而又通晓音乐的大雁形象。大雁为什么"不胜清怨"呢？大雁听到湘灵充满思亲之悲的瑟声，也生出了乡愁，思念北方的家，因此毅然离开优美富足的湘江，飞回北方。诗人借助归雁，委婉地表达了客居他乡的羁旅愁思。这首诗构思新颖，想象丰富。诗中的潇湘夜景和瑟声虽都是想象之词，但通过这样一问一答，却把雁写得通晓音乐并富于情感。

题 壁

无名氏

一团茅草乱蓬蓬，蓦地烧天蓦地空。
争似满炉煨榾柮，慢腾腾地暖烘烘。

◎**注释** ①〔乱蓬蓬〕散乱，乱七八糟的样子。②〔蓦地〕突然，一下子。③〔争似〕怎似，哪里比得上。④〔煨〕小火。⑤〔榾柮〕老树根。

◎**译文** 一团乱蓬蓬的茅草点着火，突然间烈焰冲天，又顷刻间烟消火灭。倒不如炉子里用树根点燃的小火，慢腾腾地烧着，满屋子都暖和。

◎**赏析** 这是一首平起、首句入韵的七绝。据《宋诗纪事》卷九十六记载，这是题写在嵩山峻极中院的法堂后檐壁间的诗。这首诗写得很有意思，用民间口语，对比了两种不同的取暖方式。前两句说：一团乱蓬蓬的茅草点着火，突然间烈焰冲天，又顷刻间烟消火灭。两个"蓦地"，说明散乱的茅草燃起的火着得快，灭得也快，用这样的火取暖难以持久。后两句说：倒不如炉子里用树根点燃的小火，慢腾腾地烧着，满屋子都暖和。这是说取暖用老树根慢慢烧，可以更持久。由此看来，这位无名氏不仅是位诗人，还是个哲学家，他懂得"欲速则不达"的哲理，也知道"其勃也兴焉，其亡也忽焉"的历史规律。这个无名氏仅仅是在讲点火取暖，还是另有深意呢？这就是本诗留给读者的思考。

七律

　　七言律诗是近体诗的一种，格律严密，每首八句，每句七个字，每两句为一联，共四联，分首联、颔联、颈联和尾联。中间两联必须对仗。第二、四、六、八句押韵，首句可押可不押；通常押平声韵。

早朝大明宫

贾至

银烛朝天紫陌长，禁城春色晓苍苍。

千条弱柳垂青琐，百啭流莺绕建章。

剑佩声随玉墀步，衣冠身惹御炉香。

共沐恩波凤池上，朝朝染翰侍君王。

◎**作者简介**　贾至（718—772），字幼邻，一作幼几，洛阳（今属河南）人。盛唐诗人。擢明经第，为单父尉。安禄山乱，从唐玄宗幸蜀，知制诰，后封京兆尹兼御史大夫。卒谥文。著有文集三十卷。《唐才子传》有其传。其诗俊逸清畅，杜甫称其诗"雄笔映千古"。

◎**注释**　①〔早朝〕古代大臣一般早晨晋见皇帝，商议国事，称为早朝。②〔大明宫〕唐时皇宫殿名，百官晋见皇帝多在此举行。③〔紫陌〕京城长安的道路。④〔禁城〕皇城。⑤〔青琐〕宫廷门窗上雕刻的花纹多涂以青色，故称青琐。后常以青琐代指宫门。⑥〔剑佩〕宝剑和玉佩。⑦〔恩波〕指皇帝的恩泽。⑧〔凤池〕即凤凰池，在大明宫内，中书省所在地。⑨〔染翰〕指写文章。翰，毛笔。

◎**译文**　银烛朝天照亮了长安大道，皇城清早春色苍苍。宫门外弱柳垂下的枝条拂弄着雕花纹的门窗，婉转啼鸣的黄莺盘旋在建章宫上。上朝官员的佩剑和佩玉发出轻响伴随着踏在玉阶上的脚步，衣帽上沾染了御香炉散出的幽香。在凤池上共同沐浴皇帝的恩宠，天天动笔侍奉着君王。

◎**赏析**　这是一首仄起、首句入韵的七律，描写了百官上朝的场面，政治色彩很浓。诗人把皇宫豪华的气派以及百官上早朝时严肃隆重的场面写得活灵活现。首联说：银烛朝天照亮了长安大道，皇城清早春色苍苍。这两句描写一个"早"字。诗人进宫去朝见皇帝的时候，天还没有亮，还得用蜡烛。到了皇宫里，才是黎明。颔联写大明宫的景色：宫门外弱柳垂下的枝条拂弄着雕花纹的门窗，婉转的黄莺盘旋在建章宫上。"建章"是汉代建造的宫殿，规模宏大，传说有千门万户，这里用来指代大明宫。颈联写百官上殿朝见的情况：上朝官员的佩剑和佩玉发出轻响伴随着踏玉阶上的脚步，衣帽上沾染了御香炉散出的幽香。"剑佩"，指宝剑和玉佩，描写出官员的配饰和皇宫的庄严气氛。尾联说在凤池上共同沐浴皇帝的恩宠，天天动笔侍奉着君王，表示对皇帝感恩效忠。

和贾舍人早朝

杜甫

五夜漏声催晓箭，九重春色醉仙桃。

旌旗日暖龙蛇动，宫殿风微燕雀高。

朝罢香烟携满袖，诗成珠玉在挥毫。

欲知世掌丝纶美，池上于今有凤毛。

◎**注释** ①〔和（hè）〕唱和。指以同样的诗歌形式相酬答。②〔贾舍人〕贾至。③〔五夜〕即五更。④〔晓箭〕计时用的漏壶上标明时刻的箭杆状标尺。⑤〔九重〕皇帝所居之地。⑥〔珠玉〕即珠圆玉润，形容笔下的字个个如珠玉般圆润。⑦〔世掌丝纶〕丝纶，帝王的诏书。因贾至父子都曾任中书舍人，掌管起草帝王诏书，故称"世掌"。⑧〔池〕即中书省。⑨〔凤毛〕南朝宋时谢凤与其子谢超宗，好学有才，宋武帝夸奖说："超宗殊有凤毛。"喻贾至像他父亲贾曾一样有文采。

◎**译文** 五更的漏滴声声催动拂晓的漏箭，宫苑的春桃花，经晓露滋润更加鲜艳。熹光暖照旌旗上龙蛇舞动，燕雀在大殿上空随微风盘旋。罢朝之后衣袖满携御炉的香烟，吟出珠圆玉润的诗句挥笔成篇。想知道贾舍人父子两代起草诏书的美事吗？凤毛麟角的奇才就站在眼前。

◎**赏析** 这是一首仄起、首句不入韵的七律。和，即按照作者原来的题材或者体裁来写一首诗，以示自己的意见，韵脚可以相同，也可以完全用别的。杜甫这首诗是和中书舍人贾至的《早朝大明宫》之作。首联颔联写出上朝的隆重气氛。"龙蛇动"不仅是写旌旗上的图案，还象征着上朝的武将；"燕雀高"也不仅仅写景，可能也隐指身居高位的文臣。颈联说：罢朝后衣袖满携御炉的香烟，吟出珠圆玉润的诗句挥笔成篇。这两句说下朝后唱和作诗。尾联说：想知道贾舍人两代起草诏书的美事吗？凤毛麟角的奇才就站在眼前。这是对贾至父子予以称扬。"丝纶美"，因为贾家父子历任两朝的中书舍人，后有一日，唐肃宗对贾至说："昔先天诰命，乃父为之，今兹命册，又尔为之。两朝盛典出卿家父子，可谓继美矣。"赞扬贾至继承了父亲的才华，并能做出像父亲一样的政绩，实在是朝廷里的一段佳话。"凤毛"，指凤凰羽毛，极为少见，这里是称赞贾至的才华出众，在一班大臣里很少见。这首诗前两句为应和，即基本描绘同贾至的诗一样的场面；后两句为褒扬，说贾至及其父亲都文采斐然，得到了皇帝的赞扬。

和贾舍人早朝

王维

绛帻鸡人报晓筹，尚衣方进翠云裘。
九天阊阖开宫殿，万国衣冠拜冕旒。
日色才临仙掌动，香烟欲傍衮龙浮。
朝罢须裁五色诏，佩声归到凤池头。

◎**注释** ①〔绛帻〕红色头巾。②〔鸡人〕古代宫中天将亮时，有头戴红巾的卫士于朱雀门外高声喊叫，好像鸡鸣，以警百官，故名鸡人。③〔晓筹〕夜间计时的竹签。④〔尚衣〕官名。⑤〔翠云裘〕饰有青绿色云纹的皮衣。⑥〔阊阖〕传说中的天门。此处指宫门。⑦〔万国衣冠〕此处指各国来朝拜的使臣。⑧〔冕旒〕皇帝戴的垂有珠串的礼冠，借指皇帝。冕，皇帝所戴的冠帽。旒，冕前后所悬挂的珠串。⑨〔仙掌〕靠近皇帝左右的障扇，多以雉尾为饰。⑩〔衮龙〕皇帝龙袍上的龙浮海水形图案。

◎**译文** 鸡人头戴红巾高喊着报告天明，管御服的官员刚把翠云裘捧进宫殿。重重深宫内苑敞开一扇扇大门，迎来拜谒皇帝的官员和各国使臣。日光刚照临障扇随着移动，龙袍边飘动香炉的轻烟。散朝后贾舍人须用五色丝绢起草诏书，玉佩声中，他已回到凤池旁边。

◎**赏析** 这是一首仄起、首句入韵的七律。（首句第二字"帻"今读zé，阳平声，但旧读入声，陌韵，故为"仄起"。）贾至的《早朝大明宫》一诗写出后颇为人注目，杜甫、岑参、王维都曾作诗相和。王维的这首和作，利用细节描写和场景渲染，写出了大明宫早朝时庄严华贵的气氛，别具艺术特色。首联选择了"报晓"和"进翠云裘"两个细节，表现出宫廷中庄严、肃穆的特点，烘托了早朝的气氛。中间两联正面写早朝，诗人通过概括叙述和具体描写，表现出场面的宏伟庄严和帝王的尊贵。以九天阊阖喻天子住处，大笔勾勒了早朝的图景，气势非凡。"万国衣冠拜冕旒"，显示了大唐鼎盛的气象。在"万国衣冠"与"冕旒"间着一"拜"字，对比数量上众与寡、位置上卑与尊，突出了大唐帝国的威仪。颔联是从大处着笔，颈联则是从细处落墨。大处见气魄，细处显尊严，两者相得益彰。"香烟"照应贾至诗中的"衣冠身惹御炉香"句。贾至诗以沾沐皇恩为意，以"身惹御炉香"为荣；而王维诗以帝王之尊为内容，故写"欲傍衮龙浮"为依附之意。作者通过仙掌挡日、香烟缭绕营造了一种皇庭特有的雍容华贵氛围。尾联说：散朝后贾舍人须用五色丝绢起草诏书，可听见他的玉佩声回到凤池旁边。"佩声"，是以声音代人，代指贾至。这首诗写了早朝前、早朝中、早朝后三个阶段，写出了大明宫早朝的气氛和皇帝的威仪，同时，还暗示了贾至的春风得意。这首和诗不和其韵，只和其意，雍容伟丽，造语堂皇，格调十分和谐。

和贾舍人早朝

岑参

鸡鸣紫陌曙光寒，莺啭皇州春色阑。

金阙晓钟开万户，玉阶仙仗拥千官。

花迎剑佩星初落，柳拂旌旗露未干。

独有凤凰池上客，《阳春》一曲和皆难。

◎**注释** ①〔皇州〕皇城，帝京。②〔阑〕将尽。③〔金阙〕宫阙。④〔仙仗〕指皇宫的仪仗。⑤〔凤凰池上客〕指中书舍人贾至。⑥〔《阳春》一曲〕即《阳春白雪》，古代楚国的名曲，此处借指贾至的诗。

◎**译文** 鸡叫时，京都路上曙光微寒；黄莺啼鸣，长安城里春意阑珊。钟楼晓钟响过，宫殿千门都打开；玉阶前仪仗林立，簇拥上朝的百官。启明星才落，花径迎来佩剑的侍卫；柳条轻拂着旌旗，旗上露珠未干。唯有凤池边中书舍人贾至，他的诗如《阳春白雪》，想唱和太难。

◎**赏析** 这首平起、首句入韵的七律，是对贾至的《早朝大明宫》一诗的和诗，围绕"早朝"两字做文章，内容尽力铺陈早朝的庄严隆重。首联说：鸡叫时，京都路上曙光微寒；黄莺啼鸣，长安城里春意阑珊。"曙光"点出"早"意，"阑"字点出时令。颔联说：钟楼晓钟响过，宫殿千门都打开；玉阶前仪仗林立，簇拥上朝的百官。这是对早朝情况的描写。场面宏大，气象庄严。颈联说：启明星才落，花径迎来佩剑的侍卫；柳条轻拂着旌旗，旗上露珠未干。这是写散朝后路上所见。"星初落""露未干"都切"早"字。末联说：唯有凤池边中书舍人贾至，他的诗如《阳春白雪》，想唱和太难。点出酬和之意，夸赞对方，同时也表示谦卑，恰到好处。

上元应制

蔡襄

高列千峰宝炬森，端门方喜翠华临。

宸游不为三元夜，乐事还同万众心。

天上清光留此夕，人间和气阁春阴。

要知尽庆华封祝，四十余年惠爱深。

◎**作者简介** 蔡襄（1012—1067），字君谟，兴化仙游（今属福建）人。北宋书法家、诗人、政治家、茶学专家。宋仁宗天圣八年（1030）进士，工书，与苏轼、黄庭坚、米芾并称"宋四家"。能诗善文，且为人忠直，颇有政绩。所著《茶录》总结了古代制茶、品茶的经验。所著《荔枝谱》被称为"世界上第一部果树分类学著作"。有《蔡忠惠公全集》。

◎**注释** ①〔上元〕元宵节。②〔应制〕应皇帝之命写诗作文。③〔森〕排列耸立。④〔端门〕宫殿的正门。⑤〔翠华〕用翠鸟羽毛装饰的旗帜，用作皇帝的仪仗。此指皇帝的车驾。⑥〔宸游〕帝王出游。⑦〔三元〕农历正月、七月、十月的十五日分别为上元、中元、下元，合称"三元"。此处指上元，即正月十五。⑧〔阁〕同"搁"，停留。⑨〔春阴〕春天时的花木荫处。⑩〔华封祝〕即华封三祝。华，地名。封，疆界，范围。华封，华州这个地方。传说华州人祝帝尧长寿、富有、多男子，后人称为"华封三祝"。

◎**译文**　元宵佳节彩灯高挂，像一座座高峻的山峰，皇帝的御驾来到皇宫的正门。皇上的巡游不是为了元宵赏灯，这乐事是为了与万众同心。天上的圆月把清光留在这一个晚上，人间和睦幸福，花木也留住春。举国上下都向皇帝祝福，四十多年给百姓关爱恩惠深深。

◎**赏析**　这首仄起、首句入韵的七律是一首应制诗。诗中描写了京都元宵佳节灯火如山的盛况，歌颂了仁宗朝的太平之象。作为奉皇帝之命而写作的诗歌，在文辞上绝对不能艳俗，因此循章逐典、庄重典雅便成了绝大多数应制诗的特点。这首《上元应制》也是这样。首联说：元宵佳节彩灯高挂，像一座座山峰，皇帝的御驾来到皇宫的正门。"千峰"，指灯山。"宝炬"，犹言宝灯、宝烛。"森"，排列耸立。这是千灯并举，堆叠如山，簇拥出无上皇权的景象。颔联说：皇上的巡游不是为了元宵赏灯，而是为了与万众同心，正契合了仁宗"朕非好游观，盖与民同乐"的诗句。颈联说：天上的圆月把清光留在这里，人间和睦幸福，花木也留住春。一派花好月圆之景，烘托出节日的祥和气氛。尾联说：举国上下都向皇帝祝福，四十多年给百姓关爱恩惠深深。诗人称颂皇帝在新年的临幸为百姓带来了祥瑞之气，百姓也纷纷向皇帝献上问候与祝福。蔡襄的这首应制诗虽然不乏奉承之语，但全诗文气流畅，庄重典雅。

上元应制

王珪

雪消华月满仙台，万烛当楼宝扇开。

双凤云中扶辇下，六鳌海上驾山来。

镐京春酒沾周宴，汾水秋风陋汉才。

一曲升平人共乐，君王又尽紫霞杯。

◎**作者简介**　王珪（1019—1085），字禹玉，华阳（今四川双流）人。北宋诗人。宋仁宗庆历间进士。宋神宗时擢居宰相、集贤殿大学士。写有不少反映宫廷生活的诗。著有《华阳集》。

◎**注释**　①〔仙台〕宫殿的楼台。②〔宝扇〕皇帝御座两边的宫扇。③〔鳌〕传说中的大海龟，能驮起大山。此处喻指花灯如山。④〔周宴〕周武王曾在镐京大宴群臣。这里借指皇帝在元宵之夜宴请群臣。⑤〔汾水秋风〕汉武帝巡游山西，在汾水大宴宾客，作《秋风辞》。借指君臣在宴会上赋诗的盛况。

◎**译文**　白雪消融，皎洁的月光遍照皇宫的楼台；万支蜡烛点燃，御座两边的宫扇分开。双凤飞下护佑皇上的车驾，花灯叠起像六鳌驮山而来。如周武王镐京大宴宾客，群臣都沾皇恩；像汉武帝汾水作《秋风辞》，群臣赋诗惭愧比不上汉代俊才。升平乐曲里与万民同乐，君王再次饮尽了紫霞中的美酒。

◎**赏析**　这首平起、首句入韵的七律，是上元节天子观灯赐宴时作的应制诗。首联说：白雪消融，皎洁的月光遍照皇宫的楼台；万支蜡烛点燃，御座两边的宫扇分开。这两句把皇宫形容得像天宫一样。颔联描绘皇帝驾临的情景：双凤飞下护佑皇上的车驾，花灯叠起像六鳌驮山而来。鳌是古代传说中能驮起方壶、蓬莱等仙山的神龟。这两句诗以双凤扶辇而下暗喻皇帝出游，以六鳌驾山比喻元宵节的灯山。颈联写道：如周武王镐京大宴宾客，群臣都沾皇恩；像汉武帝汾水作《秋风辞》，群臣赋诗惭愧比不上汉代俊才。这是谦虚的说法，言外之意是奉承皇帝的英明直追周武王，文采超越汉武帝。尾联两句写君臣在祝颂升平的乐曲声中饮宴，特别写皇帝再饮一杯，以表现他与民同乐的姿态。

侍 宴

沈佺期

皇家贵主好神仙，别业初开云汉边。

山出尽如鸣凤岭，池成不让饮龙川。

妆楼翠幌教春住，舞阁金铺借日悬。

敬从乘舆来此地，称觞献寿乐《钧天》。

◎**作者简介** 沈佺期（约656—713），字云卿，相州内黄（今属河南）人。唐代诗人。其诗文辞靡丽，律体精密，与宋之问齐名，人称"沈宋"。尤长七言之作。擢进士第。长安中，累迁通事舍人，与修《三教珠英》。原有集十卷，今存《沈云卿文集》五卷。

◎**注释** ①〔皇家贵主〕指唐中宗女儿安乐公主。②〔好神仙〕信奉神仙。③〔别业〕别墅。指安乐公主新建的山庄。④〔云汉边〕接近云霄。极言楼阁之高。⑤〔鸣凤岭〕山名。在陕西凤翔县。⑥〔饮龙川〕渭水。⑦〔翠幌〕翠绿色的帘幕。⑧〔舞阁〕专供舞蹈用的台阁。⑨〔金铺（pū）〕铺首。用铜做成兽面衔圆环钉在门上。⑩〔乘舆〕皇帝的车驾。此处借指皇帝。〔称觞〕举起酒杯。〔《钧天》〕相传为黄帝时的乐曲名。

◎**译文** 安乐公主信奉神仙，新建成的别墅高入云霄边。堆成的假山都好像鸣凤岭，开凿出的水池不输饮龙川。梳妆楼内的绿色帐幕让春天常驻，舞楼宫门上的金色装饰像阳光闪闪。恭敬地随皇帝来到这里，举杯祝寿奏起乐曲《钧天》。

◎**赏析** 这首平起、首句入韵的七律是一首侍宴应制诗。唐中宗女儿安乐公主新建的山庄别墅落成，中宗在别墅设宴庆祝，沈佺期随行，并写了这首诗。首联说：安乐公主信奉神仙，新建成的别墅高入云霄边。点出别墅修建的背景和高耸入云的样子。颔联说堆成的假山都好像鸣凤岭，开凿出的水池不输饮龙川，言山庄风水之好。颈联说：妆楼上翠绿色的帘幕让春天永驻，舞阁宫门上金色的铺首闪耀着光辉，像太阳高悬。通过对妆楼和舞阁陈设装饰的描写，极言山庄的华美。尾联说：恭敬地随皇帝来到这里，举杯祝寿奏起乐曲《钧天》。此诗描绘了皇家山庄宴饮的景象，皇家公主的奢华生活由此可见一斑。

答丁元珍

欧阳修

春风疑不到天涯，二月山城未见花。

残雪压枝犹有橘，冻雷惊笋欲抽芽。

夜闻归雁生乡思，病入新年感物华。

曾是洛阳花下客，野芳虽晚不须嗟。

◎**作者简介** 欧阳修（1007—1072），字永叔，自号醉翁、六一居士，吉州吉水（今属江西）人，因吉州原属庐陵郡，故自称"庐陵欧阳修"。北宋政治家、文学家、史学家、诗人。后人将其与韩愈、柳宗元和苏轼合称"千古文章四大家"。又与韩愈、柳宗元、苏轼、苏洵、苏辙、王安石、曾巩被称为散文"唐宋八大家"。欧阳修领导了北宋诗文革新运动，继承并发展了韩愈的古文理论。他的散文创作的高度成就与其正确的古文理论相辅相成，从而开创了一代文风，成为一代文坛领袖。有《欧阳文忠公集》传世。

◎**注释** ①〔答丁元珍〕这是作者被贬为峡州夷陵（在今湖北宜昌）县令时酬答丁宝臣的诗。丁宝臣，字元珍，时为峡州判官。②〔天涯〕天边。③〔山城〕靠山的城垣。④〔物华〕眼前的景物。⑤〔花下客〕当时的洛阳园林花木十分繁盛，作者曾在那里做过留守推官，所以叫花下客。⑥〔野芳〕野花。

◎**译文** 我怀疑温暖的春风吹不到这遥远的天涯，早春二月山城还见不到一朵花。残雪压弯了树枝，枝上还挂着橘子；春雷震动，似乎在惊醒竹笋赶快抽芽。夜里听见北归的大雁啼鸣，惹起我无穷的乡愁；病中迎来新春，感念迟来的芳华。我曾在洛阳做官，游赏在牡丹花下；这里的野花虽开得晚，也不必感伤哀叹吧。

◎**赏析** 这是一首平起、首句入韵的七律。首句破题，叙写了作诗的时间和地点，描绘出山城早春寒冷无花的特殊景象。这里化用唐人王之涣"羌笛何须怨杨柳，春风不度玉门关"的诗句，表面上是写自然环境的恶劣，但实际上是写政治环境的险恶，流露怨情，并为下面的写景抒情预做铺垫。颔联说：残雪压弯了树枝，枝上还挂着橘子；春雷震动，似乎在惊醒竹笋赶快抽芽。这说明严冬中依然有着勃勃的生机，深蕴着顽强坚韧的生命力不怕欺凌压抑的哲理，显出诗人的倔强个性与坚贞品格。颈联、尾联写出了残雪中孕育的一片生机和无限活力，抒写乡思和对时光流逝、景物变换的感慨。虽然是自我安慰，却透露出极为矛盾的心情：表面上是说自己已经在举世无双的洛阳名花丛中享受过春光了，实际上却充满对于政治乃至人生的感慨，饱含着无奈和凄凉，所秉承的是中国古典诗歌一贯的"怨而不怒"的风雅传统。本诗融写景、叙事、抒情、议论为一体，清新自然又含蓄蕴藉，抒情一波三折，真切诚挚，感人至深。

插花吟

邵雍

头上花枝照酒卮，酒卮中有好花枝。

身经两世太平日，眼见四朝全盛时。

况复筋骸粗康健，那堪时节正芳菲。

酒涵花影红光溜，争忍花前不醉归。

◎ **作者简介** 邵雍（1011—1077），字尧夫，自号安乐先生，世称百源先生。祖籍范阳（治今河北涿州），幼随父迁居卫州共城（今河南辉县）。北宋哲学家、诗人。少有志，居苏门山百源上，读书耕地，自得其乐。著有《观物篇》《先天图》《伊川击壤集》《皇极经世》等。

◎ **注释** ①〔插花〕戴花。②〔酒卮〕酒杯。③〔两世〕古人称三十年为一世，两世即六十年。④〔四朝〕指作者所经历的宋真宗、仁宗、英宗、神宗四代皇帝。⑤〔筋骸〕筋骨。⑥〔芳菲〕花草芳香丰茂。⑦〔酒涵花影〕酒中映照着花的影子。⑧〔红光溜〕花影在酒光中流光溢彩。⑨〔争忍〕怎么舍得。

◎ **译文** 头上的花枝光照酒杯，酒杯中映着美好花枝。亲身经历两世太平日子，眼见过四朝全盛之时。况且我的筋骨还算康健，更遇上好时节花草艳丽。美酒里花影红光流溢，怎舍得不在花前醉后归去！

◎ **赏析** 这是一首仄起、首句入韵的七律，热情地赞颂了作者所处的时代。作者把芳菲的春景、闲适的生活和整个社会状况联系起来，表达了内心极度的欢愉，写得真实自然，毫无粉饰太平之嫌。首联说：头上的花枝光照酒杯，酒杯中映着美好花枝。头上插花者即是年过花甲的作者自己。头插花枝，饮酒为欢，花照美酒，美酒映花，有鲜花与美酒，快乐就充满了诗人的心。一开篇，便表现出作者那种悠然自得、圆融自乐的神态。颔联、颈联说：亲身经历两世太平日子，眼见过四朝全盛之时。况且我的筋骨还很康健，更遇上好时节花草艳丽。诗人一生已度过了六十年的太平岁月，亲历了宋真宗、仁宗、英宗、神宗四朝的盛世，再加上身体康健，时节芳菲，诗人的心完全沉醉于幸福中。尾联说：美酒里花影红光流溢，怎舍得不在花前醉后归去！他笑眯着醉眼，看着眼前的酒杯。只见杯中映着花影，他一生的乐事都如同被召唤到了眼前，所以痛饮到大醉方归。邵雍这首诗纯用口语，吸收了民歌俚曲的因素，又略带打油诗的意味，具有一种幽默感和趣味性，充溢着浓郁的太平和乐气氛。语言节奏流畅，"花""酒"等字反复回环出现，也显得快乐惬意，从中可以看出北宋开国后"百年无事"的升平景象。

寓 意

晏殊

油壁香车不再逢，峡云无迹任西东。
梨花院落溶溶月，柳絮池塘淡淡风。
几日寂寥伤酒后，一番萧索禁烟中。
鱼书欲寄何由达，水远山长处处同。

◎**作者简介** 晏殊（991—1055），字同叔，抚州临川（今属江西）人。北宋著名文学家、政治家。以词著于文坛，尤擅小令，风格含蓄婉丽，与其子晏几道并称"大晏"和"小晏"，又与欧阳修并称"晏欧"，亦工诗善文。原有集，已散佚。存世有《珠玉词》等。

◎**注释** ①〔油壁香车〕古人乘坐的一种车子。车壁用油漆涂饰。这里形容车精美漂亮。②〔峡云〕巫山峡谷上的云彩。此处喻指诗人心目中的恋人。③〔溶溶〕月光似水流动。④〔淡淡〕风轻轻吹。⑤〔伤酒〕因过量饮酒而导致身体不适。⑥〔萧索〕萧条，凄凉。⑦〔禁烟中〕指寒食节。⑧〔鱼书〕即书信。古代信封是用两块鱼形木片合成的。⑨〔何由达〕倒装句，即"由何达"，如何送达。

◎ **译文**　油壁香车里的女子再也见不到了，她就像巫峡上的云行踪不定。院落里梨花沐浴在如水的月光中，池塘边柳絮飘舞吹来阵阵微风。这几天很寂寞，喝多了酒伤了身体，眼前一片萧索在寒食禁烟中。写好信不知如何才能寄给她，高山远水阻隔处处相同！

◎ **赏析**　这首仄起、首句入韵的七律是抒写别后相思的恋情诗。首联追叙离别时的情景。油壁香车里的女子再也见不到了，她就像巫峡上的云行踪不定，因而引起作者深深的怀念。颔联说：院落里梨花沐浴在如水的月光中，池塘边柳絮飘舞吹来阵阵微风。这是寓情于景，回忆当年花前月下的美好生活。诗人选取了"梨花院落""柳絮池塘"两个美好意象，展示当年恋人的似水柔情。"溶溶""淡淡"两个叠词不仅描绘出风月，还融合进了缠绵的柔情。颈联说：这几天很寂寞，喝多了酒伤了身体，又是寒食禁烟日，一片萧索在眼中。这两句叙述自己寂寥萧索的处境，揭示伊人离去之后自己孤单的状态。尾联说：写好信不知如何才能寄给她，高山远水阻隔处处相同！表达对所恋之人的刻骨相思之情。"鱼书欲寄何由达"照应"峡云无迹任西东"，因其行踪不定，所以即使写好书信也难以寄到她的手中，这是恨离怨别的根源。从诗意看，作者所怀念的很可能是一位浪迹天涯的歌女。此类题材在晏殊的词中随处可见。晏殊这首诗与他的词风格、情调相近，委婉深涵，清新流丽，韵味浓郁，打破了"诗庄词媚"的惯例。

寒食书事

赵鼎

寂寞柴门村落里，也教插柳纪年华。

禁烟不到粤人国，上冢亦携庞老家。

汉寝唐陵无麦饭，山溪野径有梨花。

一樽竟藉青苔卧，莫管城头奏暮笳。

◎**作者简介**　赵鼎（1085—1147），字元镇，自号得全居士，解州闻喜（今属山西）人。宋高宗时政治家、词人。被称为南宋"中兴贤相"之首，与李纲、胡铨、李光并称为"南宋四名臣"。著有《忠正德文集》《得全居士词》等。

◎**注释**　①〔也教〕也得。②〔插柳〕古时寒食节有在门上插柳的习俗。③〔粤人国〕指广东、广西等地。④〔冢〕坟墓。⑤〔庞老〕即庞德公，东汉襄阳人。清明时，他携全家老小上山扫墓。这里指村民们举家上坟。⑥〔汉寝唐陵〕汉唐时代帝王的坟墓。⑦〔麦饭〕祭祀用的饭食。⑧〔樽〕酒杯。⑨〔藉〕垫着。⑩〔笳〕古代北方民族的一种乐器，类似笛子。

◎**译文**　寂寞的寒食节柴门冷落，每家门上都插了柳枝记住岁月。粤地虽没有禁烟火的习俗，但扫墓也像庞德公那样带全家去做。汉唐帝王的陵寝无人携麦饭去祭奠，山溪野径旁有梨花朵朵。喝醉了就在青苔地上躺卧，不管城头上吹起黄昏笳乐。

◎**赏析**　这是一首仄起、首句不入韵的七律，当是诗人被贬琼州时所作。虽题为《寒食书事》，但写的是寒食和清明两个节日。首、颔两联写的是琼州当地民间的风俗。因古时琼州为蛮荒之地，寒食节"禁烟"的风俗没有流传到这里。这四句诗可说是南宋时琼州寒食节、清明节风俗的真实记载。颈联写诗人所见：汉唐帝王的陵寝无人携麦饭去祭奠，山溪野径旁有梨花朵朵。诗人从村民举家上坟，进而联想到帝王陵墓因时过境迁，无人凭吊，连一碗粗糙的饭食也无人祭献。这个鲜明的对比，反映了诗人对宋朝当权者的不满，以及当时处于贬谪逆境中的苦闷、痛楚心情。尾联写所感所闻：我还是开怀畅饮吧，醉后卧在青苔之上，不去管城头上吹起黄昏笳乐。这其实是激愤之语，是诗人当时处于贬谪的逆境中的苦闷、痛楚甚至绝望心情的反映。实际上，赵鼎并没有因为被贬而屈服，他在作品中抒发的，是报国无门这样一种无可奈何的痛苦心情。诗人正是怀着这种恨世不平的情感，在琼州绝食而死。这首诗联想自然，感情真挚，在豪放旷达中极富生活情趣，是诗人作品中较有影响的一首。

清 明

黄庭坚

佳节清明桃李笑，野田荒冢只生愁。

雷惊天地龙蛇蛰，雨足郊原草木柔。

人乞祭余骄妾妇，士甘焚死不公侯。

贤愚千载知谁是？满眼蓬蒿共一丘。

◎**注释**　①〔笑〕指花朵绽开，如笑脸一般。②〔龙蛇蛰〕龙蛇出洞。蛰，本指动物冬眠时伏在土中或洞穴里，这里指惊起。③〔"人乞"句〕《孟子·离娄下》中说，有个齐国人，每天乞讨人家祭奠死人的残酒剩饭，回到家中就向妻妾炫耀被富贵人家款待。妻妾生疑后，就跟踪他，结果发现了真相。④〔"士甘"句〕《左传》中记载，春秋时期的介子推，宁愿被烧死于绵山的树林中，也不愿出山接受晋文公的封赏。后人为了纪念他，定他的忌日为寒食节。不公侯，不出来做官。⑤〔贤愚〕贤明和愚蠢。⑥〔是〕对，正确。⑦〔蓬蒿〕指生长在坟墓上的杂草。⑧〔丘〕此处指坟墓。

◎**译文**　清明时节桃李花纷纷绽开笑脸，田野间的荒坟使人心里感到难过。春雷惊醒了蛰伏的动物，春雨下足了，田野春草柔弱。有个齐人在墓地偷吃祭品还对妻妾撒谎夸耀，介子推宁愿烧死也不做王侯公爵。无论智愚高低，千载后谁能确认，最后都是满眼蓬蒿荒坟一座。

◎**赏析**　这首仄起、首句不入韵的七律（首句第二字"节"今读jié，阳平声，但旧读入声，屑韵，故为"仄起"），是诗人触景生情之作。通篇运用对比手法，抒发了人生无常的慨叹。首联说：清明时节桃李花纷纷绽开笑脸，田野间的荒坟使人心里感到难过。这两句以清明时节桃李欢笑与荒冢生愁构成对比，流露出对世事无情的叹息。颔联笔锋一转，展现了自然界万物复苏的景象：春雷惊醒了蛰伏的动物，春雨下足了，田野春草柔弱。颈联说：有个齐人在墓地乞讨祭品还对妻子撒谎夸耀，介子推宁愿烧死也不做王侯公爵。由清明扫墓想到齐人乞食，由寒食禁烟想到介子推焚死，这一系列的联想，齐人和介子推的鲜明对比，体现了诗人的价值取向。尾联说：无论智愚高低，千载后谁能确认，最后都是满眼蓬蒿，荒坟一座。诗人看到大自然的一片生机，想到的却是人世间不可逃脱的死亡的命运，这与诗人受禅宗思想的浓厚影响是分不开的。诗人肯定了介子推的人生价值取向，鞭挞了"乞祭余"者的丑恶，看似消极，实则愤激。

清 明

高翥

南北山头多墓田，清明祭扫各纷然。
纸灰飞作白蝴蝶，泪血染成红杜鹃。
日落狐狸眠冢上，夜归儿女笑灯前。
人生有酒须当醉，一滴何曾到九泉！

◎**作者简介** 高翥（zhù），生卒年不详，字九万，自号菊磵（jiàn），余姚（今属浙江）人。南宋诗人，是"江湖派"诗人中极富才情的一个。黄宗羲曾赞其为"千年以来，余姚人中的'诗祖'"。

◎**注释** ①〔墓田〕坟地。②〔泪血染成红杜鹃〕指上坟祭扫的人像啼血的杜鹃一样哀痛。③〔何曾〕几曾，什么时候。④〔九泉〕也称黄泉或阴间，迷信中人死后所在的地方。

◎**译文** 南山北山上到处都是墓地，清明扫墓的人纷纷乱乱。焚烧的纸灰像白蝴蝶到处飞舞，哀哭如杜鹃鸟啼时要吐血一般。晚上有狐狸躺在坟上睡觉，夜里上坟归来的儿女们欢笑在灯前。因此，人活着有酒就应当痛饮一醉方休，人死之后，祭祀的酒哪有一滴流到阴间！

◎**赏析** 这是一首仄起、首句入韵的七律。首联两句是写远景：南山北山上到处都是墓地，清明扫墓的人纷纷乱乱。一句写景，一句写人。"各"指每家祭扫自家的墓，"纷然"指人数众多。颔联两句说：烧焚的纸灰像白蝴蝶到处飞舞，扫墓的人哀哭如杜鹃鸟啼时要吐血一般。为什么要写纸灰作蝴蝶，泪血成杜鹃？因为庄周化蝶，蝴蝶就是沟通阴阳两界的使者；杜鹃啼血，更有情感的震撼力。颈联承接上句说：晚上独有狐狸躺在坟上睡觉，夜里上坟归来的儿女们欢笑在灯前。白天祭扫纷然的墓田变得冷清，白天痛哭"泪血"的儿女在灯前欢笑。这里通过与前两联的对比，表达了人死后万事皆空的感慨。因此尾联说：人活着有酒就应当痛饮一醉方休，人死之后，祭祀的酒哪有一滴流到阴间。这是诗人愁极无奈，故作旷达。诗人尚在阳间，就已经想到死后别人祭祀他的酒他一滴也尝不到，何其悲凉！

郊行即事

程颢

芳原绿野恣行时，春入遥山碧四围。

兴逐乱红穿柳巷，困临流水坐苔矶。

莫辞盏酒十分劝，只恐风花一片飞。

况是清明好天气，不妨游衍莫忘归。

◎**注释** ①〔恣行〕任意玩赏，纵情游乐。恣，尽情游赏。②〔兴〕兴致。③〔乱红〕指落花。④〔苔矶〕水边长满苔藓的石块。矶，水边突出的石块。⑤〔游衍〕尽情游玩。

◎**译文** 我在长满芳草花卉的原野上尽情地游玩，春色已到远山，四周碧绿一片。乘着兴致追逐飘飞的红色花瓣，穿过柳丝飘摇的小巷；对着溪流，坐在长满青苔的石头上休息。休要辜负十分诚挚劝酒的心意，只怕是风吹花落，花瓣会一片片飞散。况且今日是清明佳节，又遇着晴朗的好天气，尽情游乐不要乐而忘返。

◎**赏析** 这是一首平起、首句入韵的七律，描写了清明节春天原野上清新的景致，劝说世人珍惜友情和时光。首联写：我在长满芳草花卉的原野上尽情地游玩，春色已到远山，四周碧绿一片。一个"入"字，写出春绿青山的动态，这是写郊外踏春。颔联说：乘着兴致追逐飘飞的红色花瓣，穿过柳丝飘摇的小巷；对着溪流，坐在长满青苔的石头上休息。"逐"字把寻春的兴致写得很形象。颈联说：休要辜负十分诚挚劝酒的心意，只怕是风吹花落，花瓣会一片片飞散。"只恐"二字表达出惜春之情，怕这美好春光被风中飘落的花瓣带走。面对渐飘渐远的落花，诗人也许会想到时间的珍贵，会想到聚少离多的朋友。人生中那些美好的时刻和事物，终究有一天也会烟消云散，不如抓住目前，珍惜今天所有的美好。这一联写出诗人的感慨。尾联劝勉人们说：况且今日是清明佳节，又遇着晴朗的好天气，尽情游乐但不要乐而忘返。程颢是理学家，他的诗中有理趣，细读这首诗，便有一种思考嵌在字里行间。

秋 千

僧惠洪

画架双裁翠络偏，佳人春戏小楼前。

飘扬血色裙拖地，断送玉容人上天。

花板润沾红杏雨，彩绳斜挂绿杨烟。

下来闲处从容立，疑是蟾宫谪降仙。

◎**作者简介**　僧惠洪（1071—1128），一作慧洪，又名德洪。俗姓彭，字觉范，筠州新昌（今江西宜丰）人。宋代著名诗僧。工书擅画，与黄庭坚有交往，诗作笔力颇健。

◎**注释**　①〔画架〕彩色的秋千架。②〔翠络〕秋千上翠绿的彩绳。③〔玉容〕娇美的容颜。④〔花板〕彩色的秋千踏板。⑤〔红杏雨〕如雨般飘落的红杏花瓣。⑥〔谪降仙〕被贬谪到凡间的仙子。

◎**译文**　彩色的秋千架拴着的两条彩绳飘向一端，年轻女子春天戏耍在小楼前。摇曳的猩红裙子拖过地面，摆荡的秋千要把她送上青天。杏花瓣雨点般飘落在秋千的踏板上，彩绳斜挂在好像绿烟的杨柳间。当她从容地下了秋千潇洒地站立时，好似月宫里的仙子降临凡间。

◎**赏析**　这是一首仄起、首句入韵的七律，描写佳人打秋千的情景。首联说：彩色的秋千架拴着的彩绳飘向一端，年轻女子春天戏耍在小楼前。这是一架色彩很鲜艳的秋千架，何况上面还有个佳人呢！颔联即具体写这个打秋千的女子：摇曳的猩红裙子拖过地面，摆荡的秋千要把她送上青天。"断送玉容"，可能指娇美的容颜吓得变了颜色。颈联着重写秋千：杏花瓣雨点般飘落在秋千的踏板上，彩绳斜挂在好像绿烟的杨柳间。秋千悠荡在杏花雨和绿烟中，何其美丽！也只有这样的秋千才能和佳人相配。尾联用嫦娥赞美佳人：当她从容地下了秋千潇洒地站立时，好似月宫里的仙子降到人间。能把荡秋千写得这样活色生香，是难能可贵的。

曲江（二首）

杜甫

其一

一片花飞减却春，风飘万点正愁人。

且看欲尽花经眼，莫厌伤多酒入唇。

江上小堂巢翡翠，苑边高冢卧麒麟。

细推物理须行乐，何用浮名绊此身？

◎ **注释**　①〔曲江〕即曲江池，在今陕西西安东南。唐朝时是游赏胜地。②〔伤多〕太多。③〔翡翠〕即翡翠鸟。④〔苑边〕指芙蓉苑边。⑤〔高冢〕这里指帝王将相高大的坟墓。⑥〔麒麟〕指墓道旁的石兽。⑦〔细推物理〕细细推究事物的道理。⑧〔浮名〕虚名。

◎ **译文**　落下一片花瓣，让人感到春色已减；如今风把成千上万的花瓣吹落，怎不令人发愁？且看眼前的花即将开尽，也不再厌烦过多的酒入口伤身。翡翠鸟在曲江边的小楼里筑巢，芙蓉苑旁高坟边倒卧着石麒麟。仔细推究事物的道理，就应及时行乐，何必让虚浮的名声束缚自身？

◎ **赏析**　这两首诗写于乾元元年（758）暮春。杜甫时任左拾遗，当时"安史之乱"还在继续。诗人在诗中把曲江与大唐融为一体，以曲江的盛衰比拟大唐的盛衰，将全部的哀思寄于曲江这一意象中，从侧面形象地写出了世事的变迁。第一首是仄起、首句入韵的七律，写诗人在曲江看花喝酒，布局出神入化，抒情淋漓尽致。首联说：落下一片花瓣，让人感到春色已减；如今风把成千上万的花吹落，怎不令人发愁？在曲江看花吃酒，正遇"良辰美景"，可称"赏心乐事"了，但作者说"愁"，一开始就表现出无可奈何的惜春情绪，用"风飘万点""正愁人"把惜春心情表现得更充分。颔联说：且看眼前的花即将开尽，也不再厌烦过多的酒入口伤身。眼睁睁地看着枝头残花一片一片地被风吹走，心中惋惜之情可想而知。一片花飞已愁，风飘万点更愁，枝上残花继续飘落，即将落尽，愁上添愁。因而虽酒已"伤多"，却禁不住继续"入唇"。颈联说：翡翠鸟在曲江边的小楼里作巢，芙蓉苑旁高坟边倒卧着石麒麟。人生易老，最终都会走向死亡的，哪怕是高高在上的王公贵族也无法逃避。尾联说：仔细推究事物的道理就应及时行乐，何必让虚浮的名声束缚自身。联系全篇来看，所谓"浮名"就是他那从八品左拾遗的官职。诗人因为疏救房琯，触怒了肃宗，从此，为肃宗所疏远。作为谏官，他的意见却不被采纳，还有招灾惹祸的危机，因此这虚名不要也罢。然而"细推物理须行乐"，其实是激愤之语，当不得真。

其二

朝回日日典春衣，每日江头尽醉归。

酒债寻常行处有，人生七十古来稀。

穿花蛱蝶深深见，点水蜻蜓款款飞。

传语风光共流转，暂时相赏莫相违。

◎注释 ①〔朝回〕退朝归来。②〔典〕典当，抵押。③〔江头〕江边。④〔酒债〕赊欠的酒钱。⑤〔寻常〕往往，一般。⑥〔行处〕到处。⑦〔深深〕在花丛深处。⑧〔款款〕轻缓。⑨〔风光〕春光。⑩〔流转〕逗留盘桓。

◎译文 退朝回来，天天去典当春天穿的衣服，换来钱每天到江头买酒，直到喝醉了才肯回归。到处都欠着酒债，那是寻常小事，自古以来很少有人能够活到七十岁。蝴蝶在花丛深处穿梭往来，蜻蜓在水面点水缓缓地飞。请传话给春光，让我与春光一起逗留吧，虽是短时相欣赏，但也不要违背！

◎赏析 这第二首是平起、首句入韵的七律。首句说：退朝回来，天天去典当春天穿的衣服，换来钱每天到江头买酒，直到喝醉了才肯回归。时当暮春，长安天气暖和，春衣才派上用场。按理说，即使穷到要典当衣服的程度，也应该先典冬衣，如今竟然典起春衣来，可见冬衣已经典光。"日日典春衣"，不过是为了"每日江头尽醉归"。颔联说：到处都欠着酒债，那是寻常小事，自古以来很少有人能够活到七十岁。"寻常行处"，既包括了曲江，又不限于曲江。"人生七十古来稀"，意谓人还能活多久，既然不得行其志，就且尽生前有限杯吧！这是诗人的愤激之言。颈联说：蝴蝶在花丛深处穿梭往来，蜻蜓在水面点水缓缓地飞。这是无比恬静、自由、美好的境界，可是这样的境界还能存在多久呢？尾联说：请传话给春光，让我与春光一起逗留吧，虽是暂时相欣赏，但也不要违背！失掉明媚的春光，这样恬静、自由、美好的境界也就不复存在了。诗人以情观物，物皆有情，因而"传语风光"说："可爱的风光啊，你就同穿花的蝴蝶、点水的蜻蜓一起流转吧，好让我欣赏一下，哪怕只是暂时的。"

黄鹤楼

崔颢

昔人已乘黄鹤去，此地空余黄鹤楼。

黄鹤一去不复返，白云千载空悠悠。

晴川历历汉阳树，芳草萋萋鹦鹉洲。

日暮乡关何处是？烟波江上使人愁。

◎ **注释** ①〔黄鹤楼〕故址在湖北武汉的武昌区。传说古代有一位名叫费祎的仙人，在此乘鹤登仙，故称黄鹤楼。②〔昔人〕指传说中的仙人。③〔空悠悠〕喻世事茫茫。④〔晴川〕指白日照耀下的汉江。⑤〔汉阳〕地名，即今湖北省武汉市汉阳区，与武昌黄鹤楼隔江相望。⑥〔萋萋〕青草茂盛的样子。⑦〔鹦鹉洲〕原在汉阳西南长江中，后被江水冲没。据《后汉书》记载，汉代黄祖担任江夏太守时，在此大宴宾客，有人献上鹦鹉，故称鹦鹉洲。

◎ **译文** 昔日的仙人已乘着黄鹤飞去，这地方只留下空荡荡的黄鹤楼。黄鹤一去再也没有返回这里，千百年来只有白云飘飘悠悠。白日照耀下的汉江之畔，汉阳的碧树历历可辨，还能看见芳草茂盛的鹦鹉洲。黄昏已来，不知何处是我家乡，江面上烟波浩渺怎不令人发愁！

◎**赏析** 这首平起、首句入韵的七律是咏黄鹤楼的名作，即便是大诗人李白也有"眼前有景道不得，崔颢题诗在上头"之叹，因为崔颢的这首诗实在是太高妙了。他将黄鹤楼的历史传说与人生的感慨写得如此空灵，如此真实，不仅情景交融，而且时空转换自然，意境深远而又不晦涩，信手拈来，读之如行云流水，一泻而下。首联说：昔日的仙人已乘着黄鹤飞去，这地方只留下空荡荡的黄鹤楼。诗人起笔从黄鹤楼久远的传说写起，无疑为黄鹤楼罩上了一层神秘虚幻的色彩。颔联说：黄鹤一去再也没有返回这里，千百年来，只有白云飘飘悠悠。仙人乘鹤而去了，而且再也没有回来过。在这漫长的年月里，黄鹤楼有什么变化吗？没有。"白云千载空悠悠"，是说千百年来白云依然在空中飘来荡去，并没有因黄鹤一去不返而有所改变。颈联说：汉阳的碧树历历可辨，还能看见芳草茂盛的鹦鹉洲。诗人笔锋一转，由写传说中的仙人、黄鹤及黄鹤楼，转而写诗人眼前登黄鹤楼所见，由写虚幻的传说转为实写眼前的所见景物，描绘了一个空阔、悠远的画面，为引发诗人的乡愁作了铺垫。尾联说：黄昏已来，不知何处是我家乡，江面上烟波浩渺怎不使人发愁！这是诗人感叹人生，思念故园。至此，诗人的真正意图才显现出来，吊古是为了伤今，抒发人生之失意，抒发思乡之情怀。全篇起、承、转、合自然流畅，没有一丝斧凿痕迹。这首诗没有受制于格律：首联两句中，五、六字同出"黄鹤"，颔联第一句几乎全用仄声，颔联第二句又用"空悠悠"这样的三平调煞尾；全诗不拘泥于对仗，用的全是古体诗的句法。崔颢是依据诗"以立意为要"和"不以词害意"的原则进行创作。此外，双声、叠韵的多次运用，如"黄鹤""复返"等双声词，"此地""江上"等叠韵词组，以及"悠悠""历历""萋萋"等叠音词，使此诗音韵铿锵，具有清朗和谐的音乐美。

旅 怀

崔涂

水流花谢两无情，送尽东风过楚城。

蝴蝶梦中家万里，杜鹃枝上月三更。

故园书动经年绝，华发春催两鬓生。

自是不归归便得，五湖烟景有谁争？

◎ **作者简介**　崔涂（850—？），字礼山。浙江富春江一带人。唐末诗人。唐僖宗光启四年（888）进士。长期在巴、蜀、秦、陇等地游历，故诗多别恨羁愁之作。写景抒情，亦有佳句，唯情调偏于抑郁低沉。有《崔涂诗集》。《全唐诗》存其诗一卷。

◎ **注释**　①〔楚城〕泛指湖南、湖北一带的城市，战国时期为楚国领地，故称楚城。②〔蝴蝶梦〕引用"庄周化蝶"的典故。诗人借此说自己梦中化作蝴蝶飞回家乡。③〔经年〕常年。④〔归便得〕要回去就可以回去。⑤〔五湖烟景〕五湖，太湖流域一带湖泊的泛称。烟景，风景。这里以五湖烟景比喻诗人的家乡。

◎ **译文**　流水和落花本来就很无情，把春风全都送过了楚城。梦里化作蝴蝶，飞到万里外的家乡；杜鹃在枝上啼唤，正是月上三更。家乡已经很久不通书信，春风吹得两鬓白发生。家乡想回还是回得去的，但我自己不想回去，五湖烟雨迷蒙的风景有谁去争？

◎ **赏析**　这是一首平起、首句入韵的七律。此诗是崔涂客居湘鄂时所作。首联说：流水和落花本来就很无情，把春风全都送过了楚城。开篇渲染出一片暮春景色：春水远流，春花凋谢，流水落花春去也。诗人感叹春光易逝，岁月无情。不是春风送诗人回故乡，而是诗人在异乡送春归。一个"送"字，表达了诗人凄楚的情怀。颔联说：梦里化作蝴蝶，飞到万里外的家乡；杜鹃在枝上啼唤，正是月上三更。这两句对仗工整，韵律和谐，创造出一种凄迷幽深的情境，是千古传诵的名句。听着子规啼，想着蝴蝶梦，游子的内心是非常痛苦哀伤的。颈联则直接诉说思乡之苦：家乡已经很久不通书信，春风吹得两鬓白发生。"书动经年绝"还暗示当时社会动荡不安，诗人愁家忧国，以致白发满头。一个"催"字，更加突出了他内心愁苦之深。尾联两句更耐人寻味：家乡想回还是回得去的，但我自己不想回去，五湖烟雨迷蒙的风景有谁去争？这首诗深刻地反映了诗人在政治上走投无路的苦闷、彷徨心理，情切境深，风格沉郁。

寄李儋元锡

韦应物

去年花里逢君别，今日花开又一年。
世事茫茫难自料，春愁黯黯独成眠。
身多疾病思田里，邑有流亡愧俸钱。
闻道欲来相问讯，西楼望月几回圆。

◎**注释** ①〔李儋（dān）元锡〕李儋，字元锡，作者密友，曾任殿中侍御史。②〔春愁〕因春季来临而引起的愁绪。③〔黯黯〕一作"忽忽"。低沉暗淡。④〔思田里〕想念田园乡里，即想到归隐。⑤〔邑有流亡〕指在自己管辖的地区内还有百姓流亡。⑥〔愧俸钱〕感到惭愧的是自己食国家的俸禄，而没能使百姓安定下来。俸钱，指俸禄、薪水。

◎**译文** 去年花开时节我和你分别，如今又是一年花开时节。世事渺茫很难预料自己的命运，黯然的春愁让我孤枕难眠。身躯多病让我想归隐田园，看着流亡的百姓我愧对国家的俸钱。早听说你将要来此地与我相见，我多次上西楼眺望，几回看到明月圆。

◎**赏析** 这是一首平起、首句不入韵的七律，是韦应物晚年在滁州刺史任上的作品，大约作于唐德宗兴元元年（784）春天。唐德宗建中四年（783），暮春入夏时节，韦应物从尚书比部员外郎调任滁州刺史，离开长安，秋天到达滁州任所。李儋是韦应物的好友，在长安与韦应物分别后，曾托人问候。次年春天，韦应物写了这首诗寄赠以答。诗中叙述了别后的思念和盼望，抒发了国乱民穷造成的内心矛盾和苦闷。首联说：去年花开时节我和你分别，如今又是一年花开时节。以花里逢别起，即景勾起往事，有欣然回忆的意味；而以花开一年比衬，则不仅有时光飞逝之叹，更流露出对别后境况萧索的感慨。颔联说：世事渺茫很难预料自己的命运，黯然的春愁让我孤枕难眠。这是写诗人自己的烦恼苦闷。"世事茫茫"是指国家的前途，也包含个人的前途。当时长安尚为朱泚（zǐ）盘踞，皇帝逃难在奉先，消息不通，情况不明。在这种形势下，诗人感慨自己无法料想国家及个人的前途，迷茫无助。颈联说：诗人身躯多病想归隐田园，看着流亡的百姓感到愧对国家的俸禄。这是具体写自己的思想矛盾。正因为他有志而无奈，所以多病更促使他想辞官归隐；但因为他忠于职守，看到百姓贫穷逃亡，自己未尽职责，于国于民都有愧，所以他不能一走了之。在这样进退两难的矛盾处境下，诗人十分需要朋友的慰勉。尾联说：听说友人要来探望自己，因而多次上西楼眺望，但久盼不至，以感激友人的问候和亟盼友人来访作结。这首诗的思想境界较高，尤其是"身多疾病思田里，邑有流亡愧俸钱"两句，自宋代以来，受到读者的广泛赞扬。

江 村

杜甫

清江一曲抱村流，长夏江村事事幽。

自去自来梁上燕，相亲相近水中鸥。

老妻画纸为棋局，稚子敲针作钓钩。

多病所需惟药物，微躯此外复何求。

◎**注释** ①〔清江〕清澈的江水。江，指锦江，岷江的支流，在成都西郊的一段称浣花溪。②〔稚子〕指作者年幼的儿子。③〔微躯〕微贱的身躯。这里是作者自谦之词。

◎**译文** 清澈的江水曲折地绕村流过，长长的夏日里村中的一切都很清幽。梁上的燕子来去自由地飞，相亲相近的是水中的白鸥。老妻用纸画了一个棋盘，小儿子敲打缝针做了一个钓鱼钩。身体多病只需要一点儿药物，微贱的身躯此外还有什么奢求！

◎**赏析** 这是一首平起、首句入韵的七律。唐肃宗上元元年（760）夏，诗人在朋友的资助下，在四川成都郊外的浣花溪畔盖了一间草堂，在饱经战乱之苦后，生活暂时得到了安宁，妻子儿女同聚一处，重新获得了天伦之乐。这首诗正作于此时。首联说以"清"称浣花溪，大概是喜爱它悠悠然绕村而流。"抱村流"用拟人的手法写出了浣花溪的可爱，同时也照应了"江村"的诗题。开头两句，就定下了全诗的基调。颔联写新建的草堂刚刚落成，就有小燕子轻快地飞过来又飞过去；江上两只白鸥在轻柔地浮游，像一对相亲相爱的情侣。景语即是情语，诗人安适快乐的情感就由燕子和白鸥体现出来。颈联说：老妻用纸画了一个棋盘，小儿子敲打缝针做了一个钓鱼钩。这两句捕捉到生活中最普通的画面，传达出亲情的温馨和生活的闲适。尾联说：身体多病只需要一点儿药物，微贱的身躯此外还有什么奢求呢！这两句看似庆幸、表示满足的话，仔细读来，其实不知潜藏着多少悲苦和辛酸。杜甫能够居住在成都草堂，全靠友人的帮助，眼前虽有这样的和乐与安宁，却是建立在别人帮助的基础上的。这语言越是平静从容，越是让读者心感酸楚。从艺术角度来看，这首诗写法精严而又流转自然；字句精练、刻画细微，而又让人无迹可寻。这是杜甫律诗的老到之处。按一般律诗的规矩，颔、颈两联同一联中忌有复字，首尾两联的句子，要求虽不那么严格，但也应该尽可能避复字。这首诗首联"江"字、"村"字皆出现两次，却给人一种轻快俊逸的感觉，更体现了杜诗用字的凝练与精准。

夏 日

张耒

长夏江村风日清，檐牙燕雀已生成。
蝶衣晒粉花枝舞，蛛网添丝屋角晴。
落落疏帘邀月影，嘈嘈虚枕纳溪声。
久斑两鬓如霜雪，直欲樵渔过此生。

◎**作者简介** 张耒（lěi）（1054—1114），字文潜，号柯山，人称宛丘先生。祖籍亳州谯县（今安徽亳州），后迁至楚州淮阴（今江苏淮安）。北宋著名诗人。曾从学于苏轼，是"苏门四学士"之一。其诗学白居易、张籍，如《田家》《输麦行》多反映下层人民的生活，以及自己的生活感受，风格平易晓畅。著作有《柯山集》五十卷等。

◎**注释** ①〔檐牙〕指屋檐。因屋檐如牙齿一般，故称。②〔蝶衣〕指蝴蝶翅膀。

③〔晒粉〕晒翅膀上的粉。④〔落落〕稀疏的样子。⑤〔嘈嘈〕形容水流声的嘈杂。⑥〔虚枕〕瓷枕。宋代夏日习用瓷枕,中空。⑦〔樵渔〕樵夫和渔夫。

◎**译文** 　长长夏日里江村风清日丽,屋檐上小燕雀羽翼都已长成。蝴蝶展翅飞舞在花枝上晒粉;在晴朗的天气里,蜘蛛织网在屋角中。疏疏落落的帘子透进月影,斜倚枕上听着潺潺溪水声。久已花白的鬓发像霜雪一样,真想做个樵夫或渔翁度过这一生!

◎**赏析** 　这首仄起、首句入韵的七律,是诗人罢官闲居乡里之作。诗人罢官还乡之后,以此为题作诗三首,这是其中之一。作品通过对夏日燕雀、蝴蝶、蜘蛛等动态事物的描写,表现了诗人对清静、安宁的生活的喜爱,抒发了诗人淡泊名利、厌倦世俗、不愿与世相争的高洁情怀和对村野田园生活的向往。首联说:长长夏日里江村风清日丽,屋檐上小燕雀羽翼都已长成。这一联写的是诗人对农村夏日的总体印象。夏日难得有清爽的天气,而对于城市和官场来说,农村也愈显清静。"清"字也包括心境的"清"。颔联说:蝴蝶展翅飞舞在花枝上晒粉;在晴朗的天气里,蜘蛛织网在屋角中。这两个细节描写,也给人幽深宁静之感。在以上两联中,诗人通过对燕雀、蝴蝶、蜘蛛等动态事物的描写,衬托出乡村生活的恬静,昼日消夏的赏心悦目,以及乡村生活生意盎然的情趣,流露出诗人对乡村生活的喜爱与向往。颈联说:疏疏落落的帘子透进月影,斜倚枕上听着潺潺溪水声。这一联写的是诗人夜里的所见、所闻和所感。"邀"字极为传神地把月影写成了有情之物,"纳"字把溪声视觉化,化无形为有形,流露出诗人对月影、溪声的欣赏和喜爱之情,也表明作者的心已清静如洗。尾联说:久已花白的头发像霜雪一样,真想做个樵夫或渔翁度过这一生!诗人已经两鬓如霜,也早已厌倦世俗官场,眼前这乡村环境如此宜人,于是产生了退居村野过此一生的念头。

积雨辋川庄作

王维

积雨空林烟火迟，蒸藜炊黍饷东菑。

漠漠水田飞白鹭，阴阴夏木啭黄鹂。

山中习静观朝槿，松下清斋折露葵。

野老与人争席罢，海鸥何事更相疑？

◎**注释** ①〔积雨〕久雨不晴。②〔辋川庄〕王维晚年隐居的别墅，在今陕西终南山。③〔烟火迟〕空气湿润，烟火上升迟缓。④〔藜〕一种植物，嫩叶可食。⑤〔饷东菑〕往东边的田里去送饭。饷，给在田间劳动的人送饭。菑，已经开垦了一年的田地，泛指农田。⑥〔夏木〕高大的树木，犹乔木。夏，大。⑦〔习静〕习养静寂的心性。⑧〔朝槿〕即木槿，夏秋之交开花，朝开暮谢，是人生无常的象征。⑨〔清斋〕吃素。⑩〔葵〕一种蔬菜。霜露之时，葵最美好，故称"露葵"。⑪〔野老〕山野老人，这里是诗人自称。⑫〔争席〕争抢宴席上的座位。指人与人之间融洽无间，不拘礼节。暗示自己要隐退山林，与世无争。典出《庄子·杂篇·寓言》：杨朱去跟随老子学道，路上旅舍主人欢迎他，客人都给他让座。学成归来，旅客们却不再让座，而与他"争席"，说明杨朱已得自然之道，与人们没有隔膜了。诗人借用杨朱的典故表明自己已得自然之道，与人无碍，与世无争。⑬〔何事〕一作"何处"。

◎**译文** 连日雨后，树木稀疏的村落里炊烟慢慢升起，烧好的粗茶淡饭送到村东田中。广阔平坦的水田上，一行白鹭掠空而飞；田野边繁茂的树林中，传来黄鹂婉转的啼声。我在山中修身养性，观赏朝槿晨开晚谢；在松下吃着素食，和着露折葵不粘荤腥。我已经从官场中退出来不再争席，而鸥鸟为什么还要猜疑我呢？

◎**赏析** 这是一首仄起、首句入韵的七律，描写辋川山庄久雨初停时的景色。首联写田家生活：连日雨后，树木稀疏的村落里炊烟慢慢升起，烧好的粗茶淡饭送到村东田中。一个"迟"字，不仅把阴雨天的炊烟写得十分真切传神，而且透露了诗人闲散安逸的心境；再写农家早炊、饷田，以及田头野餐，秩序井然而富有生活气息，使人想象到农妇田夫那怡然自乐的心情。颔联写自然景色：广阔平坦的水田上，一行白鹭掠空而飞；田野边繁茂的树林中，传来黄鹂婉转的啼声。辋川之夏，百鸟飞鸣，诗人只选了形态和习性迥然不同的黄鹂、白鹭，联系它们各自的背景加以描绘：雪白的白鹭，金黄的黄鹂，在视觉上自有色彩浓淡的差异；白鹭飞行，黄鹂鸣啭，一则取动态，一则取声音；"漠漠"，形容水田广布，视野苍茫；"阴阴"，表现夏木茂密，境界幽深。两种景象互相映衬，互相配合，把积雨天气中的辋川山野写得灵巧精致。颈联说：我在山中修身养性，观赏朝槿晨开晚谢；在松下吃着素食，和着露折葵不粘荤腥。诗人独处空山之中，幽栖松林之下，参木槿而悟人生短暂，采露葵以供清斋素食。早已厌倦尘世喧嚣的诗人，从中领略到极大的趣味。尾联说：我已经从官场中退出来不再争席，而鸥鸟为什么还要猜疑我呢？这里表现了诗人与世无争、淡泊自然的心境，而这种心境，正是上联所写"习静""清斋"的结果。这首七律，形象鲜明，兴味深远，表现了诗人隐居山林、脱离尘俗的闲情逸致，流露出诗人对淳朴田园生活的深深眷爱，是王维田园诗的代表作之一。

新 竹

陆游

插棘编篱谨护持，养成寒碧映涟漪。

清风掠地秋先到，赤日行天午不知。

解箨时闻声簌簌，放梢初见影离离。

归闲我欲频来此，枕簟仍教到处随。

◎**作者简介** 陆游（1125—1210），字务观，号放翁，越州山阴（今浙江绍兴）人。南宋诗坛一代领袖，"中兴四大诗人"（陆游、杨万里、范成大、尤袤）之一。诗词文俱有很高成就，自言"六十年间万首诗"，存世有九千三百余首。其诗语言平易晓畅，章法整饬谨严，兼具李白的雄奇奔放与杜甫的沉郁悲凉，尤以饱含爱国热情对后世影响深远。有《剑南诗稿》《渭南文集》《南唐书》《老学庵笔记》等。

◎**注释** ①〔棘〕荆棘。②〔谨〕谨慎，小心。③〔护持〕卫护。④〔寒碧〕本指碧玉，因碧玉带有凉意，故称寒碧。此处指新竹。⑤〔掠地〕（风）从地上刮过。

⑥〔秋先到〕这种感觉使人以为秋天提前到了。⑦〔行天〕从天上走过。⑧〔午不知〕即使在中午也不知道。⑨〔解箨〕竹笋脱落笋壳。箨，竹笋的老壳。⑩〔簌簌〕风吹竹动发出的响声。⑪〔放梢〕竹梢绽放新叶。⑫〔影离离〕竹影稠密，这里用来形容竹子长得繁茂。⑬〔归闲〕告老归乡闲居。⑭〔枕〕这里指竹枕。〔簟〕竹席。

◎**译文** 用棘条编篱笆，小心保护新种竹子；新竹长得碧绿，浓荫映在水中涟漪。夏日的清风吹过地面，好像秋天提前来到；竹荫遮凉，正午赤日当空也不知。笋壳脱落时，听到窸窸窣窣的声音；竹子拔节时，初现疏疏落落的影子。归隐闲暇的时候，我想常来这里，来时仍然随身带着枕头和竹席。

◎**赏析** 这首仄起、首句入韵的七律是一首咏物诗。首联说：用棘条编篱笆，小心保护新种竹子；新竹长得碧绿，浓荫映在水中涟漪。这联写种竹、护竹。一个"谨"字，表现出对新种下竹子的细心呵护。"寒碧映涟漪"，通过水来反照新竹的疏影。句中竹的"寒碧"和水的"涟漪"相呼应，有"冷""凉"之意。颔联说：夏日的清风吹过地面，好像秋天提前来到；竹荫遮凉，正午赤日当空也不知。"秋先到"三字，意为新竹纤枝因风而动带来了凉爽，好像秋天提前到了，新竹枝叶繁茂苍翠遮住了中午的烈日，字里行间流露出对新竹的欣赏和赞扬。颈联说：笋壳脱落时听到窸窸窣窣的声音，竹子拔节时初现疏疏落落的影子。这联写新竹成长的声音和风姿。"声簌簌""影离离"，用动静结合的手法，形象逼真地描绘出新竹成长过程中的特点，读后使人如见如闻。尾联说：归隐闲暇的时候我想常来这里，来时仍然随身带着枕头和竹席。写出诗人对竹林的眷恋，希望经常到此休憩。"枕簟"，竹枕竹席，又呼应诗题的"竹"字。诗人咏的是"新竹"，竹，在传统文化中是气节的象征。诗人生活于南宋时期，他一生最看重的就是气节。他主张抗击金兵，反对投降，其种竹、爱竹、亲竹有着特别的政治含义。我们还应注意这个"新"字，"新竹"象征着朝气蓬勃的青年一代，诗人希望这些新的力量能像新竹一样快快成长起来。

夏夜宿表兄话旧

窦叔向

夜合花开香满庭，夜深微雨醉初醒。

远书珍重何由达，旧事凄凉不可听。

去日儿童皆长大，昔年亲友半凋零。

明朝又是孤舟别，愁见河桥酒幔青。

◎**作者简介** 窦叔向，生卒年不详，字遗直，扶风（今陕西凤翔）人。唐代诗人。唐代宗大历初登进士第，被宰相常衮引为左拾遗、内供奉。后出为溧水令，复迁工部尚书。诗法谨严，有《联珠集》行于世。窦叔向工五言，名冠时辈。有集七卷，今存诗九首。

◎**注释** ①〔话旧〕叙谈往事。②〔夜合〕即合欢，一种昼开暮合的花，色白，极香。③〔醒〕按诗律读xīng，古属平声"青"韵，跟本诗的"庭、听、零、青"都是同韵字。④〔书〕书信。⑤〔去日〕过去的。⑥〔昔年〕从前的，往年的。⑦〔半凋零〕半数已离开人世。死去的委婉语。⑧〔酒幔〕从前酒店门前悬挂的招客的幌子。

◎**译文** 夜合花开了，香飘满庭；深夜下起小雨，醉后刚醒。远方的书信很珍重却不曾寄达，往事悲凉也不忍去听。我离开家乡时，你儿女尚幼，如今都已长大；从前的那些亲朋好友，多半丧生。明天你又要独自坐船回去，看到河桥旁边那青色的酒旗顿生愁情！

◎**赏析** 这首平起、首句入韵的七律，抒发了怀旧与惜别之情。首联首先由深夜酒醒落笔：夜合花开了，香飘满庭；深夜下起小雨，醉后刚醒。诗人与表兄久别重逢，自不免开怀畅饮，一醉方休。等到深宵酒醒的时候，微雨萧疏，花气袭人，显得格外宁静。白天初见时由于诸多烦扰，未及细述衷曲，现在夜深人静，正好剪烛西窗，畅聊往事。颔联着重写话旧的内容：远方的书信很珍重却不曾寄达，往事悲凉也不忍去听。这是说相互远离，虽曾写过信，互道珍重，但都没有收到，以至于音问皆绝。"旧事凄凉不可听"，是说今日重逢，可以当面诉说别后的事情，然而，所发生的事情又使人感到凄凉，不忍心听下去。颈联谈今昔的变迁：当初分别，表兄的儿女尚幼，今日相见，尽皆长大成人，可欣慰，亦可嗟叹；当年见过的亲友，不少已经辞世，这也是"旧事凄凉不可听"的原因。尾联归结到话别，其实也是话旧：明天你又要独自坐船回去，看到河桥旁边那青色的酒旗顿生愁情！一个"孤"字，一个"愁"字，道不尽惜别之情，说不完人生坎坷的感慨。从"醉初醒"起，到"酒幔青"结，重逢和再别、欢饮和苦酒之间流露出诗人对动荡生活的厌倦。这首诗技巧浑熟，风格平易近人，语言亲切有味，如促膝谈心，对床夜语，朴素中自有一番真趣。

偶 成

程颢

闲来无事不从容，睡觉东窗日已红。

万物静观皆自得，四时佳兴与人同。

道通天地有形外，思入风云变态中。

富贵不淫贫贱乐，男儿到此是豪雄。

◎**注释**　①〔偶成〕偶有所感写成。②〔皆自得〕都有心得体会。③〔佳兴〕美好的兴致。④〔淫〕放纵。

◎**译文**　心情闲静安适做什么事情都很从容，一觉醒来旭日把东窗照红。静观万物都可以得到道的真谛，一年四季对美妙风光的兴致和别人相同。道理通达天地之间一切有形无形的事物，思想渗透在风云变幻之中。富贵不骄奢放纵，贫贱时能保持快乐，这样的男子汉才是豪杰、英雄。

◎**赏析**　这首平起、首句入韵的七律是一首偶得的抒情诗。首联起得闲适自然。心中无事，自然睡得香，不知不觉已经日照东窗了。颔联说：静观万物都可以得到道的真谛，一年四季对美妙风光的兴致和别人相同。"静观"，说出一种人生的修养和态度。"佳兴"，指美好的兴致。只要做到"万物静观"，排除多余的欲念，就能领略到"四时佳兴"。颈联强调了"道"和"思"。这也是一个理学家的追求，这个"道"是"理"道，"思"是哲思。意为人只要通达了"理道"，就可以"通天地""入风云"。尾联说：富贵不骄奢放纵，贫贱时能保持快乐，这样的男子汉才是豪杰、英雄。这首诗表现了一位理学家的人生态度，抒发了"富贵不淫贫贱乐"的豪情，表现出乐观的精神。

游月陂

程颢

月陂堤上四徘徊，北有中天百尺台。

万物已随秋气改，一樽聊为晚凉开。

水心云影闲相照，林下泉声静自来。

世事无端何足计，但逢佳节约重陪。

◎ **注释**　①〔月陂〕月形的池塘。②〔徘徊〕在一个地方来回走动。③〔中天〕在空中。④〔一樽〕一杯。樽，古代盛酒的器皿。⑤〔无端〕无常，没头绪。⑥〔何足计〕不值得算计。⑦〔约〕邀约，约定。⑧〔重陪〕再来陪赏。

◎ **译文**　月光照在月形塘堤上，我四处徘徊，北面是耸入空中的百尺楼台。秋天到来，万物随之萧条零落，姑且趁着水边向晚的凉意畅饮一杯。水面悠闲地映照着云影，林中泉声在静谧中传来。世事变化无常，何必计较，只要逢佳节便要再约朋友来陪。

◎ **赏析**　这首平起、首句入韵的七律是一首纪游诗，也是一首理趣诗。作者在这首诗中，虽然也写了一些较为生动的景物，但其着眼点仍在于抒发自己的人生感悟。首联从月夜在池塘边漫游写起，明月高楼引人遐思。颔联点明这是"万物已随秋气改"的季节，诗人在水边饮酒。颈联说：水面悠闲地映照着云影，林中泉声在静谧中传来。多么闲静幽雅！这正是诗人所追求的"道"的境界。他从"水心云影"中看出一个"闲"字。心闲如静水，才能得"理"入"道"，才能听到"理"和"道"像清幽的泉声"自来"。尾联说：世事变化无常，何必计较，只要逢佳节便要再约朋友来陪。这首诗看似写景记游，却处处讲"道"，诗人认为"理"和"道"原本就存在于自然万物和人的心里。

秋兴（选四首）

杜甫

其一

玉露凋伤枫树林，巫山巫峡气萧森。

江间波浪兼天涌，塞上风云接地阴。

丛菊两开他日泪，孤舟一系故园心。

寒衣处处催刀尺，白帝城高急暮砧。

◎**注释** ①〔秋兴〕因秋而遣兴。唐代宗大历元年（766）秋，杜甫流寓夔州时曾作《秋兴八首》。这组七律，格律缜严，构思缜密，意脉一贯，境界悲凉，集中体现了诗人晚年"诗律细"的艺术追求和深挚的忧国忧民情怀。②〔玉露〕白露。③〔凋伤〕摧残。④〔萧森〕萧瑟阴森。⑤〔塞上〕指北方边塞。⑥〔地阴〕地面的阴冷寒气。⑦〔丛菊两开〕指作者在夔州两次看到菊花开放，犹言度过了两个秋天。⑧〔白帝城〕在今重庆奉节县城外临长江的山头，为三国时刘备托孤之处。⑨〔砧〕捣衣用的石板。古时用麻布制衣，缝制前要在石板上捶打使布变滑软，叫捣衣。

◎**译文** 枫树在深秋露水的侵蚀下逐渐凋残，巫山和巫峡也笼罩在萧瑟阴森的雾气中。巫峡里面波浪滔天；边塞风云顿起，天地一片阴沉。菊花开落两载，点染昨日愁泪；小船系在岸边，长系思乡之心。处处都在赶制冬天御寒的衣服，暮色里白帝城上捣寒衣的砧声一阵紧似一阵。

◎**赏析** 这是一首仄起、首句入韵的七律。《秋兴八首》是杜甫寓居夔州（今重庆奉节）时创作的以遥望长安为主题的组诗，是杜诗七律的代表作。这是其中的第一首，通过对巫山巫峡的秋色秋声的形象描绘，烘托出阴沉萧森、动荡不安的环境气氛，令人感到秋色秋声扑面惊心，抒发了诗人忧国之情和孤独抑郁之感。首联渲染出一派萧瑟的秋意，"凋伤""萧森"突出了肃杀之气，奠定了这首诗乃至整组诗的基调。颔联"兼天涌"写出长江波涛一直涌到天边的大气象，"接地阴"描绘出沉压垂地的边塞风云。大象大景，对应的是诗人心中的情感巨澜。波浪汹涌，仿佛天也翻动；巫山风云，下及于地，似与地下阴气相接。前一句由下及上，后一句由上接下。波浪滔天，风云匝地，秋天肃杀之气充塞于巫山巫峡之中。这两句形象有力，内容丰富，意境开阔，把峡谷的深秋、诗人的身世，以及国家丧乱都包含在内。诗人既掌握了景物的特点，又把自己人生经验中最深刻的感情融会进去，还能用最生动、最有概括力的语言表现出来，这样景物就有了生命，而作者所表现的感情也就有所依附。情因景而显，景因情而深。颈联说"丛菊"和"孤舟"，一多一孤，对应着"他日泪"和"故园心"，表现出诗人命运的坎坷。尾联说：处处都在赶制冬天御寒的衣服，暮色里白帝城上捣寒衣的砧声一阵紧似一阵。"催刀尺"和"急暮砧"，渲染出一种紧张不安的气氛。这首诗从眼前丛菊的开放联系到"故园"，而追忆"故园"的沉思又被白帝城黄昏的四处砧声打断。这中间有从夔州到长安，又从长安回到夔州的往复。本诗用词非常讲究，中间两联对仗极为工整，真是大手笔。

其三

千家山郭静朝晖，日日江楼坐翠微。

信宿渔人还泛泛，清秋燕子故飞飞。

匡衡抗疏功名薄，刘向传经心事违。

同学少年多不贱，五陵裘马自轻肥。

◎**注释** ①〔山郭〕靠山的城郭，指白帝城。②〔江楼〕俯临江水的楼阁。③〔翠微〕青黛的山色。④〔信宿〕指连宿两夜。此处是第三天的意思。⑤〔还泛泛〕仍在水上漂浮。⑥〔匡衡〕西汉人，常上疏直言，深得元帝赏识。⑦〔刘向〕西汉经学家，曾讲论"六经"，点校大内"五经"秘书。⑧〔不贱〕显贵。⑨〔五陵〕长安附近汉代高、惠、景、武、昭五位皇帝的陵墓。因是贵族富商集居地，古代常用以指代豪富权贵。⑩〔轻肥〕轻指裘衣，肥指骏马。形容讲究衣着打扮、车马坐骑。

◎**译文** 白帝城千家万户静静地沐浴着秋日的朝晖，我天天在江边的楼上坐着看对面山峰的青翠。连续两夜在船上过夜的渔人，仍泛着小舟在江中漂流；虽已是清秋季节，燕子却仍展翅在飞。汉朝的匡衡向皇帝直谏，把功名看得很淡；刘向传授经学却事与愿违。年少时一起求学的同学大都已飞黄腾达了，他们住在长安贵地五陵，穿薄皮衣，骑着肥马，安享富贵。

◎**赏析** 这首平起、首句入韵的七律，是《秋兴八首》的第三首。这首诗前四句就夔州言，后四句就长安言，是八首诗的分界处。首联"江楼坐翠微"，本是好景，但如果天天看也会生厌。这两句还有身羁夔州府、日月如流之感。其旨微，其文隐而不露，深得立言蕴藉之妙。颔联"信宿渔人"，暗喻自己仍在漂泊；"清秋燕子"，暗指自己像燕子一样还留在这里。杜甫住在成都时，在《江村》诗里说"自去自来堂上燕"，通过栖居草堂的燕子的自去自来，表现自己所在的江村长夏环境的幽静，显示了诗人初获暂时安定生活时自在舒展的心情。在这里，同样是燕飞，诗人却说"清秋燕子故飞飞"。诗人日日独坐江楼，百无聊赖中看着上下翩翩的燕子，它们好像在故意奚落诗人不能回归。一个"故"字，表现出诗人心烦意乱的心情。颈联以古人自比，说自己像匡衡一样"抗疏功名薄"，像刘向一样"传经心事违"，亦是感慨自己未遇明主。尾联说：年少时一起求学的同学大都已飞黄腾达了，住在长安贵地五陵，穿薄皮衣，骑着肥马，安享富贵。诗人旨意含而不露，这就是古人说的"温柔敦厚"。

其五

蓬莱宫阙对南山，承露金茎霄汉间。

西望瑶池降王母，东来紫气满函关。

云移雉尾开宫扇，日绕龙鳞识圣颜。

一卧沧江惊岁晚，几回青琐点朝班。

◎**注释** ①〔蓬莱宫阙〕宫殿名，唐高宗时将大明宫改名为蓬莱宫。②〔南山〕指长安城南面的终南山。③〔承露金茎〕汉武帝刘彻为求长生，在建章宫内建一座高台，上面有金茎承露盘。此处借汉宫比拟唐宫。④〔瑶池〕在昆仑山上，传说中西王母的居所。⑤〔圣颜〕皇帝的面容。⑥〔沧江〕深阔的江，指长江。⑦〔岁晚〕即秋天。⑧〔几回〕几曾。⑨〔青琐〕古代宫廷门窗上雕饰的青色的交互连环图案。此处借指宫廷。⑩〔点朝班〕上朝时点名传呼，官员按次序入朝。

◎**译文** 大明宫与终南山遥遥相望，金茎承露盘高高入云间。往西看，西王母正回到瑶池；东来紫气，老子骑牛出关。雉尾扇开合如同祥云移动，日光环绕龙袍让我看清圣上的容颜。病卧在长江边惊叹秋天又到，想起曾几回站在青琐门下位列朝班。

◎**赏析** 这首平起、首句入韵的七律，是《秋兴八首》的第五首，表达了诗人想回长安"识龙颜""点朝班"的愿望。首联说：大明宫与终南山遥遥相望，金茎承露盘高高入云间。这两句表明诗人虽在夔州，但仍心系朝廷。颔联说：往西看，西王母正回到瑶池；东来紫气，老子骑牛出关。"西望瑶池"指《汉武内传》中西王母曾于某年七月七日飞降汉宫的传说。"东来紫气"，指仙气从东而来。这两句表现对东来瑞气的期盼。颈联说：雉尾扇开合如同祥云移动，日光环绕龙袍让我看清圣上的容颜。这是回想当年入宫朝见皇帝的场面。"云移雉尾""日绕龙鳞"，形容皇宫如仙境，皇帝似神仙。尾联说：病卧在长江边惊叹秋天又到，想起曾几回站在青琐门下位列朝班。诗人虽然病卧江边居所，但他梦里仍想回到长安，站在皇帝身边。这首诗除首联外，其余三联都是工巧的对仗，显示出诗人对格律的执着追求。

其七

昆明池水汉时功，武帝旌旗在眼中。

织女机丝虚夜月，石鲸鳞甲动秋风。

波漂菰米沉云黑，露冷莲房坠粉红。

关塞极天惟鸟道，江湖满地一渔翁。

◎**注释** ①〔昆明池〕在今陕西西安城西南。汉武帝时为增强水军的力量，仿云南昆明滇池凿池训练水师，方圆四十里，名为昆明池。②〔织女〕指昆明池石刻的织女像。"机丝"，织机及机上之丝。③〔石鲸〕指昆明池的石刻鲸鱼。④〔莲房〕莲蓬。⑤〔坠粉红〕指莲花凋败。⑥〔关塞〕险隘关口。此处指诗人栖身的夔州。⑦〔极天〕形容极高。⑧〔鸟道〕只有飞鸟可以通过的道路。

◎**译文** 遥想汉武帝曾在昆明池上练习水兵，一面面战旗猎猎迎风。池中石刻的织女辜负了美好的夜色，石刻鲸鱼的鳞甲好像随秋风舞动。波浪中的菰米丛犹如黑云聚拢，冰冷的露水催落了莲蓬上的粉红色花瓣。夔州关塞的高空中只留下了鸟道，江湖到处都有，却只剩下一个渔翁。

◎**赏析**　这首平起、首句入韵的七律，是《秋兴八首》的第七首。论者或谓杜甫当时在曲江而思及昆明池，由昆明池而思及汉武之功，并由昆明池之兴废，感慨古今之兴废。首联说：遥想汉武帝曾在昆明池上训练水兵，一面面战旗猎猎迎风。杜甫写此诗是在唐玄宗时，长安的昆明池虽未湮为田地，但已经干涸荒废。颔联进一步想象昆明池的景象："虚夜月"，空对着一轮明月，喻指已失去生活的和平安宁；"鳞甲动"，喻指军队行动，战事已开。颈联说：波浪中的菰米丛犹如黑云聚拢，冰冷的露水催落了莲蓬上的粉红色花瓣。"沉云黑""坠粉红"并不只是形容菰米和莲子的，也暗示着当时大唐王朝战乱频仍，国无宁日。尾联说：夔州关塞的高空中只留下了鸟道，江湖到处都有，却只剩下一个渔翁。"惟鸟道"，只留下了狭窄的路，喻大唐王朝已走向衰落；"一渔翁"借用《楚辞·渔父》的典故，暗示这世上只有自己一个人清醒。在这首诗里，杜甫回顾了汉武帝的功绩，对比当下，感叹大唐风光不再，表现出深深的忧患意识，抒发了忧国忧民之情。

月夜舟中

戴复古

满船明月浸虚空，绿水无痕夜气冲。

诗思浮沉樯影里，梦魂摇曳橹声中。

星辰冷落碧潭水，鸿雁悲鸣红蓼风。

数点渔灯依古岸，断桥垂露滴梧桐。

◎**作者简介**　戴复古（1167—1248？），字式之，尝居南塘石屏山，自号石屏，南宋著名的"江湖派"诗人。天台黄岩（今浙江台州）人。一生不仕，游历江湖，后归家隐居，卒年八十余。曾从陆游学诗，作品受晚唐诗风影响，兼具江西诗派风格。部分作品抒发爱国思想，反映百姓疾苦，具有现实意义。诗词集有《石屏诗集》《石屏词》。

◎**注释**　①〔浸虚空〕沉浸在虚空中。虚空，天空。②〔绿水无痕〕水清波静的样子。③〔夜气〕指秋夜寒冷的气息。④〔冲〕弥漫。⑤〔浮沉〕隐现。⑥〔樯影〕桅杆的影子。⑦〔红蓼风〕蓼花开放时节刮的风，此指秋风。蓼，一种生长在水边或水中的草本植物，花小，白色或略带红色。⑧〔古岸〕古老的堤岸。

◎ **译文**　装载着明月清光的船好像沉浸在虚空中，平静碧绿的江水上寒凉的夜气冲腾。诗思在浮沉的帆影中起伏，梦魂摇曳起恍惚不定的橹声。碧潭水中静静地映照出天上星辰，风吹蓼草伴随着鸿雁悲鸣。停泊在古岸边的渔船闪耀着几点渔火，断桥上滴下来的露珠来自落叶的梧桐。

◎ **赏析**　这是一首平起、首句入韵的七律，描绘出一幅凄清冷寂的江船秋夜图，表达了诗人的羁旅愁思，以及身遭乱世的苦闷心情。首联说：装载着明月清光的船好像沉浸在虚空中，平静碧绿的江水上寒凉的夜气冲腾。明月、绿水、夜气构成了一幅江船夜行图卷。颔联说：诗思在浮沉的帆影中起伏，梦魂摇曳起恍惚不定的橹声。帆影和橹声交织成浮沉恍惚的有声有色的梦境和诗境。颈联说：碧潭水中静静地映照出天上星辰，风吹蓼草伴随着鸿雁悲鸣。"冷落"和"悲鸣"创造出凄清、悲伤的情调，蕴含着身世飘零之感和沉重的思乡之情。尾联说：停泊在古岸边的渔船闪耀着几点渔火，断桥上滴下来的露珠来自落叶的梧桐。"依""垂""滴"传达出的情感仍然是沉重的、悲伤的。露珠也像是泪珠，被那几点渔火照亮。这首诗描绘了一幅唯美的画面，营造了一个凄清的意境。寓情于景，情景交融，是这首诗的重要特色。

长安秋望

赵嘏

云物凄清拂曙流，汉家宫阙动高秋。

残星几点雁横塞，长笛一声人倚楼。

紫艳半开篱菊静，红衣落尽渚莲愁。

鲈鱼正美不归去，空戴南冠学楚囚。

◎**注释** ①〔云物〕即天上飘拂的云朵。②〔拂曙流〕晨曦初现。流，流动。③〔鲈鱼正美〕西晋吴地（今江苏苏州）人张翰在洛阳做官。齐王司马冏执政时，张翰担任大司马东曹掾。某一天因秋风吹来，想念故乡的菰菜、莼羹、鲈鱼脍的美味，便弃官回家。"莼鲈之思"后来成为思乡之情的代名词。④〔南冠〕楚冠。因为楚国在南方，所以称楚冠为南冠。《左传·成公九年》："晋侯观于军府，见锺仪，问之曰：'南冠而絷者，谁也？'有司对曰：'郑人所献楚囚也。'"后以"南冠"指囚徒或战俘。

◎**译文** 拂晓的云朵在天上游动，楼台殿阁高高耸立在秋空。残星点点，大雁南飞越过关塞；悠扬笛声里，我只身倚在楼中。艳紫的菊花静静地在篱笆边半开，水中高地上的莲花落掉了红瓣忧心忡忡。鲈鱼正美，可惜想回也回不去，头戴南冠学楚囚也徒劳无用。

◎**赏析** 这首仄起、首句入韵的七律，通过诗人的见闻，写深秋拂晓的长安景色和羁旅思归的心情。首联说"凄清"二字，写秋意的清冷，实衬心境的凄凉。正是这两个字，为全诗定下了基调。颔联写仰观：残星点点，大雁南飞越过关塞；悠扬的笛声里，我只身倚在楼中。"残星几点"是目见，"长笛一声"是耳闻；"雁横塞"取动势，"人倚楼"取静态。景物描写以及见、闻、动、静的安排，颇见匠心。寥落的残星，南归的雁阵，这是秋夜将晓时天空中最具特征的景象；高楼笛声又为之作了饶有情韵的烘托。颈联写俯察：艳紫的菊花静静地在篱笆边半开；水中高地，莲花落掉了红瓣忧心忡忡。夜色褪尽，晨光大明，眼前景色已是历历可辨：竹篱旁边紫艳的菊花，闲雅静穆；水塘里面的莲花，留下枯荷败叶，满面愁容。诗人目睹眼前这憔悴含愁的枯荷，追思往日那红艳满塘的莲花，不禁生出红颜易老、好景无常的伤感；而篱畔静穆闲雅的紫菊，俨然一派君子之风，更令人联想到"采菊东篱下"的陶渊明，油然而起归隐之心。尾联则抒写胸怀"鲈鱼正美"，用西晋张翰事，以鲈鱼脍之美味表达故园之情和退隐之思；下句用春秋锺仪事，痛言自己留居长安之无谓与归隐之不宜迟。诗人将典型的景物与特定的心情结合起来，雁阵和菊花本是深秋季节的寻常景物，南归之雁、东篱之菊又和思乡归隐的情绪形影相随。诗人将这些意象入诗，意在给人以丰富的暗示。加之以拂晓凄清气氛的渲染、高楼笛韵的烘托、思归典故的运用，使得全诗意境深远而和谐，风格峻峭而深沉。

新 秋

杜甫

火云犹未敛奇峰，欹枕初惊一叶风。

几处园林萧瑟里，谁家砧杵寂寥中？

蝉声断续悲残月，萤焰高低照暮空。

赋就金门期再献，夜深搔首叹飞蓬。

◎**注释**　①〔新秋〕初秋。②〔火云〕云霞似火，俗称火烧云。③〔欹枕〕斜靠着枕头。欹，斜靠。④〔砧杵〕指捣衣声。砧，捣衣石。杵，捣衣用的短木棒。⑤〔赋就〕写成文赋。⑥〔金门〕金马门，汉代宫门名。这里指学士待诏处。⑦〔飞蓬〕秋天随风飞舞的蓬草。喻漂泊不定的人生。

◎**译文**　火烧云还未落，照红了奇峰，靠在枕上惊听初来的秋风。几处园林萧瑟在秋风里，谁家的捣衣砧敲响在寂寞中。断续的蝉声似乎在悲叹残月，萤火虫的亮光高高低低照着夜空。文章写好了到金马门再次献上，夜深了搔头叹息身世像漂泊的飞蓬。

◎**赏析**　这是一首平起、首句入韵的七律，既写了新秋季节的物候特征，也表露了杜甫感叹时光易逝、功名难就的苦闷心情。首联说：火烧云还未落，照红了奇峰，靠在枕上惊听初来的秋风。这是写新秋傍晚的景色。天上火云峥嵘，尚未散尽，而凉风却卷着落叶来了。颔联说：几处园林萧瑟在秋风里，谁家的捣衣砧敲响在寂寞中？园林萧瑟，砧杵凄冷，秋天就这样来到了。颈联说：蝉在残月下悲鸣，萤火虫在夜空中闪烁。这些意象构成了一幅生动的新秋夜景图。尾联说：文章写好了到金马门再次献上，夜深了搔头叹息身世像漂泊的飞蓬。诗人用一系列意象写出了新秋景象，并把自己的感受也融进秋色中。"欹枕初惊一叶风"和"夜深搔首叹飞蓬"，一惊一叹，正是诗人在夏秋交替时的独特感受。他功名未就，心有苦衷，眼看夏去秋来，难免有时不我待之感，所以深夜搔首，感叹不已。诗人形象和诗中秋景物我一体，情景交融。

中 秋

李朴

皓魄当空宝镜升，云间仙籁寂无声。

平分秋色一轮满，长伴云衢千里明。

狡兔空从弦外落，妖蟆休向眼前生。

灵槎拟约同携手，更待银河彻底清。

◎ **作者简介** 李朴（1063—1127），字先之，人称章贡先生，虔州兴国（今属江西）人。宋代诗人。绍圣元年（1094）登进士第。著有《章贡集》二十卷。

◎ **注释** ①〔皓魄〕喻指月光。②〔宝镜〕喻指月亮。③〔仙籁〕指天上的各种声响。④〔平分秋色〕因中秋节这天正好将秋季一分为二，所以说这夜的月亮是"平分"秋色。⑤〔云衢〕指云海中月亮运行的轨道。⑥〔狡兔〕指传说中月宫里的玉兔。⑦〔妖蟆〕传说中月宫里的蟾蜍。⑧〔灵槎〕指仙槎。此处用"乘槎泛天河"的典故。传说海与天河相通，汉代有人曾乘槎去天河，与牛郎织女相遇。槎，竹或木做成的筏。⑨〔拟约〕打算邀约。

◎ **译文** 一轮皓月升起像打开的宝镜，云空里万籁俱寂唯有清风。这一轮满月平分了秋色，高悬云层中把千里照明。月宫里的玉兔从弦月上跌落，月里的蟾蜍不要在我眼前跳动。我想邀约明月一起乘灵槎上天，只等银河彻底澄清后去遨游太空。

◎ **赏析** 这首仄起、首句入韵的七律是写中秋之月的诗。首联即点明主题：一轮皓月升起像打开的宝镜，云空里万籁俱寂唯有清风。诗人用"宝镜"突出了月之明亮。颔联作了空间的延伸：这一轮满月平分了秋色，高悬云层中把千里照明，将读者带入广袤无垠的月夜里，使人如身临其境，看到了皓月当空、光照万里的壮美景色。颈联说：月宫里的玉兔从弦月上跌落，月里的蟾蜍不要在我眼前跳动。此联引用了有关月亮的传说故事，但"狡兔""妖蟆"意象带有厌恶的感情色彩，说它们不配在高洁的月亮上住，也不配出现在诗人眼前，这倒是别出心裁了。尾联说：我想邀约明月一起乘灵槎上天，只等银河彻底澄清后去遨游太空。诗人突发奇想，欲与月亮一起乘船遨游银河，给人留下了无穷的想象空间。诗人写中秋，围绕"月"展开想象和诗情，用典又不拘泥于典，想象丰富而奇特。

九日蓝田会饮

杜甫

老去悲秋强自宽，兴来今日尽君欢。

羞将短发还吹帽，笑倩旁人为正冠。

蓝水远从千涧落，玉山高并两峰寒。

明年此会知谁健，醉把茱萸仔细看。

◎ **注释** ①〔九日〕指九月九日重阳节。②〔蓝田〕地名，在今陕西蓝田县。③〔强自宽〕勉强自我宽慰。强，勉强。④〔尽君欢〕和大家一块儿尽情欢乐。⑤〔正冠〕将帽子戴端正。⑥〔蓝水〕在今陕西蓝田县东。⑦〔玉山〕即蓝田山，盛产美玉。⑧〔高并〕高耸并峙。⑨〔茱萸〕植物名，有浓烈香味。古人认为茱萸可以避邪消灾，延年益寿，所以在重阳节这一天，人人佩戴茱萸囊或头插茱萸以驱邪。

◎ **译文** 我已年老，勉强自我宽慰悲秋的心情；兴致来了，在重阳节能和你把酒言欢。我羞愧帽子被风吹落露出了短发，笑请一旁的人帮我重新戴好冠。蓝水远来，从千百条山涧落下；玉山两座山峰高高并立，令人生寒。明年再来聚会就知道谁最体健，喝醉了就把茱萸仔细观看。

◎ **赏析** 这首仄起、首句入韵的七律，诗题一作《九日蓝田崔氏庄》。首联说：我已年老，勉强自我宽慰悲秋的心情；兴致来了，重阳节里能和你把酒言欢。人已老去，对秋景更生悲情，诗人只有勉强宽慰自己。到了重九，兴致来了，一定要和友人尽欢而散。首联即用对仗,诗句婉转自如。颔联用"孟嘉落帽"的典故。王隐《晋书》:"孟嘉为桓温参军,九日游龙山,风至,吹嘉帽落,温命孙盛为文嘲之。"孟嘉见到孙盛的文章,当即写了一篇诙谐而文采四溢的文章,为自己落帽失礼辩护,众人传阅后,无不叹服。孟嘉落帽显出名士风流蕴藉之态,而杜甫此时心境不同,说是"笑倩",实是强颜欢笑,内里透出一缕伤感、悲凉的意绪。这一联传神地写出杜甫那几分醉态。颈联说:蓝水远来,从千百条山涧落下;玉山两座山峰高高并立,令人生寒。诗人笔锋一转,以壮语唤起全篇精神。蓝水远来,千涧奔泻;玉山高耸,两峰并峙。山高水险,让人感到振奋。诗句豪壮中带几分悲凉,笔力拔山。尾联说:明年再来聚会就知道谁最体健,喝醉了就把茱萸仔细观看。山水无恙,人事难料,诗人想到自己已这样衰老,明年此际,不知还有几人健在。上句一个问句,表现出诗人沉重的心情和深深的忧伤,含有悲天悯人之意。下句用"醉"字收拢全篇精神,鲜明地刻画出诗人此时的情态:虽已醉眼蒙眬,却仍盯住手中的茱萸细看。不置一言,却胜过万语千言。

秋 思

陆游

利欲驱人万火牛,江湖浪迹一沙鸥。

日长似岁闲方觉,事大如天醉亦休。

砧杵敲残深巷月,井梧摇落故园秋。

欲舒老眼无高处,安得元龙百尺楼。

◎**注释** ①〔欲〕欲望。②〔驱〕赶逐。③〔浪迹〕到处漫游,行踪不定。④〔休〕罢了。此处意为忘了。⑤〔井梧〕水井边的梧桐树。⑥〔元龙〕指陈元龙,即陈登,东汉末年人,素有扶世救民的志向。

◎**译文** 利欲驱使人东奔西走,如同万头火牛奔突;倒不如做个江湖人,浪迹天涯,像沙鸥一样自由。一日长似一年,闲暇时才感觉得到;即使是天大的事,喝醉了也就罢休。在捣衣棒的敲击声中,深巷里的月亮渐渐西沉;井边的梧桐树摇动叶落,才知故乡也已入秋。想极目远眺,苦于没有登高的地方;怎能像陈登那样站上百尺高楼。

◎**赏析** 这是一首仄起、首句入韵的七律。首联说：利欲驱使人东奔西走，如同万头火牛奔突；倒不如做个江湖人，浪迹天涯，像沙鸥一样自由。"万火牛"和"一沙鸥"对比，越发突显出利欲熏心者和江湖自由人的差距之大，也就表现出诗人对江湖自由生活的向往。颔联说：一日长似一年，闲暇时候才觉悟；即使是天大的事，喝醉了也就罢休。一"闲"一"醉"，也是在说做自由人的可贵。颈联说：在捣衣棒的敲击声中，深巷里的月亮渐渐西沉；井边的梧桐树摇动叶落，才知故乡也已入秋。从"砧杵"声知道秋天已经来了，从"井梧"落叶联想起故乡也到秋天了，用这两个意象间接地抒发了思乡之情。尾联说：想极目远眺，苦于没有登高的地方；哪能像陈登那样站上百尺高楼。想念故乡，又回不去，想登高远望还找不到地方，多么遗憾哪！思乡，即是思家国，思念沦陷的北方故土，想像陈元龙一样扶世救民也不可得呀！这就是此诗的内涵。

与朱山人

杜甫

锦里先生乌角巾，园收芋栗未全贫。

惯看宾客儿童喜，得食阶除鸟雀驯。

秋水才深四五尺，野航恰受两三人。

白沙翠竹江村暮，相送柴门月色新。

◎**注释** ①〔锦里先生〕指朱山人（朱希真）。作者居住在成都浣花溪草堂时，曾与朱山人为邻。锦里，指锦江附近的地方。②〔乌角巾〕黑色的带角的头巾，多为隐士所戴。③〔芋栗〕芋头和栗子。④〔惯看〕因经常看到而习以为常。⑤〔食（sì）〕喂食。⑥〔阶除〕门前的台阶。⑦〔野航〕乡间小渡船。⑧〔恰受〕刚好能承载。

◎**译文** 锦里先生朱山人常戴着黑色的方巾，他的园内能收芋头和栗子，不算赤贫。家里的小孩子见惯了生人，露出天真的笑容；常在阶前觅食的鸟雀也很温驯。山人门外有小河，秋水不过四五尺深；用小船渡人，恰好能坐两三个人。江村暮色里能看到洁白的沙滩和翠绿的竹林，热情送别客人到柴门外，月色正新。

◎**赏析** 这首仄起、首句入韵的七律，是写给朱山人的诗。首句说：锦里先生朱山人常戴着黑色的方巾，他的园内能收芋头和栗子，不算赤贫。勾画出朱山人的形象，说他家还不算赤贫。颔联说：家里的小孩子见惯了生人，露出天真的笑容；在阶前得到喂食的鸟雀也很温驯。这一联写出主人善良好客的性格。颈联说：山人门外有小河，秋水不过四五尺深；用小船渡人，恰好能坐两三个人。这是说山人常用小船接送客人。尾联说：江村暮色里能看到洁白的沙滩和翠绿的竹林，热情送别客人到柴门外，月色正新。"白沙翠竹"流露出对朱山人居处的喜爱，以及对他的赞扬。朱山人不是达官显贵，也不是巨贾豪富，不过是还没到赤贫地步的邻居，但是杜甫很赞赏他的品行，和他成了朋友，并写诗以赠。

闻 笛

赵嘏

谁家吹笛画楼中，断续声随断续风。

响遏行云横碧落，清和冷月到帘栊。

兴来三弄有桓子，赋就一篇怀马融。

曲罢不知人在否，余音嘹亮尚飘空。

◎**注释** ①〔画楼〕雕梁画栋的楼阁。②〔响遏行云〕笛声响亮高亢，似乎阻止了游动的云彩。遏，阻止。③〔碧落〕碧空。④〔帘栊〕窗户。⑤〔三弄〕指笛曲《三调》。东晋著名音乐家桓伊（桓子）善于吹笛，时称"江南第一手"。相传琴曲《梅花三弄》即是根据他的《三调》改编的。⑥〔马融〕汉朝人，有《笛赋》一篇。

◎**译文** 是谁在美丽的楼阁上吹响了笛子？悦耳的笛声断断续续随着轻风。嘹亮的笛声横在蓝天上阻遏来往的浮云，清和的笛声随着冰冷的月光照进我的窗中。笛声优美就像桓伊随兴所至吹奏的三弄曲，曲调的优雅更让人想起写出《笛赋》的马融。一曲吹毕，不知道吹奏的人是否还在画楼上，嘹亮笛声的余音好像还飘荡在云空。

◎**赏析** 这首平起、首句入韵的七律，是一首描写笛声的诗。首联说：是谁在美丽的楼阁上吹响了笛子？悦耳的笛声断断续续随着轻风。首联点题，用"画楼"衬托笛声之美。两个"断续"，表现出风吹笛声的情状。颔联说：嘹亮的笛声横在蓝天上阻遏来往的浮云，清和的笛声随着冰冷的月光照进我的窗中。"响遏行云"，言笛声的高亢。"清和冷月"，形容笛声像清亮的月光。这一联是把笛声视觉化了。颈联说：笛声优美就像桓伊随兴所至吹奏的三弄曲，曲调的优雅更让人想起写出《笛赋》的马融。这联用了桓伊和马融的典故，表现笛声的美妙。尾联说：一曲吹毕，不知道吹奏的人是否还在画楼上，嘹亮笛声的余音好像还飘荡在云空。写笛声余音袅袅，也写对吹笛人的向往。全诗由闻笛起、夸笛接，颈联一转写著名笛曲和笛赋，最后合到笛曲上。格律严谨，对仗工稳。

冬 景

刘克庄

晴窗早觉爱朝曦，竹外秋声渐作威。

命仆安排新暖阁，呼童熨贴旧寒衣。

叶浮嫩绿酒初熟，橙切香黄蟹正肥。

蓉菊满园皆可羡，赏心从此莫相违。

◎**注释** ①〔晴窗〕窗外发白。②〔觉〕睡醒。③〔朝曦〕早晨的阳光。曦，阳光。④〔暖阁〕有取暖设施的阁楼。⑤〔熨贴〕用烧烫的熨斗把衣服压平。⑥〔叶浮嫩绿〕指绿蚁酒，古代一种米酒，俗称醪糟酒。酿成时，上浮米粒，呈微绿色，故称"绿蚁"。⑦〔蓉菊〕木芙蓉和菊花。⑧〔可羡〕值得赏玩。⑨〔赏心〕心情愉悦。

◎**译文** 早上醒来，我最喜欢看窗外温暖的阳光，竹林外传来的秋声越来越强烈。叫仆人在阁楼里放上取暖的火炉，呼童子把去年的棉衣烫熨好。端出新酿好还浮着绿色米粒的美酒，切好又香又黄的橙子，煮熟肥美的螃蟹。木芙蓉和菊花开满了园子，这样好的景色真值得赏玩；尽情地欣赏这美景，这样美好的时光从此不要错过。

◎**赏析** 这是一首平起、首句入韵的七律。题目是《冬景》，却从秋声入笔。首联说：早上醒来，我最喜欢看窗外温暖的阳光，竹林外传来的秋声越来越强烈。"渐作威"，言秋风越来越凛冽了，也就是说冬天快来了。颔联说：叫仆人在阁楼里放上取暖的火炉，呼童子把去年的棉衣烫熨好。这联写做好迎接寒冬的准备。颈联说：端出新酿好还浮着绿色米粒的美酒，切好又香又黄的橙子，煮熟肥美的螃蟹。秋末冬初的时候，橙黄蟹肥，饮新酒，切甜橙，煮肥蟹，日子惬意而美好。"嫩绿""香黄"的色彩也很鲜亮。颔颈两联对仗极为工整。尾联说：木芙蓉和菊花开满了园子，这样好的景色真值得赏玩；尽情地欣赏这美景，这样美好的时光从此不要错过。整首诗把初冬生活描写得非常温馨，有可赏之景、可品之味、可观之花，抒发了对自然和生活的热爱。

冬至

杜甫

天时人事日相催，冬至阳生春又来。

刺绣五纹添弱线，吹葭六管动飞灰。

岸容待腊将舒柳，山意冲寒欲放梅。

云物不殊乡国异，教儿且覆掌中杯。

◎**注释** ①〔冬至〕诗题一作《小至》。小至：一般指冬至前一天或冬至后一天。②〔天时〕自然界的时序节令。③〔阳生〕阳气生发。④〔五纹〕五彩花纹。⑤〔弱线〕指丝线。⑥〔岸容〕河岸的面貌。⑦〔腊〕腊月。⑧〔舒〕舒展。⑨〔冲寒〕冲破寒冷。⑩〔放〕绽放。⑪〔云物〕景物，景色。⑫〔殊〕不同。⑬〔乡国〕家乡，故乡。

◎**译文** 天时和人事在日月轮转中催得很紧，到了冬至这一天，阳气上升，春天又要回归。刺绣女子每天都在添针加线，吹六根苇管观察预测节令的飞灰。水边的岸柳在等待腊月过后，即将舒展枝叶；山野间有突破寒冬、含苞待放的春梅。这里的景物与故乡没有什么不同，但毕竟是在异乡，想起这些就叫儿子倾尽手中的酒杯。

◎**赏析** 这是一首平起、首句入韵的七律。诗从冬至起兴：天时和人事在日月轮转中催得很紧，到了冬至这一天，阳气上升，春天又要回归。点出作诗的时间和主题。颔联说：刺绣女子每天都在添针加线，吹六根苇管观察预测节令的飞灰。这是用两个过冬民俗承接上联的冬至。颈联说：水边的岸柳在等待腊月过后，即将舒展枝叶；山野间有突破寒冬、含苞待放的春梅。这一联展望未来，描写冬天过去后的春景。尾联说：这里的景物与故乡没有什么不同，但毕竟是在异乡，想起这些就叫儿子倾尽手中的酒杯。本诗表达了诗人对美好春天的憧憬和对故乡的眷恋。

山园小梅

林逋

众芳摇落独暄妍，占尽风情向小园。

疏影横斜水清浅，暗香浮动月黄昏。

霜禽欲下先偷眼，粉蝶如知合断魂。

幸有微吟可相狎，不须檀板共金樽。

◎**作者简介** 林逋（967—1028），字君复，钱塘（今浙江杭州）人。北宋著名诗人。幼时刻苦好学，通晓经史百家。长大后，曾漫游江淮间，后隐居杭州西湖，结庐孤山，终身不仕，未娶妻室，与梅花、仙鹤做伴，称"梅妻鹤子"。

◎**注释** ①〔众芳〕百花。芳，花。②〔暄妍〕本指天气和煦，景物明媚。此处形容梅花在晴日中开放，颜色鲜丽夺目。③〔疏影横斜〕梅花疏疏落落，枝干的影子斜横在水中。④〔暗香浮动〕梅花散发的清幽香味在飘动。⑤〔合〕应当。⑥〔微吟〕低声吟诵。⑦〔相狎〕本指玩弄，此处作"相亲近"解。⑧〔檀板〕本义为唱歌时打节拍用的檀木板。此处指歌唱。⑨〔金樽〕本指金制的酒杯，这里指饮酒。

◎**译文** 百花凋零，独有梅花迎着寒风盛开，那明媚艳丽的花朵把小园的风光占尽。稀疏的影子横斜在清浅的水中，清幽的芬芳浮动在有月色的黄昏。白色的禽鸟想飞下来时，先偷看它一眼；粉白的蝴蝶如果知道梅花的洁白，也会落魄失魂。幸喜我能低声吟诗，和它亲近，不需要敲着檀板唱歌，也不需要饮美酒的金樽。

◎**赏析** 这是一首平起、首句入韵的七律。首联说：百花凋零，独有梅花迎着寒风盛开，那明媚艳丽的花朵把小园的风光占尽。诗一开端就写出对梅花的喜爱与赞颂之情。一个"独"字、一个"尽"字，充分表现了梅花不同凡俗的性格和那引人入胜的风韵。颔联是对梅花具体形象的描绘，简直把梅花神清骨秀、高洁端庄的气质风姿写绝了。尤其是"疏影""暗香"二词用得极好，它既写出了梅花不同于牡丹等花的形态，又写出了它异于桃李等花独有的芬芳，极真实地表现了诗人在朦胧月色下对梅花清幽香气的感受，静谧的意境、疏淡的梅影、缕缕的清香，让人为之陶醉。这两句一直为后人所称颂。颈联说：白色的禽鸟想飞下来时，先惭愧地偷看它一眼；粉白的蝴蝶如果知道梅花的洁白，也会落魄失魂。作者写尽梅花姿质后，一转笔头，写"霜禽"和"粉蝶"。前句写"霜禽"不及梅花之白。"先偷眼"三字写得何等传神！霜禽想落下来，先偷看一眼，写出它内心的忐忑。"合断魂"则说粉白的蝴蝶看见白梅竟然失魂落魄。其实这就是"沉鱼落雁，闭月羞花"的另一种说法，从侧面衬托出白梅的高洁之美。尾联从借物抒怀变为直抒胸臆：在赏梅中低声吟诗，使幽居生活平添了几分雅兴，在恬静的山林里自得其乐，真是别具风情，根本不需音乐、饮宴那些热闹的俗情来凑趣。这就把诗人的理想、情操、趣味全盘托出，使咏物与抒情达到水乳交融的状态。全诗之妙在于脱略花之形迹，着意写意传神，因而用侧面烘托的笔法，从各个角度渲染梅花清绝高洁的风骨。这种神韵其实也是诗人幽独清高、自甘淡泊的人格写照。

自 咏

韩愈

一封朝奏九重天，夕贬潮阳路八千。

本为圣明除弊事，敢将衰朽惜残年。

云横秦岭家何在，雪拥蓝关马不前。

知汝远来应有意，好收吾骨瘴江边。

◎ **注释** ①〔自咏〕诗题一作《左迁至蓝关示侄孙湘》。②〔一封朝奏〕指诗人的《谏佛骨表》。元和十四年（819），诗人上疏谏阻宪宗奉迎佛骨，触怒宪宗，被贬潮州。③〔圣明〕皇帝，此处指唐宪宗。④〔惜〕顾惜。⑤〔秦岭〕川陕交界的主要山脉，为我国南北方分界线。此处泛指陕西南部的山脉。⑥〔拥〕堵塞。⑦〔蓝关〕蓝田关，在今陕西蓝田县东南。

◎ **译文** 早上刚呈送给皇帝一封奏章，晚上就被贬到八千里外的潮州。本意是想为皇帝革除弊政，哪里敢顾惜自己衰朽的残年。云雾横在秦岭上，家在哪里？雪落在蓝田关上，马不向前。知道侄孙你来相送，应该了解我的心意，好好收敛我的尸骨在瘴气浓重的江边。

◎ **赏析** 这是一首平起、首句入韵的七律。韩愈五十二岁时，因谏阻"迎佛骨入大内"而触犯皇帝，被贬潮州，途经蓝关时作了这首诗。首联诉说被贬经过：早上刚呈送给皇帝一封奏章，晚上就被贬到八千里外的潮州。这是个错综法对仗句。"朝奏"对"夕贬"，写出被贬之快，侧面写出龙颜大怒。颔联说：本意是想为皇帝革除弊政，哪里敢顾惜自己衰朽的残年。"本为"和"敢将"写出自己上奏的原因，冒死上书，未被采纳。两句诗字字沉痛。颈联说：云雾横在秦岭上，家在哪里？雪落在蓝田关上，马不向前。云横秦岭，归宿难料；雪拥蓝关，马亦不前。这两句尽写诗人南行时的忧伤。尾联说：知道侄孙你来相送，应该了解我的心意，好好收敛我的尸骨在瘴气浓重的江边。这两句写此去生死未卜，伤感中寓有愤激之情。

干戈

王中

干戈未定欲何之？一事无成两鬓丝。

踪迹大纲王粲传，情怀小样杜陵诗。

鹡鸰音断人千里，乌鹊巢寒月一枝。

安得中山千日酒，酩然直到太平时。

◎**作者简介**　王中，字积翁，生平事迹不详。南宋末诗人。

◎**注释**　①〔干戈〕本指武器，这里用来指代战争。②〔何之〕"之何"的倒装，意谓"去哪里"。③〔丝〕白丝，这里说两鬓已白。④〔大纲〕大概，大体上。⑤〔王粲〕山阳高平（今山东邹城）人。生当汉末乱世，先在荆州刘表处避难，后回北方依附曹操。一生颠沛流离。⑥〔小样〕略似，差不多像。⑦〔杜陵〕即杜甫，因其曾居住在长安少陵一带，所以自称"少陵野老"，后人则称其为"杜少陵""杜陵"。⑧〔鹡鸰〕一种生活在水边的小鸟。又作脊令。

◎**译文**　战争没有结束想去哪里？一事无成，两鬓已白发如丝。行踪大体上和王粲相似，情怀也差不多像杜甫的诗。千里内听不见鹡鸰啼唤，乌鹊在寒冷的月色里无枝可依。怎么才能得到中山的千日酒，大醉一场直到人间太平时。

◎**赏析**　这首平起、首句入韵的七律是一首反战的诗。首联说：战争没有结束想去哪里？一事无成两鬓已白发如丝。诗人生活在南宋末年，烽火遍地，无处可以安居，而自己却已两鬓白发，多么可悲呀！颔联说：颠沛流离的行踪和王粲相似，忧国忧民的情怀则像杜甫的诗。这里借王、杜二人间接地抒发了内心的感慨。颈联说：千里内听不见鹡鸰啼唤，乌鹊在寒冷的月色里无枝可依。这里描绘出千里无人烟的悲惨景象，连乌鹊也无枝可依。连年战乱，金兵杀戮，百姓如同生活在地狱里一般。这两句是对战争的强烈控诉，表现出鲜明的反战态度。尾联说：怎么才能得到中山的千日酒，大醉一场直到人间太平时。诗人不忍面对战争所造成的苦难，想一直沉醉到战争结束，等待太平年月的到来。

归隐

陈抟

十年踪迹走红尘，回首青山入梦频。

紫绶纵荣争及睡，朱门虽富不如贫。

愁闻剑戟扶危主，闷听笙歌聒醉人。

携取琴书归旧隐，野花啼鸟一般春。

◎**作者简介**　陈抟（tuán）（？—989），字图南，自号扶摇子，宋太宗赐号"希夷先生"。亳州真源（今河南鹿邑东）人；一说普州崇龛（今重庆潼南）人。五代宋初著名道教学者。后人称其为"陈抟老祖"。隐居武当山时作诗八十一章，名《九室指玄篇》，言修养之事。又撰有《入室还丹诗》五十首，《易龙图》《赤松子诫》《人伦风鉴》各一卷；另有《三峰寓言》《高阳集》《钓潭集》等。

◎**注释**　①〔红尘〕指人世间。②〔紫绶〕古代高官用来系结印纽或佩玉的紫色丝带。这里指代高官。③〔争及〕怎及，怎么比得上。④〔扶危主〕援救、辅助处于危难中的君主。⑤〔聒〕嘈杂吵闹。⑥〔旧隐〕以前隐居的地方。

◎**译文**　在尘世间游历十年，到过的青山时常在梦中找寻。高官厚禄怎比得上安稳的睡眠，显贵的朱门虽富不如穷困。打打杀杀后新立了君主让人愁闷，醉生梦死的笙歌让人沉沦。带上平日的琴和书籍去归隐，山间的野花和啼鸟同样是春天。

◎**赏析**　这首平起、首句入韵的七律，表达了诗人的道学思想。首联说：在尘世间游历十年，到过的青山时常在梦中找寻。这两句表明经过十年的游历，他已经看破红尘。"青山"是自然之山，也是道家仙山。"入梦频"点出他的追求的强烈和坚定。颔联说：高官厚禄比不上安稳的睡眠，显贵的朱门虽富不如穷困。睡眠被看作是修道、入道的门径。颈联说：打打杀杀后新立了君主让人愁闷，醉生梦死的笙歌让人沉沦。"愁闻""闷听"点出了他的追求。他不想去"剑戟扶危主"，也讨厌"笙歌聒醉人"。他的志向是什么呢？尾联做了揭示：带上平日常读的书籍去归隐，山间的野花和啼鸟同样是春天。诗人最终还是要回归山林，隐居起来。这有他自身的原因，也有社会的原因。他并非不爱热闹、繁华的尘世，他逃避的是不该有的战乱和人世的污浊罢了。大自然的生机正是诗人向往的，他要远离的是腐败和颓废的环境，所以诗里才有"野花啼鸟一般春"这样的句子。与其说诗人想弃世，不如说诗人是想洗刷自己的思想，用朴素的生活历练自己，以达到修道的本来目的。

时世行赠田妇

杜荀鹤

夫因兵死守蓬茅，麻苎衣衫鬓发焦。

桑柘废来犹纳税，田园荒后尚征苗。

时挑野菜和根煮，旋斫生柴带叶烧。

任是深山更深处，也应无计避征徭。

◎**作者简介** 杜荀鹤（846—904），字彦之，自号九华山人。池州石埭（今安徽石台）人。晚唐著名诗人。他出身寒微，中年始中进士，仍未授官，乃返乡闲居。曾以诗颂朱温，后朱温取唐建梁，任以翰林学士、知制诰。其诗语言通俗、平易清新，后人称为"杜荀鹤体"。作品收入《唐风集》《杜荀鹤诗》《杜荀鹤文集》。

◎**注释** ①〔时世行赠田妇〕诗题一作《山中寡妇》。②〔蓬茅〕简陋的茅草房。③〔兵〕指代战争。④〔麻苎衣衫〕用粗糙的苎麻布做成的衣服。⑤〔焦〕毛发焦枯变黄。⑥〔柘〕柘树，叶子可用来养蚕。⑦〔征苗〕征收青苗税。⑧〔旋斫〕现砍。旋，随即。斫，砍。⑨〔生柴〕刚从山上砍下来的湿柴。⑩〔征徭〕强出实物叫征，强出劳力叫徭。此处指赋税和徭役。

◎**译文** 丈夫因战乱死去，留下妻子困守在茅草屋里，穿着粗糙的苎麻衣服，鬓发枯焦。桑树柘树都荒废了，再也不能养蚕，却要向官府交纳丝税；田园荒芜了，官府却还要征收青苗税。经常挑些野菜，连根一起煮着吃；刚砍下的湿柴，带着叶子一起烧。任凭你跑到深山更深的地方，也没有办法可以躲避赋税和徭役。

◎**赏析** 这首平起、首句入韵的七律，是一首描写下层妇女的诗。首联说：丈夫因战乱死去，留下妻子困守在茅草屋里，穿着粗糙的苎麻衣服，鬓发枯焦。开篇推出一个住茅草屋、穿粗麻衣、鬓发枯焦的悲惨的寡妇形象。她的悲惨生活是战乱造成的，体现了诗人反战的态度。颔联说：桑树柘树都荒废了，再也不能养蚕，却要向官府交纳丝税；田园荒芜了，却还要征收青苗税。此联揭示寡妇贫穷的原因，以及官府搜刮盘剥的恶行。颈联写寡妇的日常生活：经常挑些野菜，连根一起煮着吃；刚砍下的湿柴，带着叶子一起烧。连野菜根也舍不得扔，烧的湿柴还带着叶子，真是穷得不能再穷了，让人心酸。尾联说：任凭你跑到深山更深的地方，也没有办法可以躲避赋税和徭役。这首诗深刻揭露了连年战乱和官府横征暴敛给平民百姓造成的灾难，对下层妇女给予深切的同情。语言通俗、平易，却有震撼人心的力量。

送天师

朱权

霜落芝城柳影疏，殷勤送客出鄱湖。

黄金甲锁雷霆印，红锦韬缠日月符。

天上晓行骑只鹤，人间夜宿解双凫。

匆匆归到神仙府，为问蟠桃熟也无？

◎**作者简介**　朱权（1378—1448），明太祖朱元璋第十七子，始封于大宁（今属内蒙古），成祖即位后，将其改封于南昌（今属江西）。卒后谥献，世称宁献王。他因宫廷斗争而对政治灰心失望，远离官场独居。信奉道家学说，并以弹琴读书著书为乐。是明代戏曲理论家、剧作家，自称"大明奇士"。

◎**注释**　①〔天师〕道教徒对天师道首创者张道陵及其子孙的称呼。此处指与作者有交往的居住在江西贵溪龙虎山的道士张正常。②〔芝城〕地名，即今江西鄱阳，因城北有芝山，故称。③〔柳影疏〕柳树因天气已寒冷，柳叶凋落，所以影子也显得稀稀疏疏。④〔客〕即张正常。⑤〔鄱湖〕指鄱阳湖。在今江西省北部。⑥〔"黄金"句〕黄金铠甲般的道袍潜藏着威力无穷的印章。黄金甲，金黄色的铠甲，此处借指黄色的道袍。锁，潜藏。雷霆，用来形容印章的威力之大。⑦〔双凫〕典出《后汉书·王乔传》。东汉明帝时，王乔为叶县令，有神术，其脚套木鞋，化为双凫，朝夕之间，来往千里。凫，即野鸭子。⑧〔神仙府〕神仙居处，此处是对张正常龙虎山住处的美称。

◎**译文**　霜落在芝城稀疏的柳树枝上，热情地送客人出了鄱阳湖。黄色道袍里暗藏着威力无穷的大印，大红锦缎的袋子装裹着管束阴阳的咒符。早晨在天上驾鹤飞行，晚上在人间住宿时解开了乘行的双凫。匆匆忙忙赶到神仙居处，为了问问蟠桃是否已熟。

◎**赏析**　这首仄起、首句入韵的七律是一首送别诗。首联表达作者殷勤送别之意：霜落在芝城稀疏的柳树枝上，热情地送客人出了鄱阳湖。颔联说：黄色道袍里暗藏着威力无穷的大印，大红锦缎的袋子装裹着管束阴阳的咒符。言天师印若雷霆，符缠日月，称其道术之高。颈联说：张天师早晨在天上驾鹤飞行，晚上在人间住宿时解开乘行的双凫。这是说张天师跨鹤而来，乘凫而去，赞其仙踪迅速。尾联说：天师匆匆忙忙赶到神仙居处，为了问问蟠桃熟了未熟。匆匆回府，问讯仙桃，称赞天师不同凡俗的精神气质。朱权在南昌与道士过从甚密，这首诗就写他送别张天师的事。全诗尽以仙家生活形容天师，对仗工稳，不乏新奇的想象。

送毛伯温

明世宗

大将南征胆气豪，腰横秋水雁翎刀。

风吹鼍鼓山河动，电闪旌旗日月高。

天上麒麟原有种，穴中蝼蚁岂能逃？

太平待诏归来日，朕与先生解战袍。

◎**作者简介**　明世宗（1507—1567），即明嘉靖皇帝朱厚熜（cōng）。明宪宗之孙，明武宗之堂弟。武宗死，无嗣，乃至京即位，为明朝第十一代皇帝。执政早年曾打压权贵，还田于民，但到晚期，崇信道教，二十余年不理朝政，一心只求长生不老。

◎**注释**　①〔毛伯温〕字汝厉，明代吉水（今属江西）人。武宗正德年间进士。明世宗嘉靖年间受命讨伐安南（今越南）叛军，屡有边功，被封为太子太保。②〔大将〕指毛伯温。③〔横〕横挎。④〔秋水〕形容刀剑如秋水般明亮闪光。⑤〔雁翎刀〕形状像大雁羽毛般的刀。⑥〔鼍鼓〕用鼍皮做成的战鼓。鼍，即扬子鳄，俗称"猪婆龙"。⑦〔蝼蚁〕蝼蛄和蚂蚁。比喻卑贱、无足轻重的人物。此处用来比喻安南叛军不堪一击，不成气候。⑧〔诏〕皇帝颁发的命令。

◎**译文**　将军你征伐南方，胆气豪迈无比，腰挎如同秋水般明亮的雁翎刀。大风吹起，战鼓擂响，山河震动；电闪雷鸣，旌旗飘扬，日月高标。将军神勇，犹如天上麒麟的后代；敌人如同洞里的蝼蚁一般，怎么能逃？等到天下太平，将军奉诏班师回朝的时候，我将亲自为将军解下战袍。

◎**赏析**　这首仄起、首句入韵的七律，是毛伯温出征安南时，明世宗朱厚熜为其写的壮行诗。首联说：将军你征伐南方，胆气豪迈无比，腰挎如同秋水般明亮的雁翎刀。写主将气概和出师时的装束，充满豪壮之气。颔联说：大风吹起，战鼓擂响，山河震动；电闪雷鸣，旌旗飘扬，日月高标。写鼓鸣旗展，以衬军威。前两联是对毛伯温和将士们的赞扬，称赞他们豪气冲天，撼动山河。颈联说：将军神勇，犹如天上麒麟的后代；敌人如同洞里的蝼蚁一般，怎么能逃？这联做敌我分析，言麒麟有种，蝼蚁难逃，用"蝼蚁"表示对叛军的蔑视，比喻中有议论。尾联说：等到天下太平，将军奉诏班师回朝的时候，我将亲自为将军解下战袍。这两句诗既表达了对毛伯温出征必胜的信心，又体现了对毛伯温的信任和鼓励。全诗写得明白晓畅，铿锵有力，反映出嘉靖皇帝早年励精图治的精神面貌。